U0066177

一縷續命

下

風文創 1176

鍾白榆 著

風文創 1176

目錄

第二十六章 劃清界線 …… 005
第二十七章 心慌意亂 …… 017
第二十八章 醜事見光 …… 029
第二十九章 兩情相悅 …… 041
第三十章 致命一擊 …… 053
第三十一章 表明心跡 …… 065
第三十二章 茶宴再聚 …… 077
第三十三章 盡釋前嫌 …… 089
第三十四章 擊鼓鳴冤 …… 101
第三十五章 案外有案 …… 113
第三十六章 據實以告 …… 125
第三十七章 中秋出遊 …… 137
第三十八章 暗巷遇險 …… 149
第三十九章 二房餘孽 …… 163
第四十章 牢房一會 …… 175
第四十一章 喬遷之喜 …… 187
第四十二章 風光返京 …… 199
第四十三章 報仇雪恨 …… 211
第四十四章 謀定後動 …… 223
第四十五章 兄妹情深 …… 235
第四十六章 身不由己 …… 247
第四十七章 再世情緣 …… 259
第四十八章 風口浪尖 …… 271
第四十九章 明君繼位 …… 285
第五十章 鍾愛一生 …… 297

第二十六章　劃清界線

王蘊在婚後看著顧硯整日花天酒地，而阿父卻深情不悔，如此兩相比對，王蘊定然恨極了阿娘。

「嬤嬤，我且問妳，阿娘懷阿兄以及生阿兄時，是否有不尋常之事？」

顧嬋漪問得突然，且年歲久遠，盛嬤嬤皺眉想了好一會兒，才搖搖頭。「並無異常。夫人懷大少爺時，兩位舅老爺尚在都城，老太爺也還在鴻臚寺中，老夫人以及兩位舅夫人時常來探望。」

盛嬤嬤邊回憶，邊不自覺地點了點頭。「那時夫人的衣食皆是老奴親自打理，穩婆更是曾為大舅夫人接生過。」

顧嬋漪心頭一鬆，如此看來，阿娘生阿兄當年應當安然無虞，並未遭受王蘊毒害。

她揚起嘴角，將心中所想盡數道來。「那些人既已搬離，三間院子便空了。我想將蘭馨院和東籬軒都推平，建個練武場，日後阿兄回來，便能在府中練練拳腳。至於菊霜院，找人重新翻修，修成雅致些的院落，這樣不論是阿兄的朋友還是未來嫂嫂家的親眷來訪，均有院子小住，其餘的請嬤嬤斟酌著辦。」

盛嬤嬤連忙起身應好。「姑娘安心，老奴定將此事辦得妥妥當當。」

顧嬋漪又道：「煩勞嬤嬤將小宵叫進來。」

宵練進來後反手關上屋門。「姑娘。」

顧嬋漪招招手，讓宵練走到面前，壓低聲音問道：「妳可知顧玉嬌眼下在何處？」

「在外城宅子裡，寸步不離地照顧小王氏。」宵練迅速回道。

顧嬋漪扯了扯嘴角，目露狡黠。「妳讓人偷偷告訴她一聲，忠肅伯府重新下帖子了，並未邀請王蘊和她去壽宴，但是壽宴當日瑞王殿下定會出席。」

宵練眼珠微轉，頓時明白了她的意思。「婢子知道了，定會將消息傳給顧玉嬌。」

顧嬋漪踏出屋門，抬頭便瞧見小荷站在廊下，手上還捧著一碟冒著熱氣的點心。

小荷環顧四周，看到自家姑娘，便捧著點心碟子跑了過去。「姑娘，這是大舅夫人新做的糕點，讓婢子端來給姑娘嚐嚐。」

顧嬋漪莞爾，點了點她的鼻尖。「剛出爐的點心，妳也不知用個食盒，這樣端著手不燙嗎？」

「嘿嘿，婢子用衣袖隔著呢，姑娘快嚐嚐。」

顧嬋漪無奈，指著院內的石桌。「且先放著晾涼些。」她在石凳上坐下，笑咪咪地仰頭看向小荷。「妳可知叔公住在何處？」

小荷頷首。「前些時日去過一回，婢子認得地方。」

「如此便好。」顧嬋漪將手中的帖子遞給她，輕聲叮囑。「初二便是忠肅伯府老夫人的壽辰，我答應過清妹妹帶她過去玩，妳將帖子送過去，請清妹妹明日來家中小住，我們一道過去。」

八月初二，顧嬋漪坐在馬車上，掀起車簾一角，看著忠肅伯府門前的街道，車水馬龍，賓客絡繹不絕，很是熱鬧。

她微不可察地揚起唇角，輕輕地放下車簾。如此便好，來的人越多，鬧出了大事，便越發無法遮掩。

馬車緩緩向前，約莫兩刻鐘才穩穩停下。

顧嬋漪與顧玉清從馬車上下來，往前走了兩步，便是江予彤與盛瓊靜乘坐的馬車。四人理了理衣襟與髮髻，這才踏進忠肅伯府。

府內小廝皆紮紅腰帶，侍婢不僅紮紅腰帶，還用紅繩束髮，長廊兩側掛有紅綢，整間宅院打點得甚是喜慶。

女眷宴席設在後院，由清秀侍婢引路，穿過月亮門，入目便是一棵高大的菩提樹，鬱鬱蔥蔥，枝繁葉茂。

顧嬋漪與顧玉清皆感訝異，江予彤偏頭見到，輕笑解釋。「老夫人是都城中出了名的好佛禮佛之人，府中這棵菩提樹，乃是忠肅伯特地從南邊運來的，尋專人好生伺候，方才在平鄴城中扎下根。」

菩提樹喜熱，可平鄴地處偏北，兩個小姑娘只在書中見過此樹，是以甚感驚訝。

盛瓊靜眉眼含笑，聲音柔和。「還記得在閨中時，阿娘帶我與小妹來伯府，初次見到這棵菩提樹時，亦是嚇了一跳。」

「這位可是盛家的大夫人？」從眾人身後傳來一道女聲，小心地問道。

眾人紛紛回頭，顧嬋漪頓時笑彎了眉眼。

她尚未來得及叫人，曹婉便從自家阿娘的身後竄了出來。「阿媛！」

忠肅伯府後院花園丹桂飄香，早菊綻放，侍婢靜立兩側，席間座位已坐了大半，戲子正在臺上唱戲。

一干人等在角落坐下，見過禮後，長輩分別給未曾謀面的小輩見面禮。

江予彤與盛瓊靜皆在平鄴城中出生長大，參加過不少宴會，都城中的許多世家夫人她們都認識。

曹夫人見到她們兩人，笑著打趣道：「多年未見，如今回來也不跟我說一聲，是不是該罰？」

江予彤與盛瓊靜已經將顧家之事料理清楚，昨日江予彤便讓雙胞胎兄弟先回盛家位於平鄴的老宅清理灑掃，待忠肅伯府的宴席散了，江予彤也不再去國公府，而是直接回盛家老宅。

得知江予彤的決定時，顧嬋漪曾苦苦挽留，江予彤便和她講道理。「我們既已回來，又臨近中秋佳節，自然要設宴款待。盛家宴客，總不能將宴席設在你們國公府吧。」

江予彤又道：「我讓妳姨母留下陪妳，等老宅收拾乾淨了，我便接妳過去，難道妳不想看看妳阿娘幼時住的院子？」

如此哄勸，顧嬋漪方鬆了口。

聽到曹夫人的話，江予彤笑道：「認罰認罰，初八那日，府中會設茶宴，屆時如何罰均隨妳。」

三位長輩笑笑鬧鬧，曹婉藉著桌子遮掩，扯了扯顧嬋漪的衣袖。

顧嬋漪偏頭，曹婉便湊到她的耳邊小聲道：「伯府中有株地涌金蓮，平日養在溫泉莊子上，甚是難得一見。今日老夫人壽宴，且天氣晴暖，伯爺特地差人將它運了過來，咱們去瞧瞧吧。」

聞言，顧嬋漪搖了搖頭。她不願四處走動，擔心事情鬧出來時，她不在大舅母與姨母身邊，她們會著急。

奈何曹婉拉著她的手臂輕輕搖晃。「走嘛走嘛，這戲有何好看的，每回壽宴唱的都是這些，一點都沒新意，若是錯過了那株地涌金蓮，不知何時才能再見。」

顧嬋漪被纏得沒法子，且眼下瑞王還未到，還有些空閒。她思索了片刻，最終點頭應下。「那我們便瞧一眼，快去快回。」

得到應允，曹婉當即笑彎了眉眼，轉頭對曹夫人說要去賞花。

鐘。

曹夫人看兩位顧家女郎乖乖坐在席上，可自家閨女卻像隻跳脫的猴兒，無法安靜坐半刻

「這椅子上是否扎了針？」曹夫人氣得點了點她的額頭。「妳瞧瞧阿媛和阿清，再瞧瞧自個兒，哪裡像個世家姑娘？」

盛瓊靜與江予彤一聽，同時看向曹夫人，隨即前後笑出聲。

江予彤眉眼彎彎，虛虛地指了指曹夫人。「妳還有臉說妳閨女？也不知是誰，當年為了瞧一眼牆外頭的熱鬧，險些讓人搬來梯子爬上去！」

提及年幼時做的事，曹夫人頓時鬧了個紅臉，連忙擺擺手。「要賞花便快去，早些回來，莫要誤了開席的時辰，惹人笑話。」

曹婉忍住笑意，左手拉顧嬋漪，右手牽顧玉清，快速離席。三人行至廊下，瞧不見諸位長輩後，曹婉方鬆開手，扶著廊柱大笑出聲。

「哈哈哈，我竟未想到，我阿娘曾經也做過這種事，難怪她每回訓我，說我不知隨了誰的性子，阿父總是一臉欲言又止。」曹婉一手扶廊柱，一手扠腰，笑得很是豪邁。「往後她再這般說，我便說像了她！」

三人由伯府的侍婢引路，行至花園，遠遠地便瞧見一群女郎圍成一團。空氣中瀰漫著濃郁的花香，與尋常花香不同，很是甜蜜。

曹婉逕自走向人群，還未靠近，便被人拍了下肩，她回過頭見到來人，很是歡喜。「阿寧，妳也來了？剛剛在席上，我未瞧見妳。」

待顧嬋漪與顧玉清走到面前，曹婉這才拉著羅寧寧的手腕介紹道：「這是鄭國公的胞妹，阿媛；這位是阿媛的堂妹，阿清。阿媛、阿清，這是阿寧。」

「阿寧，妳剛從豐慶州過來，豐慶州的別駕夫人便是阿媛的親姨母，今兒也來赴宴了。」曹婉唯恐雙方生疏，特地道出此事。

果然，羅寧寧的眼睛微亮，有些靦覥地看著顧嬋漪，語氣溫柔。「在豐慶州時，阿娘曾帶我去過別駕府中赴宴，有幸見過別駕夫人。」

四人走向人群，曹婉拍了拍站在前方的人。「此處可有地涌金蓮？」

前面的女郎回頭，瞧見是曹婉，笑著點了點頭。「正是呢，妳過來站我這兒吧，我已經瞧了好一會兒了。」

女郎讓出位置，周邊幾個與她一道的人也轉身離去，曹婉立刻拉住身後的姊妹快步上前。

地涌金蓮乃佛家聖花之一，花朵金黃燦爛，蓮瓣層層相疊，猶如蓮臺。

顧嬋漪並非初次見此花，前世某年西南的南夏國有異動，沈嶸前往當地探聽虛實，她便有幸瞧見。

不過當時她只瞧得見碩大的花朵，聞不到這股濃香，是以另外三人站在前方賞花，她便站在後頭邊護著她們、邊輕嗅花香。

「嗤——」

一道冷笑聲忽然傳來，周邊的交談聲戛然而止。

眾人側身回眸，只見舒雲清表情不善地站在不遠處，雙手抱胸，一瞧便是不能輕易招惹的模樣。

舒雲清直直地盯著顧嬋漪，朝她大步走了過來，其餘女郎見勢頭不妙，紛紛後退幾步，既想瞧熱鬧，又不想招惹麻煩。

顧嬋漪心中明瞭，舒雲清定是衝著她來的，她上前半步，將其餘三人護在身後。

幾息之間，舒雲清在顧嬋漪的身前停下，她微抬下巴，眼含不屑地將顧嬋漪從頭看到腳。「妳怎的過來了？前些時日不是剛將妳府上的祖母和叔叔、嬸娘一家趕出府嗎？不在家中忙著吃齋唸經，祈求佛祖原諒，竟還有空來這兒?!」

話音落下，周邊女郎們全看向顧嬋漪，立即知曉了她的身分。這幾日鄭國公府的內宅爭鬥，在整個都城中傳得沸沸揚揚，無人不知。

她們看向顧嬋漪的眼神或好奇打量、或心疼憐惜，並無絲毫厭惡嫌棄，聽到舒雲清的話後，頓時不贊同地看著她，心道顧家需要吃齋唸經、好生懺悔的應當是顧嬋漪的祖母、叔叔與嬸娘。

顧嬋漪神情淡定，語速不疾不徐。「舒大姑娘此話，我有些聽不明白。我阿娘早亡，六歲阿父前往北疆後，便與阿兄相依為命；八歲那年，阿兄亦前往北疆。我過了兩年孤苦無依的日子，滿十歲後剛出正月，便被嬸娘送去崇蓮寺，他們從未好好教導我。」

她頓了頓，眼睛不閃不避地看著舒雲清，慢條斯理道：「他們趁我年幼，欺我無父無母，將國公府占為己有，如此豺狼，若是換作舒大姑娘，是否不僅會將他們供起來，還要將祖產一道相贈？」

「噗哧——」有女郎委實忍不住，輕笑出聲。

舒雲清氣得臉色脹紅，正欲辯駁，卻見顧嬋漪上前半步，聲音細小，僅她們兩人能聽見。「舒大姑娘儘管放心，彼之蜜糖、吾之砒霜。在妳眼中極好、極想要的，在我看來僅是尋常罷了。」

此話一出，舒雲清明顯不信，她瞇了瞇眼，亦壓低聲音。「妳可知我要的是什麼？」

顧嬋漪輕笑，似乎答案顯而易見。「自然是『三』。」

沈謙在諸皇子中行三，舒雲清挑了挑眉，追問道：「妳當真無意?!」

顧嬋漪坦坦蕩蕩地點頭，與舒雲清對視了片刻後，她才道：「當真無意。」

舒雲清抿了抿唇角。「暫且信妳。」

語畢，舒雲清轉身欲離開，孰料顧嬋漪忽然拉住她的手腕。舒雲清皺緊眉頭。「妳又想如何？」

見顧嬋漪面色微沈，表情甚是嚴肅，舒雲清眼底的不耐散去，愣愣地看著她。「怎麼了？」

顧嬋漪鄭重道：「若舒大姑娘信我，切莫再與我糾纏。佛歡喜日當天，我那位已然被趕出宗族的『好堂姊』，曾在崇蓮寺中糾纏那位。」

只見舒雲清神情驟變，不待她追問，顧嬋漪繼續道：「我與曹家姑娘親眼所見。」

舒雲清下意識地抬頭看向曹婉，她沈思片刻，咬了咬下唇。「此事我已知曉。」

她踟躕片刻，張了張嘴，帶著些許不情願，彆彆扭扭道：「若是真的，我欠妳一次人情，日後定不再為難妳。」

目送舒雲清遠去，顧嬋漪微不可察地勾起唇角。

前世顧玉嬌行那等不知羞恥之事，沈謙之後還同日娶妻納妾，長樂侯與忠肅伯便將這筆帳記在了阿兄身上。

如今顧玉嬌已被逐出顧氏，且都城百姓皆知國公府內宅爭鬥，即便鬧出醜事，也與顧氏無關，更不能算在國公府頭上。

她在舒雲清面前坐實顧玉嬌勾搭沈謙之事，既賣長樂侯府一個人情，也是撇清自身。

因舒雲清這麼一鬧，眾人皆淡了賞花的心思，曹婉垂頭喪氣地走在長廊下，輕聲嘆氣。

「阿媛，妳說我們兩個是不是和賞花這件事犯沖？上次在崇蓮寺，去賞荷花時撞上了這位『煞神』，今日亦是如此。」

顧玉清與羅寧寧皆輕笑出聲，顧嬋漪莞爾。「忠肅伯乃舒大姑娘的親舅舅，她外祖母今日過壽，定會赴宴，妳莫要多想，僅是巧合罷了。」

四人回到後院，戲臺上已唱起了麻姑獻壽。

羅寧寧止步，對著顧嬋漪道：「我阿娘尚不知別駕夫人也來了，我須向阿娘說一聲，稍後再過來向別駕夫人見禮。」

剩下三人回到原來的位置，卻見長輩們面色凝重，眉眼間透著煩憂。

顧嬋漪環顧四周，並未瞧見凝眼之人，便問道：「大舅母、姨母，出什麼事了嗎？」

長輩們頓時回過神，這才發現三個孩子不知何時回來了，她們對視一眼，顧左右而言他。

「那株地涌金蓮可好看？」江予彤柔聲問道。

顧嬋漪微微瞇眼，覺得不對勁，在她離席的時候，定然發生了不尋常之事。她撫摸手上的長命縷，眼神四處游移，奈何除了曹婉，都城中其他女郎她皆不熟識。

前世沈嶸是外男，無法輕易見到內宅女眷，若是問她前院坐的那些男兒是何官職，她還能說得上幾個。

今日又是她重活一世後初次出府赴宴，因舒雲清貿然出現，剛剛賞花時，她僅多認識了一個羅寧寧，並未結交旁的女郎。

顧嬋漪尚在心中思索，曹婉已將地涌金蓮誇了又誇，她的誇讚還未結束，羅寧寧便帶著她阿娘走了過來。
盛瓊靜瞧見她們母女，頓時一驚，連忙起身。「我來都城時，便想著應當能見到妳，卻未料到竟在這裡遇上。」
雙方各自介紹，又給對方的小輩送上見面禮，這才坐下。
四個小姑娘窩在後頭悄悄咬耳朵，無須顧嬋漪主動開口詢問，羅寧寧便眨巴著眼睛，將剛剛得來的新消息說了出來。
「妳們可知禮親王府的老王妃和王爺也來了？」
曹婉面露驚愕。「他們怎的來了？雖各家平日設宴均會往那邊遞帖子，但無論是老王妃還是王爺皆甚少出席，今次怎會來？」
顧嬋漪聞言，心中也是一驚。她在沈嶸身邊幾十年，對他了解甚深，無論是身為禮親王的沈嶸，還是日後成為攝政王的沈嶸，均不喜宴席。
在沈嶸眼裡，設宴、赴宴等事皆虛耗時光、毫無意義，但今日他卻來了？
顧嬋漪面色微變，想起那日沈嶸在馬車上問她的話，難道他是知曉她要赴宴，於是也來了？
她心中有些歡喜，嘴角微揚，抬手去端桌面上的茶盅。

第二十七章 心慌意亂

羅寧寧微微蹙眉，聲音壓低，除顧嬋漪外，其餘兩人皆不由自主地湊上前去。「今年年初王爺已及冠，妳們說，老王妃以前都不怎麼出門赴宴，今日怎會過來？」

明明是疑問句，卻引人遐想，曹婉頓時瞪大了眼睛，難以置信。「妳是說老王妃此次出門，是為了挑選未來兒媳?!」

顧嬋漪聞言，手上力道一鬆，微燙的茶水灑了滿手，白皙細嫩的手背眨眼間燙得有些紅腫。

曹婉駭了一跳，忙掏出帕子為顧嬋漪擦拭，顧玉清亦快速起身去尋侍婢要冰。

羅寧寧轉身叫來自家貼身侍婢，語速極快。「快去將馬車裡的膏藥取來。」

她們這邊如此鬧烘烘，江予彤等人立時察覺到異樣，走上前來。「發生了何事？」

曹婉側身讓開，眾人只見顧嬋漪呆愣愣地坐著，面色發白，手背通紅。

江予彤上前捧住顧嬋漪的手，尚未細瞧，顧玉清便捧著一盆加了冰的水走了過來。「姊姊快把手放進水裡，散散熱毒。」

顧嬋漪任由江予彤將她的手放進水裡，水溫冰涼，她這才慢慢回過神來。

她深吸口氣，稍稍平定紛亂的心緒，眉眼含笑地安撫。「那杯茶已放了一會兒，並不是很燙，不會傷到內裡。」

羅寧寧的侍婢小跑著回來，初秋時節，硬是出了一身的汗。「姑娘，膏藥取來了。」

泡過冰水，江予彤擦乾顧嬋漪手上的水漬，見手背上的紅腫消退了許多，她這才鬆口氣。「下次可不能這般粗心了，若是留了疤痕，日後可有妳哭的。」

顧嬋漪吐了吐舌尖，乖乖認錯。

見羅家侍婢立在後面，還在喘著大氣，盛瓊靜便朝身後的嬤嬤使了個眼色，嬤嬤心領神會，拿出繡了萬福紋的荷包。

盛瓊靜走到侍婢身前，笑咪咪地遞上荷包。「難為妳跑得這般快，將藥取了過來，這些銀錢拿去買花戴吧。」

侍婢雖識得盛瓊靜，卻未立即收下，而是抬眸看向自家夫人。

羅夫人笑著走上前，將荷包拿了起來，塞進侍婢的手裡。「她既給了妳，妳便大大方方地收下，她可是有家底的富太太，咱們無須客氣。」

侍婢眼角眉梢盡是笑意，屈膝行禮。「婢子謝過夫人。」

顧嬋漪的傷勢算不上嚴重，且眼下她們在旁人府上赴宴，還是老夫人的壽宴，不好興師動眾地請大夫，暫且只能如此。

夫人們回到位置上，周邊再次僅剩四位女郎。

「已故老王爺並無納妾，與老王妃僅此一子，王爺既已及冠，老王妃確實要操心他的婚事了。」曹婉繼續之前的話題。

顧玉清抬頭環顧四周，確認沒有外人以後，方小心翼翼地開口。「可是，王爺那般身分……」

即便是閉門不出的顧玉清，都知道沈嶸的狀況特殊，遑論其他人。

很久之前，都城中便有傳言，高宗欲將皇位傳於已故禮親王，再傳給現在的禮親王沈嶸，甚至留下一道密旨。

傳言不會憑空而出，若禮親王府中真有這道密旨，萬一哪天沈嶸想要自個兒當皇帝，事成便罷，若事敗，那可是牽連全族的大禍，難怪她們賞花回來後，席間各家夫人的面色均不算好看。

若無密旨傳言，禮親王府不失為一門好姻親。

已故老王爺長相俊秀，老王妃更是面容姣好，生出來的沈嶸自然不差，但凡參加過除夕宮宴的世家女，無不讚他面若冠玉、目若朗星，且老王爺得高宗親自教導，老王妃更是周太傅的嫡親孫女，尚在閨中時便才滿都城，是以沈嶸雖然體弱了一些，但琴棋書畫、詩詞歌賦無所不通。

只是，見過沈嶸的世家女皆言他性子極冷，即便是女郎在他面前摔倒，他也只會若無其事地繞過去，恍若未瞧見在地上趴著的人。

聽到這話，顧嬋漪頓時猜出那女郎定是故意摔倒，否則沈嶸不會這般行事。她「噗哧」

笑出聲來，雖然很想道出實情，但想起如今她與沈嶸僅有幾面之緣，並不知曉這些事情，只得生生忍住。

曹婉聽到顧嬋漪的笑聲，誤以為她不信，捏了捏她的臉頰。「妳以為我在說玩笑話?!」

「光祿寺卿邱家的四娘，年初隨她阿父與阿娘去了宮宴，在王爺的面前摔了一跤，王爺直接側身繞過她，不少人都瞧見了。」曹婉邊說，邊掩飾不住地幸災樂禍。「但她也算是自作自受。」

此事羅寧寧也有所耳聞，連連點頭。「阿婉姊姊說得沒錯，聽說那日邱四姑娘初見王爺，春心萌動，誰知王爺不解風情，讓邱四姑娘鬧了好大的沒臉，至今不敢出門。」

顧嬋漪垂眸，掩下眼角的笑意，下意識地玩著身上的荷包。

沈嶸便是如此，若是真心求助，他定會伸出援手；若是別有所圖，他便不留情面。

曹婉喝了口茶，吃了塊點心，似想起什麼，輕笑一聲。「其實王爺本人並不像傳言中那般疏離冷漠，之前我與阿媛在崇蓮寺遇到難事，還是王爺出手相救呢。」

「是啊，我阿兄初到平鄴時，曾在書閣被人當面恥笑，當時王爺恰好在場，冷臉將那些嘲笑我阿兄的世家子弟狠狠訓斥了一番。」羅寧寧語氣輕緩，透著明顯的感激。「我阿兄歸家後，對王爺讚不絕口，直道他乃真正的君子。」

羅寧寧輕嘆一聲，王爺雖好，但嫁予他卻是萬萬不能的。她們可以出於任何理由奮不顧身地嫁予王爺為妻，卻不能不顧及全族安危。

曹婉托著下巴，猶如憂心忡忡的老婦人。「不知日後王爺會娶何人為妻，不知這都城中，是否有心甘情願將女郎嫁予他的人家……」

日頭漸高，賓客陸續來齊，不僅禮親王府的兩位主子到場，肅王也隨著瑞王一同來了。羅寧寧與她母親返回原先的座位，正式開席後，侍婢穿梭其間，賓客傳杯換盞，酒酣耳熱，說笑打趣，好不熱鬧。

顧嬋漪吃得半飽，藉著更衣的由頭離開了席間，待行至廊下，她低聲詢問身後的宵練。「她進來了嗎？」

無須點出姓名，宵練便明白顧嬋漪說的是何人，她頷首低聲道：「混在戲班子裡，一早便到了。」

「她眼下在何處？」顧嬋漪追問。

宵練沈思片刻。「應當在前院戲臺。」

為了方便男賓與女眷觀賞，一般宴席中，前院及後院皆設有戲臺。

顧嬋漪皺眉，面色凝重。她初來伯府，不清楚府中的布局，委實有些難辦。她看向宵練，試探地問道：「妳可知這府中待客的院落一般在何處？」

宵練有些替自家主子邀功的意味。「爺得知姑娘要來伯府後，便令湛瀘畫了圖紙送來，婢子與純鈞皆背熟了。」

顧嬋漪心中一喜，所以今日他與老王妃來赴宴，應當是放心不下她吧。「妳去瞧瞧瑞王殿下在何處醒酒，將她引過去。」

宵練難得有些遲疑。「婢子先送姑娘回去吧。」

顧嬋漪搖了搖頭。「妳送我回去，又要去前院尋人，如此折騰，時辰便不夠用了。妳且安心，我記得來時的路，不會出岔子。」

宵練躊躇片刻後，只得轉身離開，顧嬋漪目送她走遠，這才轉身回後院。

沿著長廊而行，繞過假山水池，顧嬋漪正要繼續往前走，卻見不遠處的亭子裡站著兩人。她定睛一瞧，正是瑞王與舒雲清。

他們兩人似乎發生了爭執，舒雲清氣得掉眼淚，然而瑞王並無絲毫憐惜之情，甩袖便走。

顧嬋漪連忙看向四周，走到假山後的小徑，悶頭快步前行。不知走了多遠，回頭再瞧不見那兩人，她才緩緩鬆了口氣，可卻發現自己找不到回後院的路了。

靜靜地站在原地，顧嬋漪蹙眉看向左右，此處竟瞧不見伯府的僕婦或侍婢，甚至連小廝都未見一個。

今日老夫人壽宴，府中上下應當盡數去忙了，那麼她現在所站之地，應是伯府的偏遠之處，是以不見奴僕。

顧嬋漪不再往前走，而是轉身沿著長廊而行，若無岔口，她應當能回到假山水池處。孰料，她剛走了幾步，便聽到略微耳熟的聲音。

「王爺此舉，是否過於冒險？」是一道女聲。

顧嬋漪的腳步不由自主地頓住。王爺？是哪一位王爺？她還在等對方講出下一句話，身後忽然響起利刃破空之聲。

只見顧嬋漪反應極快，立即抽出藏在袖中的短鞭，邊向前跑，邊朝後甩鞭。

旁邊的廂房響起開門聲，沈嶸一見到廊下的人，頓時睜大了雙眼。「住手！」

湛瀘一個旋身，穩穩落地，收劍入鞘。

沈嶸快步走到顧嬋漪身邊，顧不得還有旁人在場，拉住她的手臂，俊眉緊鎖。「可有受傷？」

顧嬋漪不禁愣住，她揚起唇角，眉眼彎彎，很是歡喜的模樣。她搖搖頭，舉起手上的鞭子。「臣女帶了短鞭，可以自保，而且湛瀘收劍也快，臣女並未受傷。」

沈嶸抿唇不言，將她從頭看到尾、從前瞧到後，確認顧嬋漪連衣角都完好無損，方才鬆了口氣。「妳怎的來這兒了？不是在後院看戲嗎？」

顧嬋漪垂眸，臉頰微紅。「不小心迷路了。」

沈嶸蹙眉，面色微沈。「宵練怎麼不在妳身邊？」

宵練已經熟記伯府的地形，若有宵練在身邊，她應當不會迷路才對。

顧嬋漪摸了摸鼻尖，眼神飄忽，說話也支支吾吾的。沈嶸見狀，怎會不明白宵練的去向，定是被她支去辦旁的事了。

沈嶸輕嘆，這才察覺自己竟然還拉著她的手臂。他輕咳一聲，收回手，不自然地側過身。「既然來了，便進去吧。」

顧嬋漪探頭，這才瞧見沈嶸身後還站著一男一女。

女子正是白芷薇，那位中年男子瞧著有些面熟，但顧嬋漪一時想不起來他是誰。

三人走進房內，白芷薇笑臉盈盈地蹲身行禮。「奴家見過顧三姑娘。」

顧嬋漪回過禮後，盯著中年男子瞧了片刻，眼睛微亮，行禮道：「曹大人安好。」

話音落下，其餘三人紛紛看向顧嬋漪。

沈嶸眸光幽深。他尚未告訴她曹大人的身分，她怎一眼便認出來了？若他未記錯，他們兩人此前應當從未見過面。

但見曹大人笑得和藹可親。「姑娘如何識得下官？」

顧嬋漪不自覺地摸了摸鼻尖。「臣女與阿婉乃好友，她的眼睛長得像曹大人您。」

沈嶸瞧顧嬋漪這模樣，便知她並未說真話，她能認出曹大人，定有旁的緣由。

難道她上輩子見過曹大人，是以如今能一眼認出他？

奈何眼下還有要緊事，無暇多言其他，沈嶸輕咳兩聲，示意諸人在桌邊坐下。

曹大人不自覺地瞥了顧嬋漪幾眼，眸光中透著暗暗的不信任。

沈嶸面色嚴肅，正色道：「曹大人放心，顧三姑娘乃可信之人。」

白芷薇亦點頭道：「正是，顧三姑娘並非外人。」

既然他們兩人這般說，曹大人心中稍定，笑著對顧嬋漪道：「並非下官太過小心，而是今日商討之事太過重大。」

顧嬋漪頷首。「曹大人初次見臣女，有所顧慮乃人之常情。」

白芷薇看向沈嶸，再次問道：「若是直接讓曹大人上奏，是否過於冒險？」

沈嶸搖頭，手指輕點桌面。「不會，本王前些時日已派人去了東慶州。」

白芷薇輕吁了口氣，神情輕鬆。「若是如此，王爺的計策，便是眼下最好的法子。」

他們三人本便商量好了對策，商談已進入尾聲，只因顧嬋漪忽然出現，暫時被打斷。

不多時，曹大人便起身告辭，顧嬋漪見狀，與白芷薇一道站起身來行禮道別。

目送曹大人走遠，顧嬋漪眨眨眼，看向白芷薇，眼底滿是好奇。「姑娘怎的在此處？」

白芷薇撩了下散落的髮絲，眼波流轉，風姿萬千，與她髮間簪著的牡丹一般嬌豔。「姑娘忘了奴家的身分了？」

顧嬋漪愣了愣，臉頰頓時泛紅，有些不自在地垂下眼眸，不敢直視白芷薇。

本朝律法並未禁止官員狎妓，是以朝中官員及世家王府設宴，均會從城裡的秦樓楚館中挑選貌美花娘來府中陪客。

白芷薇便是千姝閣送來的，且瞧她剛剛與沈嶸等人商談的模樣，此次赴宴應當是沈嶸有意安排。

見顧嬋漪羞窘的模樣，白芷薇輕笑出聲。「姑娘家中之事，可盡數處理妥當了？」

顧嬋漪忙不迭地點頭，急急道：「一切皆料理清楚。姑娘呢？自那日後，顧硯可有再去糾纏姑娘？姑娘是否安好？」

白芷薇嗤笑一聲，面露鄙夷。「他暫且奈何不了奴家，姑娘安心。」

說罷，白芷薇朝顧嬋漪眨了下眼睛，意味深長道：「託姑娘的福，有王爺在背後幫忙，奴家定會諸事順遂。」

顧嬋漪默然，臉頰的紅暈蔓延至脖子與耳尖。

白芷薇眼底的笑意越盛，更想打趣兩句了，她正欲張口，卻聽到沈嶸輕咳一聲，語氣微沈。「時辰不早了，本王讓人送妳回去。」

顧嬋漪以為沈嶸在和自己說話，當即便要點頭，卻見白芷薇先她一步屈膝行禮。「奴家謝過王爺。」

白芷薇施施然站起身來，又朝面露不解的顧嬋漪行禮。「僅說了兩句玩笑話，王爺便急著趕人了，委實小心了些。奴家先回前院，姑娘若有事，可讓王爺幫忙傳話。」

眨眼之間，房內便僅剩顧嬋漪與沈嶸。

沈嶸手持茶壺，為兩人各倒了一杯清茶，隨即坐在上首道：「現下無旁人，能否說說，妳為何會出現在此處？」

顧嬋漪垂首低眉，宛若做壞事被抓個正著的孩童，輕聲細語地老實交代。「回後院的路上，臣女撞見瑞王殿下與舒大姑娘在爭吵，一時慌不擇路，等回過神來，便到了這裡。」

沈嶸長嘆，語氣甚是無奈。「萬幸今日是本王在這院中，若是旁人在此，妳撞見他們密談，且細細想想，妳可還有命活著出去？」

「是王爺讓臣女躲著瑞王殿下，莫再讓他瞧見臣女。」顧嬋漪輕聲辯解。

沈嶸深吸口氣，耐著性子又道：「人生地不熟，妳可先在附近藏匿，待他們兩人走後妳再出來。妳的性命安危乃重中之重，即便真被沈謙瞧見又如何，本王定能救妳。」

頓了頓，沈嶸自覺語氣重了些，忙放輕了語調。「若妳在偏僻之地遇險，身邊又無宵練，本王如何知曉妳是否安好？又如何前去救妳？」

顧嬋漪想到自己袖中的短鞭，還是有些不服氣，再次辯解。「臣女已經練了近兩個月的鞭子，且平鄴城中的侍衛並非人人都是湛瀘、純鈞之流，臣女還是能自保的。」

沈嶸沈默不語，嘴角緊抿，過了片刻，他才端起茶盅，仰頭喝盡杯中茶水。

「走吧，本王送妳回去。」沈嶸站起身來，定定地看了顧嬋漪一眼，逕自走向前。

即便沈嶸面色如常，但顧嬋漪還是知道他生氣了，她頓時懊悔不已。

她跟在沈嶸身後，默默地走了好長一段路，眼見不遠處便是假山水池，她咬了下唇，快走兩步，與沈嶸並肩而立。

「臣女知道錯了，今日行事臣女確實莽撞了些。既不熟識伯府的地形，又未讓宵練跟隨，若是出了意外，臣女那三腳貓的功夫也撐不到王爺來搭救。」

見沈嶸腳步不停，顧婢漪頓時急了，扯住他的衣袖，認真道：「臣女真的知錯了。」

瞧顧嬋漪小心翼翼、可憐兮兮的模樣，沈嶸心中一軟，到底還是不忍心繼續生她的氣。

他微微低頭，嚴肅卻又無奈。「妳阿兄不日便會回來，若妳在此時出了意外，本王如何向妳阿兄交代？」

顧嬋漪愣愣地看著沈嶸，眼神透著茫然與不安，她抿唇想了片刻，還是忍不住問了出來。「王爺這般護著臣女，擔憂臣女的安危，僅僅是因為王爺受臣女阿兄所託嗎？」

第二十八章　醜事見光

後院席間依舊歡聲笑語，戲臺上換了一批人，有個小女郎正在表演頂碗，贏得滿堂喝采，眾夫人紛紛打賞。

顧嬋漪便是此時悄悄地回到席間，她無精打采的，瞧著便像秋日裡霜打的茄子，她甚至並未發現宵練站在身後，恍若從未離開她身邊。

見狀，顧玉清湊到她身邊，小聲道：「姊姊怎去了那麼久？遇到麻煩事了？」

顧嬋漪搖搖頭，她看向桌上，抬手將曹婉面前的酒壺拿了過來，自顧自地飲了一杯。

原本曹婉正專心看雜耍，猛地瞧見旁邊伸出隻手來，駭了一跳，連忙轉頭。「妳回來了？剛剛有鑽火圈，妳卻未瞧見。」

曹婉邊笑邊道，眼見顧嬋漪又悶頭喝下兩杯，她這才察覺到不對，蹙了蹙眉。「離席時還好好的，怎的出去一趟，反倒悶悶不樂了？」

顧嬋漪痛飲三回方放下酒杯，長吁口氣，嘴角帶笑。「僅是突然想明白某件要緊事，之前我鑽了牛角尖，現下已想通了。」

她問沈嶸是否因為阿兄的緣故才如此護著她，沈嶸卻未回她。

原先她認為沈嶸此舉便是默認，但眼下她又覺得沈嶸或許有其他緣由，卻不好告知她，只得沈默以對。

顧嬋漪有些懊惱，她不該那般問的，錯過了這麼好的時機，不知下次再與他獨處會是何時。

思及此，顧嬋漪再次倒酒，她盯著酒杯瞧了片刻，手腕一轉，端起旁邊的茶盅。不能多飲，萬一醉了，瞧不見顧玉嬌的熱鬧便罷了，還會惹他掛心。

頂碗的小女郎走下戲臺，畫了臉的戲子走上臺，正欲張嘴唱起來，便有一侍婢神色慌張地衝進來，直奔最前方的主桌而去。

不知侍婢說了何事，主桌上的壽星老夫人忽然站起身，滿臉怒容，卻不得不揚起嘴角，向周邊賓客告罪。

宴席的主角由自家媳婦陪著行色匆匆地離開，眾人無心看戲，紛紛交頭接耳、竊竊私語。壽星不在，伯府夫人也離席，長樂侯夫人只得站起身來幫忙招待賓客。

慌亂暫且平息，戲子依舊在臺上賣力地唱著，可臺下真正專心聽戲的並無幾人。

曹婉戳戳顧嬋漪的手臂，興致勃勃道：「似乎有熱鬧可瞧，要不一起去看看？」

顧嬋漪微不可察地勾起嘴角，搖了搖頭，暗暗指了指三位長輩的背影。「莫要湊熱鬧，讓她們擔心。」

她頓了頓，意味深長道：「且瞧老夫人的模樣，定是發生了不得了的大事，我們安坐便好，莫要惹禍上身。」

曹婉細細地品了品，不自覺地點點頭。「妳說得有理，她們還坐著，我們便不去瞧了。」

話音剛落下，曹夫人便轉過頭來，指尖虛虛地點了曹婉兩下，示意她別輕舉妄動。

曹婉往顧嬋漪的身邊瑟縮，壓低聲音。「還好未去，若是被阿娘抓個正著，回去後定少不了一頓好打。」

聞言，顧嬋漪與顧玉清紛紛低頭忍笑。

眾人時不時地看向長廊，靜候老夫人回來。兩刻鐘後，老夫人仍未歸來，反倒是舒雲清捂著臉跑了進來，在自己的位置上坐下，哭得上氣不接下氣，滿臉淚花。

見狀，長樂侯夫人臉上當即掛不住笑，俯身問道：「我兒怎麼了？」

舒雲清抽抽噎噎，當即便要向娘親告狀，卻見周邊盡是熟悉的世家夫人，她只得咬唇搖頭，默默掉淚。

長樂侯夫人眸光一凜，面若冰霜，她頓時顧不得賓客，轉身走向前院。

她一走，園子裡的賓客頓時熱烈地討論起來，大夥兒皆知定是發生了大事。

有位身穿絳紫衣裙的婦人快步走入席間，只見她喘著大氣道：「妳們可知老夫人和伯府夫人為何離席?!」

坐在她周邊的夫人們紛紛豎起耳朵，有人笑問：「怎的，妳知曉？」

那位婦人點頭，她回頭看向長廊，方低聲道：「半個時辰前，肅王殿下想找個院子躺躺，好醒醒酒，誰知推開門，卻見瑞王殿下抱著個女郎在床上顛鸞倒鳳！」

眾人聞言皆驚。平鄴城中誰人不知瑞王與長樂侯府的婚事？雙方雖未言明，但此事已然板上釘釘，僅差一紙賜婚了。雖然曾有傳言指出瑞王求娶國公府的三姑娘，但並無下文，大家便未放在心上。

若是尋常時候，人們頂多說一句「瑞王殿下風流」，但今日可是忠肅伯府老夫人的壽宴，瑞王在這種日子、在人家的地盤上鬧出此等韻事，簡直是將忠肅伯府與長樂侯府的臉面往地上踩啊。

大夥兒紛紛看向前面坐著的舒雲清，難怪她一過來便抹眼淚，想起長樂侯夫人氣勢洶洶的模樣，此事定無法善了。

「妳可知那女子是何人？竟如此不知廉恥？」有夫人追問道。

絳紫衣裙婦人的語氣透著興奮，若有還無地看了西南角一眼，才道：「不是旁人，正是前些時日，被盛家人及鄭國公胞妹趕出國公府的顧二姑娘！」

「啊?!竟是她?!」眾人驚呼。

當初顧家大房無人在都城，但各府設宴皆會往國公府遞帖子，赴宴者或是國公府老夫人，或是顧二夫人與其嫡女，因此院中各家夫人都見過顧二姑娘。

這顧二姑娘容貌雖不出眾，但舉止甚是文雅有禮，怎會做出如此傷風敗俗之事？

「妳莫不是瞧錯了吧？」有夫人遲疑道，臉上透著明顯的不信。

那婦人有些發怒了。「我一雙眼睛瞧得真真切切！侍衛推開門，一股不尋常的香味便飄了出來，我在遠處聞到些許，頓覺頭暈眼花，忙捂住口鼻，肅王殿下立即察覺到不對，令人請來伯爺。」

她邊說邊皺緊眉頭，面露嫌惡。「侍衛將裡面的女子捆了，拉到外面審訊，侍衛撩開她散落的頭髮，露出臉來，正是那顧二姑娘！」

眾人一愣，隨即鬧烘烘地說開了，不多時，院中賓客皆知曉此事，雖時不時地看西南角一眼，卻未將此事牽扯到顧家上頭。

前幾日她們已知曉顧家兩房早分了家，只是不分府。

顧家大房的姑娘，幼時長在自家父母膝下，隨後又在崇蓮寺中祈福，由慈空住持親自教導，模樣及品性皆備受讚許。

且她是鄭國公的嫡親胞妹，本應在國公府中嬌養著長大，卻被狠心的祖母與嬸娘苛待，前些時日方回到平鄴。若不是她外家及時來人，還不知會被王蘊等人如何折磨。

顧嬋漪自是不受影響，可顧玉清卻垂首低眉，雙手緊緊地攥著帕子，面色煞白。雖然她已過繼給顧新為孫，但她畢竟與顧玉嬌同父異母，難免失了顏面。

那婦人灌下一杯冷茶，稍稍緩口氣，又道：「她今日混在戲班子裡進府，不知如何哄騙了瑞王殿下，將侍衛盡數驅趕。」

說著說著，她眼珠一轉，透著幾絲疑惑，以及濃濃的厭惡。「不知她從何處得了那種東西，還學了那等手段，瞧著不似尋常閨閣女子，倒像是勾欄院裡的姊兒。」

其中一位夫人嗤笑出聲，以帕捂唇。「她父親之前剛為了個花娘當街撒潑，鬧得整個都城人盡皆知，房中又有幾位美妾，耳濡目染之下，她學到一些下作手段，也不無可能。」

此話一出，周遭的人頓時什麼難聽話都說出了口。

眼見顧玉清的臉色越加蒼白，顧嬋漪當即起身，牽起她的手走到長輩們身邊。

「大舅母、姨母，我帶妹妹出去透透氣。」顧嬋漪輕聲道。

聽到顧嬋漪的話，兩人便知她是何意，江予彤點頭道：「去吧，切莫走遠，如今外面且亂著。」

盛瓊靜擔心她們不知府中格局，叮囑道：「最遠只能去菩提樹邊，萬不可去前院瞧熱鬧。」

顧嬋漪自然點頭應下，曹婉見她們準備離席，立即起身向前急急道：「我隨兩位妹妹一道去。」

曹夫人見狀，急忙拉住顧嬋漪的手。「好姑娘，幫忙看著這隻猴兒，莫讓她去不該去的地方。」

顧嬋漪輕笑出聲，連面白的顧玉清都忍不住透出淺淡笑意，不似剛剛的緊張害怕。

三人一離席，貼身的侍婢立即舉步跟上。

沿著長廊而行，走至菩提樹下，三人在石桌邊就座，侍婢則在不遠處站著。

顧嬋漪捏捏顧玉清的臉，眸光柔和，帶著淡淡的安撫。「她們說的是顧玉嬌，與妳何干？」

聞言，顧玉清瞧了曹婉一眼，咬著下唇，沈默無語。

曹婉雖然性格豪爽，心思卻頗為細膩，她笑著起身道：「我去瞧瞧那株地涌金蓮，剛剛人多，我還未仔細瞧呢，便被舒雲清擾了興致，眼下那裡定然無人，我正好獨自賞花。」

目送曹婉離去，顧玉清沈默了好一會兒，方低頭道：「她們猜得沒錯，她的那些手段，確實是我阿娘和劉嬸娘教的。」

顧嬋漪頓時恍然大悟。她前世便想不通，瑞王從不缺美人相伴，顧玉嬌容貌並不嬌豔，為何瑞王會納顧玉嬌為側妃，甚至寵愛有加，如今聽到顧玉清的話，她終於明白了。

皇子不便出入煙花之地，若是身邊有個清白的良家子，卻又懂得勾欄裡的那些手段，一沾上便難全身而退。

「我十二歲時，阿娘與劉嬸娘便時常被小王氏叫去菊霜院，直至點燈方歸。初時，我總是追問小王氏尋她們所為何事，她們卻從不告訴我。」

顧玉清慢慢地說著，不安地揪著手上的帕子，垂眸緊盯著自己的腳尖，不敢抬頭看顧嬋漪。

「那時我年歲尚小，正對諸事深感好奇，她們越瞞著我，我越想知道，某日便趁夜色溜進了菊霜院，然後聽到了……」顧玉清耳尖泛紅，頭垂得更低了。

顧嬋漪輕嘆，無法想像十二歲的小姑娘聽到那等駭人的內容，會有多麼害怕。

她抬手揉了揉顧玉清的腦袋，輕聲安慰。「那是她們自己選的路，與妳阿娘和劉嬸娘不相干，更與妳無關。況且，妳與長安阿兄已經是叔公的孫兒，那些人若是在妳面前說嘴，大可讓人將他們打出去。」

顧玉清深吸口氣，站起身來，朝顧嬋漪屈膝行大禮。

見狀，顧嬋漪連忙起身伸手去扶她，然而顧玉清卻並未止住動作，而是認認真真地行完禮。

「她既然學了那些東西，定有用上的一日。初時，我阿娘與劉嬸娘打算早早定下我的婚事，奈何一時尋不到好人選，只得拖著。」顧玉清眼底滿是感激。「若不是姊姊出手相助，今日之事傳揚出去，我與阿娘及劉嬸娘定無活路，甚至會牽連阿兄的科舉仕途。

「如今，我與阿兄從庶出子女成為嫡出，不必再瞧嫡母的臉色，還能堂堂正正地喚一聲阿娘、嬸娘。」顧玉清神情激動，眼淚落了下來。「日後姊姊但凡有事，儘管差遣，即便上刀山、下火海，我也會為姊姊辦妥。」

顧嬋漪輕笑出聲，抽出身上的帕子細細地擦了擦顧玉清的臉。「舉手之勞罷了，況且長安阿兄已經給過酬勞，無須妳再為我衝鋒陷陣。」

酬勞？顧玉清抬眸撞上顧嬋漪帶笑的雙眼，頓時明白這是玩笑話。她又哭又笑，聲音嬌嬌的，帶著些許鼻音。「姊姊欺負我。」

顧嬋漪笑著點了點她的鼻尖。「快去洗洗，這裡人多著呢，且個個是人精，張眼一瞧便知妳哭過，無事也能編出事來。」

此話一出，顧玉清扯住她的衣袖，眉梢眼角滿是依賴。「姊姊不陪我去嗎？」

「我還有要緊事，妳整理妥當了，便先回後院，向我姨母與大舅母說一聲，我很快便回。」

目送顧玉清走遠，顧嬋漪抿了下唇，轉身準備溜去前院瞧瞧。

她原定的計劃，本是讓舒雲清去前院撞破瑞王與顧玉嬌之事，卻未料到事情出現了如此大的偏差，推門之人竟是肅王。

肅王與瑞王本便不和，今日會來伯府賀壽，出人意料。他親眼目睹瑞王的醜事，定會告到御前，那此事的性質便完全不同了。

情況失控，顧嬋漪無法判斷是否會牽連到國公府，她必須親自去前院瞧瞧。她提著裙襬，帶著宵練匆匆忙忙地往前走，剛走了兩步，便撞到了人。

顧嬋漪駭了一跳，躲閃不及，腳步踉蹌。

眼見對方穿的是長袍，是位男子，顧嬋漪立即側身準備摔向旁邊，不料對方伸出手來，穩穩地扶住她的雙肩。

顧嬋漪站定，深吸了口氣，抬眸道謝。「多謝公……」

話未說完，她便對上了沈嶸安靜幽深的眸子。

「如此著急，要去何處？」沈嶸低聲問她。

顧嬋漪呆愣愣的，實話實說。「想去前院瞧瞧。」

沈嶸面露不悅，微微蹙眉，收回手背在身後，逕自走向石桌。「隨本王來。」

在石桌邊站定後，沈嶸抬手揮了揮，湛瀘與宵練便分別走向兩端，守住了月亮門與長廊，若有旁人過來，便能立時知曉。

沈嶸在石桌邊坐下，微微仰頭看向站著的顧嬋漪。「坐吧。」

顧嬋漪乖乖在旁邊坐下，右手不安地撫摸左手腕上的長命縷，無須沈嶸盤問，便將原本的打算盡數說了出來。

她一邊說，一邊小心地打量著沈嶸的臉色，見他表情如常，且不像生氣的模樣，心底的忐忑稍散。

「臣女本想讓長樂侯夫人與她家大姑娘撞破此事，卻未料到肅王殿下橫插一腳。」顧嬋漪頓了頓，躊躇片刻，方低低道：「因此，臣女才想去前院看看。」

「此事牽扯兩位皇子，眼下伯府的前院已被禁軍圍起來，妳若冒冒失失地過去，定會引人懷疑。」沈嶸語氣平緩地解釋道。

顧嬋漪垂眸低首。「臣女知錯了。」

「一日之內，已是第二次。」沈嶸淡淡道。

顧嬋漪抿唇默然，過了片刻，才小聲道：「但臣女委實放心不下，不知何處出了差錯，是否會牽連阿兄。」

「是本王讓人引沈諄過去的。」沈嶸輕描淡寫地出聲。

顧嬋漪頓時睜大了雙眼，難以置信地看向他，眼底滿是好奇與驚詫。

「妳讓長樂侯夫人與她女兒過去，此計雖好，但日後她們母女回過神來，定會懷疑到妳頭上。」沈嶸手指輕叩桌面，將自己所思所慮說與顧嬋漪聽。「但若換成沈諄，無人會想到是妳在背後操控，旁人只會猜測此事應是兩位皇子在鬥法。」

沈嶸眸光一轉，狀似無意般透出些許自己的野心。「沈諄讓沈謙在大庭廣眾之下失了顏面，他們之間的矛盾必定加深，朝中局勢越風雲詭譎，於本王便越有利。」

他定定地打量著顧嬋漪的神色，然而她神色如常，並未詢問他為何要讓朝堂發生動亂，也未詢問此事於他何處有利，似乎對他的盤算一點都不意外。

沈嶸瞇了瞇眼，眸光越加幽深。他之前的猜測應當有所誤差，若她僅是困於墓中，再世為人，那她不該知曉太多事，如白家冤案，又如一眼認出曹大人的身分，甚至是他的野心。

顧嬋漪沈思片刻，明白沈嶸此舉實乃一箭雙雕的妙計，既為她轉移了旁人的注意力，也讓沈諄與沈謙兄弟徹底撕破臉。

她佩服得五體投地。「肅王殿下今日來賀壽，是王爺特地安排的嗎？」

沈嶸回過神，輕笑一聲，淡然道：「並非特地安排，僅是順水推舟罷了。」

顧嬋漪更加欽佩不已，她敢肯定，沈嶸在今日之前定然不知她的計劃。但今日他來賀壽，不過短短兩、三個時辰，便將此事料理得乾乾淨淨，無一處錯漏，亦無一處多餘。

如此一來，她與他在旁人眼中，皆是清清白白的旁觀者。

第二十九章　兩情相悅

顧嬋漪雙眸發光，崇拜不已地看著沈嶸。

前世她在他的身邊待了幾十年，原以為學到些許皮毛，然而如今重活一世，所思所想，竟還未有二十歲的沈嶸這般周全。

顧嬋漪眉眼彎彎地看著沈嶸，不論是前世，抑或是今生，他合該站在最耀眼的地方，受世人尊崇。

沈嶸被她瞧得不甚自在，抬手抵唇，輕咳一聲起身。「既無旁的事，妳便先回去吧，記得早些離開，今日忠肅伯府還有得亂。」

顧嬋漪亦站起身，卻未離去，而是微微仰頭，直視沈嶸的眼睛。「剛剛在席間，臣女聽到一句玩笑話，想問問王爺是不是真的。」

沈嶸挑眉，不知還有與自己相關的玩笑話，他雙手背於身後，坦坦蕩蕩地說道：「妳問。」

顧嬋漪咬了下唇，右手緊緊握住左手腕，面頰微紅，直接問道：「聽聞王爺欲娶妻？」

沈嶸錯愕，眼神飄忽，不敢直視顧嬋漪的眼眸，不待他出聲否認，便見身前的女郎語出驚人——

「王爺覺得臣女如何？」

秋風吹拂菩提，沙沙作響；飛鳥掠過天際，囀囀鳥鳴。

這些聲響沈嶸皆聽不見，他背在身後的雙手攥成拳，神情有些訝異。「妳、妳說什麼？」

顧嬋漪的雙頰已紅透，卻強忍著羞意。「臣女掐指一算，王爺與臣女有前世今生的緣分，合該舉案齊眉、白頭偕老。」

前世相伴，今世相知。

顧嬋漪不知她是何時動了心，只知聽聞他要娶妻，她便坐立難安。

她陪他看過北疆的日照金山、東慶的海上明月；賞過南夏的百花綻放、新昌的萬馬奔騰。

她伴他藏在南疆的叢林之間，躲避叛軍的追殺；她見過他站在清水河大堤上，頂著暴雨疏散百姓。

她跟在他的身邊，走過大晉的錦繡河山，經歷四季轉換、時光流逝。

雖然他從未知曉他的身邊一直有她，但前世的幾十年，在她的心裡並非過眼雲煙，而是至今無法忘懷的刻骨銘心。

顧嬋漪的神情認真嚴肅，若不是臉色酡紅，還以為她在說朝中大事。「王爺以為如何？」

曾面對數萬敵軍，尚能面不改色的禮親王，如今卻耳尖泛紅、神色慌亂；曾在朝堂之上舌戰群儒、能言善辯的攝政王，此時說話卻難得一見的結巴了。

「妳、妳可是認真的？」沈嶸沈默片刻，好不容易回過神來，低聲問道。

顧嬋漪眉梢與眼角都透著淡淡的笑意，她用力地點了下頭。「婚姻大事，豈能兒戲？臣女自然是認真的。」

沈嶸抿唇，驀地想起那日母妃為他支的招。

母妃說，今日求娶顧三姑娘的是沈謙，他日沈諄瞧見顧家勢大，說不定也會想求娶她，可沈諄已有正妃，他若開口，顧三姑娘便只能得側妃之位。

「你忍心看著顧三姑娘那麼好的人嫁予沈謙那種人為妃，或是入肅王府為側妃？你能攪和一回，還能次次都攪和了？」周槿笑臉盈盈地看著沈嶸，慢條斯理道：「眼下有個一勞永逸、絕無後顧之憂的法子，且看你願不願意。

「顧三姑娘如今十六歲，已到了許嫁之年，你正好及冠，若你娶了顧三姑娘，她便是沈謙與沈諄的皇嬸，姪兒覬覦皇嬸是大罪，日後定無法登上帝位。」

思及此，沈嶸的嗓音低沈。「妳當真願意？」

顧嬋漪頷首，擲地有聲。「願意。」

說完，她又急急追問道：「王爺可願意？」

面前的女郎杏眼明亮、眼底乾淨澄澈，沈嶸心下一動，正欲回她，卻見湛瀘急忙走了過來。

「爺，肅王殿下過來了，已行至長廊。」

沈嶸瞇了下眼，面露不耐，偏偏是這個時候……

「妳先回去，本王晚些時候得了空，便去尋妳。」沈嶸快速道。

顧嬋漪別無他法，只得點點頭，跟著宵練迅速離開。

坐在回府的馬車上，顧嬋漪忍不住暗暗埋怨起肅王，若是他再晚片刻便好了，想著想著，她又擔心自己求親一舉太過唐突與冒犯，嚇著沈嶸，一時之間可說是百感交集、忐忑不安。

行至府門前，顧嬋漪才稍稍清醒，握住顧玉清的手腕，柔聲安撫。「今日之事，妳可盡數告知兩位嬸娘，她們已經拿回了身契，顧硯家中之事與她們無關。若有衙役上門或請兩位嬸娘去衙門問話，實話實說便可，無須太過擔憂。」

顧嬋漪頓了頓，拍拍顧玉清的手背。「況且，並非她們拿刀架在顧玉嬌的脖子上逼她如此行事，是以此事定不會牽連她們。」

這一路上，顧玉清心神不寧，甚至未發現顧嬋漪神色有異，聽到這些話後，臉上的血色才回來一些。「有姊姊這番話，我便安心了。」

顧嬋漪走下馬車，讓車伕送顧玉清回去，這才轉身走向府門。

盛瓊靜在門前等她，神色凝重，她邊拉住顧嬋漪的手腕邊道：「剛剛在席間聽到一句玩笑話。」

顧嬋漪靜靜地跟著自家姨母的步伐往前走，聞言回道：「什麼玩笑話？」

盛瓊靜轉頭瞥了眼身後，見宵練等人皆識趣地落後三、四步，這才低聲道：「禮親王府的老王妃，似有意為王爺挑選正妃。」

顧嬋漪心下一凜，垂首低眉，掩下微變的神色。

「老王妃並未明言，但她與王爺向來深居簡出，今日卻去了忠肅伯府的壽宴，結合王爺的年歲，很難不令人想到此處。」盛瓊靜憂心忡忡。

行至水榭，盛瓊靜腳步一轉，拉著顧嬋漪走進裡面，並未讓僕婦與侍婢上前伺候。

她滿懷擔憂地看著顧嬋漪，輕嘆聲氣。「若是往日，旁的王爺選正妃，定有不少世家會爭上一爭，但禮親王府卻不然。世家貴女不願嫁入禮親王府，但王爺的年歲已到，已故老王爺又僅有此子，老王妃定會著急他的婚事。」

盛瓊靜停頓片刻，眉間憂色更濃。「除去世家貴女，便是普通官員之女，如今平鄴城中適齡的女郎並不多，妳是其中之一。禮親王府並非好去處，我雖知妳常年在崇蓮寺中，不見外男，卻還是要問妳一句，妳可有心儀之人？」

顧嬋漪揪緊衣襬，猶豫不決，不知是否應該實話實說。

等了片刻，盛瓊靜遲遲未聽到答覆，便繼續道：「婚姻乃是大事，但我與妳大舅母久未回平鄴，短時間內想不到合適的兒郎。」
顧嬋漪一驚，似乎明白了姨母的打算。
「剛剛在伯府，曹夫人亦言，如今都城中數得上的好兒郎大多已訂親。」盛瓊靜頓了頓，又道：「我與妳大舅母商量過，知根知底、人品相貌皆好的兒郎，眼下有兩個。」
盛瓊靜面露淺笑，猶如娘親悄悄打探待嫁之女的心事。「我且問妳，若要從銘懷與銘志中挑選一人為夫婿，妳更屬意哪個？」
眼見大舅母與姨母要亂點鴛鴦譜了，顧嬋漪心中一急，顧不得旁的，抬起頭來，直接問道：「姨母，禮親王府為何不是好去處？」
盛瓊靜誤以為顧嬋漪常年在山中，不知朝中之事，更未聽過那個要命的傳言，便將前因後果盡數說給她聽。「誰也摸不準禮親王府中是否有那道密旨，雖然老王爺已故去，但當今聖上對禮親王府仍然十分忌憚。」
言及至此，盛瓊靜抬頭看了看四周，水榭之中，門窗盡數敞開，一眼便能將周遭景色盡收眼底。
看清四周無人後，盛瓊靜方壓低聲音，神色凝重道：「聽聞兩個月前，有刺客潛入禮親王府，禮親王身受重傷。」
盛瓊靜眯了眯眼，握緊顧嬋漪的手腕。「皇城腳下，卻有刺客闖入王爺府中，且至今未抓到刺客，妳說，都城中誰有這般本事？」

雖然姨母並未明言，但顧嬋漪瞬間便想通了。都城守衛森嚴，不僅有京兆府的衙役日夜巡街，內城中甚至還有禁衛軍巡邏。

即便如此，刺客卻能進入禮親王府傷害沈嶸，行刺後直接消失在都城中，下手之人除了高坐皇位上的那人，還能有誰？

「不論是已故的老王爺，還是如今的王爺，才華品貌俱是上乘，實乃佳婿。」盛瓊靜輕嘆一聲，語氣中滿是惋惜。「然而禮親王府如今卻是龍潭虎穴，無法輕易入得。」

盛瓊靜又道：「除了攀龍附鳳、不將女兒性命放在心上的人家以外，誰家願意將自個兒好不容易養大的女郎嫁入那種地方？」

顧嬋漪心中酸澀不已，突然明白沈嶸前世為何孑然一身，從未娶妻生子。他定是知曉在旁人眼中，禮親王府是何模樣，與他結親又有何下場。

好人家不願意將女兒嫁予他，怕日後女兒死於帝王的猜忌，且禍連全族；別有所圖的人家，願意將女兒嫁給沈嶸，可他卻不想惹禍上身，唯有禮親王府絕後，坐在帝位上的人，才不會再猜忌禮親王府有不臣之心。

不論是前世還是今世，沈嶸著實受了太多委屈。

顧嬋漪眼眶泛紅，她深吸口氣，強忍住心頭的酸楚，抬頭看向自家姨母。

盛瓊靜見顧嬋漪如此，甚是驚詫，正欲出聲詢問，便聽到她柔和且堅定的聲音。「姨母，三表兄與四表兄皆是好兒郎，無論嫁予他們之中的哪一個，日後定然幸福無憂。」

顧嬋漪眸光明亮，不閃不避。

盛瓊靜聞言，心想這話明明是誇讚兩位姪兒，可外甥女的臉上卻不見絲毫歡喜和害羞。果然，下一瞬，外甥女話鋒一轉。

「兩位表兄雖好，但阿媛已有了心悅之人。」顧嬋漪的語氣極其平淡，恍若在說一件尋常小事。

見顧嬋漪如此冷靜，盛瓊靜心中卻是慌亂至極，她的腦中甚至隱隱有了猜測。

不知過了多久，盛瓊靜才強裝鎮定地問道：「是誰家兒郎，竟能得了阿媛的喜歡？」

夜深，顧嬋漪趴在窗牖上，仰頭看向天際，星光熠熠，初秋晚風微涼。

沈嶸說得了空便來尋她，卻不知何時才有閒暇，他還未給她一個答案，她今日委實難以入眠。

遠處傳來打更人的聲音，不知不覺，已是二更天。

「咯吱」一道輕響，宵練推門進來，她行至顧嬋漪身側，微微彎腰，輕聲道：「姑娘，可要睡了？」

顧嬋漪以手托腮，搖了搖頭。「且再坐一會兒。」

宵練抿了抿唇，試探道：「若姑娘睡不著，不如去院子裡逛逛？」

顧嬋漪一愣，抬起頭來，對上宵練的眼睛，頓時福至心靈。「去取我的披風來。」

之前她讓盛嬤嬤收拾各處院子，該推平的都推平了，該修整的也在修整中，如今院子裡亂糟糟的，有何好逛？宵練並非不知情況，卻仍說出這種話來，顯然別有目的。

宵練在前方提燈，主僕二人沿著長廊而行，行至後院，繼續向前行至後門，純鈞正站在門邊。

後門一開，顧嬋漪快走幾步，她微提裙襬，跨過門檻，一眼便瞧見門外昂首挺立的沈嶸。

周邊侍衛盡數向後退，僅遠遠地站著，門內的宵練與純鈞更是站在院內的長廊下，眾人僅瞧得見兩人的身影，卻聽不到他們的說話聲。

顧嬋漪歡歡喜喜地走上前，微微仰頭。「臣女就知道王爺一定會過來。」

沈嶸垂眸，入目便是女郎那明豔的面容，她的眉梢眼角盡是笑意，讓人瞧著便忍不住與她一道歡喜。

深夜密會未出閣的女郎，本有違禮數，但他白日裡已答應過她，晚些時候得了空便來尋她。

沈嶸右手背在身後，柔聲道：「妳且安心，本王來時已經換過馬車，無人知曉本王來此處見妳，日後也不會傳揚出去。」

顧嬋漪心中一暖，大大的杏仁眼笑成了小月牙，沈嶸行事向來妥帖謹慎，不需她操心。

「嗯，臣女知曉。」

見顧嬋漪的眼眸中是全然的信任，沈嶸輕咳一聲，耳尖微燙，偏頭看向院牆。「白日裡，妳說的話，本王已細細地想過。」

顧嬋漪眨巴著眼睛，視線片刻不移地盯著他。「王爺的答案呢？」

沈嶸抿了抿唇，垂眸看了顧嬋漪片刻，隨即抬頭，並未直接回她，而是聲音輕柔地緩緩道來。

「妳應當對禮親王府的傳言有所耳聞。」沈嶸語氣平淡，並無絲毫怒氣與不忿。「都城中無論是朝中官員，還是世家子弟，皆遠著禮親王府，唯恐惹禍上身，殃及全族。」

顧嬋漪面露焦色，正欲張口說她不怕，卻見沈嶸面色凝重，身上的溫潤之氣微散。他壓低聲音。「若僅是如此便罷了，還有一事，本王已查到些許眉目，不願瞞著妳。」

顧嬋漪表情慎重道：「王爺且說。」

沈嶸抿了下唇，目光對上顧嬋漪的眼眸，過了片刻，他才正色道：「父王之死，有蹊蹺。

「本王懷疑父王當年並非病逝，而是有人下毒。」沈嶸一字一字道，同時目不轉睛地觀察顧嬋漪的面色。

顧嬋漪驚愕不已。前世她待在沈嶸身邊幾十年，他似乎從未懷疑過老王爺的死因，她不禁脫口而出。「王爺當初……」

話未說完，顧嬋漪便急急噤口，她眼神飄忽地看向自己的腳尖，攥緊披風的帶子，不敢直視沈嶸的眼睛。

「我當初？」沈嶸微不可察地挑了下眉。「我當初如何？」

面前的女郎微微低著頭，露出一截雪白的脖頸，晚風吹拂她的髮絲，泛紅的耳垂若隱若現。

沈嶸心中已經有所猜測，便不再逗顧嬋漪，而是自顧自地繼續往下說：「本王要查清父王的死因，此路甚是艱險，堪比謀朝篡位。」

他頓了頓，微微傾身。「妳當真願意嫁予本王為妃？」

顧嬋漪深吸了一口氣，猛地抬起頭來，直直地對上沈嶸的眸子。「臣女且問王爺，您對臣女可有情意？」

沈嶸頓時愣住，他不自在地抬手抵唇，輕咳一聲。然而，面前的女郎雙眼明亮，炯炯有神地看著自己，他勢必要有個答覆才行。

想到當初母妃為他支招時，他原本應當一口回絕，卻遲疑了。

沈嶸看著顧嬋漪的眼睛，眸光幽深堅毅，聲音卻輕柔溫和。「有意。」

前世他受顧長策所託，在回都城的路上，他便想著若是顧三姑娘願意，他便認她為義妹，日後如兄長般照拂她，孰料他回來後卻得知她已經亡故，孤零零地葬在華蓮山。

當時他拿到顧三姑娘的畫像，畫中人明眸皓齒、姿容豔麗，若是還活著，定有不少兒郎爭相聘娶，可他瞧了半日，卻僅是嘆了句「紅顏薄命」。

隨著顧家之事逐漸查清，得知顧三姑娘被顧家二房苛待，短短一生，唯有在父兄身邊時最是無憂無慮，餘下的人生卻滿是荊棘，至此，他心中便是滿滿的憐惜。

見顧嬋漪呆愣住，沈嶸莞爾，大大方方地再次重複道：「有意！」

顧嬋漪終於回過神來，她既驚又喜，不知該如何是好，鼻子甚至一酸，眼淚差點落下來。

她心中十分明白，老王爺乃高宗幼子，先帝同父異母的兄弟，整個大晉可以神不知、鬼不覺地毒害他之人屈指可數，她若嫁給沈嶸，面對的就是一場噬人風暴，但那又如何？

顧嬋漪抽了抽鼻子，神色鄭重。「王爺助臣女查清阿娘死因，幫臣女趕走有虎狼之心的嬸娘，臣女亦願意陪著王爺查明老王爺之死。」

她擲地有聲地道：「無論前路多麼艱險，臣女都願意站在王爺身邊，同進同退。」

沈嶸眼底的笑意漸漸溢出，他未能忍住，抬手揉了揉顧嬋漪的頭。「風雨如晦，此心不改。」

第三十章　致命一擊

星光溫柔地灑在兩人身上，直至遠處傳來打更人的梆子聲，他們才回過神來——不知不覺竟站了許久，兩人齊齊笑出聲。

沈嶸輕聲道：「回去早些安寢，過些時日，本王讓母妃請盛家夫人過府賞花。」

顧嬋漪想到姨母說的那些話，面露難色，小心翼翼地打量沈嶸的神情。「我大舅母與姨母，似乎對王爺有所誤解……」

儘管顧嬋漪並未言明，但沈嶸豈會不知是何「誤解」，他揉揉顧嬋漪的頭，安撫道：「諸事有本王，妳且安心，即便妳大舅母與姨母點頭應允，也還須等妳阿兄回城。」

見沈嶸如此胸有成竹，想來已有應對的法子，顧嬋漪心中大石落地，輕吁了口氣，神態輕鬆。「那臣女便先進去了。」

沈嶸正欲點頭，卻想起一件事來，他眉頭微皺，面露些許嫌惡。「沈謙與顧玉嬌之事已經鬧到聖上面前，沈謙身為皇子，至多禁足、罰俸祿，但是顧玉嬌恐怕性命不保。」

顧嬋漪挑了下眉，並未遮掩臉上的幸災樂禍，而是坦坦蕩蕩地承認道：「如此，臣女便省事了。」

沈嶸很喜歡顧嬋漪這般坦誠，不似旁人惺惺作態。「約莫明日午時前，聖上處置她的旨意便會下來。」

無須顧嬋漪多言，沈嶸便主動道：「有消息後，本王讓人告訴妳。」

顧嬋漪笑得越加明媚燦爛，猶如春日百花、冬日朝陽。

主僕二人毫無聲息地回到聽荷軒，輕手輕腳地漱洗好。

顧嬋漪躺在床上，裹緊被子打了個滾，猶覺不足，她又將被子拉過頭頂，蒙在被窩中低聲尖叫了幾聲，如此才稍稍冷靜下來。

她猛地掀開被子，盯著頭頂的帳子看了半晌。今日之前，她從未想過她與沈嶸會兩情相悅。

前世她目睹沈嶸孑然一身，心懷黎民百姓，宛若不知情愛的老和尚；今日在菩提樹下，她不顧一切表明心跡，僅是被他可能娶妻一事逼得慌了神，誰知竟歪打正著。

顧嬋漪揪緊被子，忍不住再次打了個滾。

宵練睡於榻上，聽著床架輕響，無奈出聲道：「姑娘，已經四更天了，再不睡，天便要亮了。」

床架終於不再亂晃，然而床上的人卻裹著被子走了過來。

顧嬋漪裹緊被子，直接盤腿坐在榻上，雙眸有神地盯著宵練。「妳可是自幼長在禮親王府？」

宵練坐起身來，點點頭，老老實實交代。「婢子與純鈞等人乃孤兒，後被老王爺與老王妃接入府中，請來文武先生悉心教導。」

顧嬋漪裹著被子挪了挪，湊到宵練身前，雙頰微紅，透著淡淡的害羞。「那妳豈不是從小就長在老王妃跟前？妳可知老王妃的喜好，以及日常習慣？」

宵練終於明白過來了，她笑著說了些老王妃平日種種，可是眼見顧嬋漪越聽越認真，她只得止住話頭。

她指了指窗外，柔聲哄勸。「姑娘，婢子不常在老王妃身邊，所知有限。姑娘還是早些安寢吧，若爺知曉您還未入眠，定會擔憂姑娘。」

宵練不得已將自家王爺搬出來，但效果極好。

顧嬋漪撇了撇嘴，裹著被子起身，乖乖回到自己床上躺下。

宵練為她掖好被角，邊放下床帳邊道：「姑娘若想知曉，日後親自問爺，爺定會告訴姑娘的。」

翌日，巳時過半，宵練提著食盒從外面進來，逕自走向聽荷軒的書房。

顧嬋漪正臨窗而坐，她手上拿著幾張筆墨乾透的紙張，瞧見宵練進來，她便將紙對摺兩下，放置一旁。

宵練行至顧嬋漪面前，將食盒放在小几上，打開盒蓋，端出一盤精緻的糕點。「這是爺讓老廚子現做的點心，讓湛瀘送來給姑娘嚐嚐。」

顧嬋漪傾身向前，除了荷花酥、桂花糕之外，還有一封書信。她拿起書信，細細拆開。

寥寥數字，兩三眼便看完，顧嬋漪勾起唇角，捏了塊荷花酥，起身往外走。「小荷，讓嬤嬤與姨母說一聲，我要出去一趟，不在家中用午膳了。」

小荷連手中的針線笸子都來不及放下，她快步走到顧嬋漪身前。「姑娘要出門？帶婢子一道去吧。」

顧嬋漪點點她的鼻尖。「當然要帶上妳。」

主僕三人坐上馬車，顧嬋漪邊吃桂花糕，邊皺眉沈思。老王爺病逝時，先帝尚在，若是老王爺的死因可疑，那下手之人到底是先帝，還是當今聖上？

此時小荷忽然出聲。「姑娘，我們要去何處？」

顧嬋漪回過神，她吃完手中糕點，用帕子擦了擦手，慢悠悠地開口。「顧硯另立門戶後，我們尚未登門道賀，今日恰好有空閒，便走這一遭。」

小荷立即明白過來，這是去找顧硯一家的麻煩呢，不然誰登門道賀時不帶禮？她拍了拍手。「正好，婢子也還未去過。」

出平南門，進入外城，再繼續向南行駛約莫一個時辰，方臨近定南門。

純鈞微扯韁繩，馬車拐進城門邊的小巷子，往裡面行了半刻鐘，車子才緩緩停下。

只見純鈞俐落地跳下馬車，擺好下馬凳。「姑娘，到了。」

宵練率先從馬車上下來，純鈞轉身踏上石階抬手叩門，不多時，府門由內打開，一個小廝探出頭來。

顧嬋漪在馬車邊穩穩站定，尚未出聲，那守門的小廝便從裡面走了出來，拱手作揖。「姑娘怎麼來了？」

宵練上前半步。「快去通報你家夫人，我家姑娘來道賀了。」

三進宅院久未住人，即便顧硯等人搬進來時曾匆匆灑掃過，也不掩此間宅院的蕭索。長廊的角落有尚未清掃乾淨的蜘蛛網，庭院中滿是枯枝落葉，不見花草，整體空曠冷清，甚至不見什麼僕婦或侍婢。

雖說王蘊靠放印子錢取得暴利，但二房一向花錢如流水，如今沒了大房的「支援」，為了節省開支，只得往外發賣不少奴僕。

入目景致皆是蕭條，顧嬋漪暗暗地點了點頭，心中很是滿意。

穿過連廊，再行半盞茶，便到了王蘊住的院子。院內僅有王蘊平日使喚的那幾個侍婢，其餘二等、三等侍婢皆不見身影。

顧嬋漪輕輕瞥了院子一眼，便大步走向主屋，王嬤嬤從屋內出來，戰戰兢兢地伸手攔人。「姑娘，我家夫人尚未起身，不便見客。」

聞言，顧嬋漪輕笑。「讓開。」

見顧嬋漪這般氣勢傲然、不怒自威，王嬤嬤兩腿發顫，幾息之間，她便側身讓出路來。

顧嬋漪走進屋內，頭也未回地說道：「守在門外。」

小荷與宵練一左一右站在屋門兩側，目光輕飄飄地落在院內的嬤嬤與侍婢身上，眾人皆不由自主地垂首而立。

王嬤嬤搓手站在臺階下，急得直轉圈，眼見那兩人如門神一般，她咬咬牙，轉身去尋老夫人了。

小荷以手遮唇，小聲問道：「小宵，可要攔一攔？」

宵練輕嗤。「老夫人又如何。」

小荷險些笑出聲來。「正是，即便她來了，又能如何！」

王蘊趴在床榻上，身上僅蓋一床薄被，似乎擔心她受風寒，王嬤嬤將屋內的窗子盡數關上，氣味無法散出，藥香濃到讓人不自覺地皺緊眉頭。

顧嬋漪在床邊的小凳上坐下，似乎並未受到藥味的影響，神態自若。「嬸娘？」

床上之人不動如山，似乎正在沈睡中，顧嬋漪卻瞧見王蘊落在枕邊的手輕微地動了動，她輕笑一聲。「嬸娘既然醒著，不如與我這個姪女好好地聊一會兒？」

並未等王蘊應答她，顧嬋漪自顧自地往下說：「不知嬸娘可知我那位堂姊今在何處？」她輕笑。「今日她應當沒來向嬸娘請安吧。」

當日顧硯攜妻帶女搬離國公府，宛如喪家之犬，顧玉嬌定然深感顏面盡失，是以她故意使人在顧玉嬌的耳邊挑撥離間，加深她的仇恨。

不過顧玉嬌乃內宅女郎，無權無勢，奈何不了國公府與盛家之人。此時，她再讓人在顧玉嬌的面前，不經意地透露出瑞王的行蹤，顧玉嬌自然會奮不顧身地抓住這根救命稻草。

床上的人終於有了反應，王蘊轉過頭來，死死地瞪著顧嬋漪。「妳做了什麼?!」

顧嬋漪玩著手上的帕子，漫不經心地瞥了她一眼，笑咪咪道：「妳猜。」

王蘊挪了挪身子，看了眼窗外的天色，時辰不早，她確實遲遲未見女兒前來請安，她頓時慌了。「她好歹是妳的堂姊！」

顧嬋漪嗤笑，眸光冰涼地直視王蘊。「我的確是喚妳一聲嬸娘，可妳莫不是忘了，你們這一支與我們漳安顧氏不再是同宗同族，她如何算是我的堂姊？

「還有，嬸娘送我上華蓮山，入崇蓮寺苦修時，可有想過我是妳的姪女、是顧玉嬌的堂妹？」談及往事，顧嬋漪卻是語氣平淡，不見情緒起伏。

王蘊感覺到了不對勁，她咬牙切齒，恨恨道：「妳想如何？」

看了眼薄被蓋住的地方，顧嬋漪眼含輕蔑不屑。「我一介弱女子，能如何？」她姿態隨意，將王蘊的恨意與無可奈何盡收眼底。

顧嬋漪微微勾起唇角，欣賞了片刻，方緩緩道：「我今日前來，是有件要緊事想告訴嬸娘。」

話音落下，門外傳來急促的腳步聲與枴杖聲，隨即響起「砰砰」拍門聲。

王氏在門外喊道：「阿媛，有話好好說！」

顧嬋漪挑了下眉，施施然站起身來打開門，看著被宵練控制住的王氏，眉眼彎彎。「祖母也來了？那便進來吧。」

王氏踏進屋子後，屋門再次關上。她走上前，瞧見王蘊好好躺著，鬆了口氣，轉頭卻見顧嬋漪在床邊小凳上坐得筆直，宛若廟裡的大佛。

她知顧嬋漪並無讓出位置的意思，不由得撇了撇嘴，但今時不同往日，她只得忍下這口氣，甚至賠笑道：「阿媛今日過來，是有事嗎？」

顧嬋漪笑得單純無害。「不知祖母今日可曾見到顧玉嬌？」

王氏皺眉想了想，面露不悅。「昨日晨起便不見她來請安，問她屋子裡的侍婢，卻說她病了，在屋子裡休養。

「我一個老婆子，半截身子入土的人了，這宅子裡剩下的幾個卻得我來伺候，怎的，只剩我能喘氣了？」王氏說著說著，便埋怨上了。「年輕力壯的小女郎，連我個糟老婆子都比不過，吹點風便躺下了，我還累得頭暈眼花呢。」

顧嬋漪津津有味地聽著，一言不發，而床上的王蘊面色則是越來越難看。

王蘊嘴角緊抿，神色冷厲地盯著顧嬋漪問道：「到底有什麼要緊事？」

「哦——」顧嬋漪好似剛剛想起一般，拍了下巴掌。「瞧我這記性，忘了這樁最要緊的事。」

「祖母別生氣，嬸娘也莫要慌。」顧嬋漪看了看王氏，又看向王蘊，帶著笑意說：「我今日過來，便是告訴祖母與嬸娘，妳們日後恐怕等不到顧玉嬌的請安了。」

此話一出，王氏與王蘊臉色驟變，王蘊左手撐床，顧不得疼痛，直起腰身，急急問道：「妳這話是何意?!」

王氏亦急忙拄著枴杖上前，拉住顧嬋漪的手臂。「阿媛，妳可得說清楚，什麼叫日後等不到嬌姐兒的請安了？」

顧嬋漪瞪大雙眼，故作驚詫。「難道兩位不知昨日發生在忠肅伯府的大事?!」

王蘊咬著下唇，既焦急異常又滿含怨恨地盯著顧嬋漪。

只見王氏一臉茫然，捏著指頭算了算日子，疑惑道：「昨日不是忠肅伯府老夫人的壽辰嗎？」

顧嬋漪點點頭，輕嘆一聲。「正是老夫人的壽辰，來往賓客甚多，如今街頭巷尾皆知顧玉嬌在席間鬧了醜，妳們卻未聽聞？」

瞧王氏搖頭，顧嬋漪又裝作為難地遲疑片刻，方緩緩道：「昨日瑞王殿下與肅王殿下皆去了壽宴，不知顧玉嬌哪來的膽子，竟買通戲班班主混進了伯府。」

王氏急得搓手。「她膽子竟這般大！」

「若僅是如此便罷了。」顧嬋漪刻意停頓片刻，唇角微微上揚，眼睛一眨不眨地對上王蘊的眸子。「肅王殿下還撞見她與瑞王殿下在小院子裡行苟且之事。」

「砰」的一聲，王氏頓時枴杖一鬆，整個人跌坐在地，她面色蒼白，雙手癱在身體兩側，猶如斷線的木偶。「完了完了完了……這下徹底完了。」

王蘊雙手攥拳，狠狠地捶了下床板，她抬手指著顧嬋漪，全身控制不住地發顫。「是妳！定是妳做的！」

顧嬋漪笑著瞥她一眼，站起身理了理衣襟。「嬸娘說話可得講證據，難道是我拿著刀抵著顧玉嬌的脖子，讓她做下這等不要臉面之事？」

「嬸娘莫要冤枉好人。」顧嬋漪微微傾身，抬手捏住王蘊的指尖，將她的手指硬生生地按了下去。「畢竟，當初嬸娘還在我面前說我無人證、物證，不得冤枉妳，怎的，換在嬸娘的身上，便忘了？」

王蘊吃痛，用力一掙，奈何手指未抽出來便罷了，還牽動了身上的傷處，不多時，薄被便滲出一層淡淡的血漬。她緊咬下唇，額頭與脖頸盡是冷汗，盯著顧嬋漪說不出話來。

顧嬋漪輕笑兩聲，忽然鬆手，王蘊瞬間跌回床榻上，形容枯槁。

她垂眸瞥了眼地上的王氏，又抬眸看向床上的王蘊。「此事鬧得滿城皆知，又牽扯兩位皇子，昨日宴席未散，顧玉嬌便被禁軍捉進了天牢。」

聽到「天牢」二字，王氏的身子抖得越加厲害，急急問道：「她所行之事，可會牽連全家？」

顧嬋漪輕笑出聲，眉眼溫柔地看向王氏。「祖母安心吧，理應不會牽連無辜之人。」

王氏嚇壞了，忙不迭地撿起枴杖撐起身子，急忙往外走。

「我得留好後路才行。」王氏喃喃自語，看也不看床上的王蘊一眼，抬腳便出了屋門。

目送王氏的身影消失，顧嬋漪冷笑，低頭俯視床上的王蘊。「這便是妳伺候了大半輩子的婆母？大難臨頭各自飛，王蘊，妳且等著，今日僅是開始。」

王蘊連連捶床，薄被已然紅透，血跡層層暈染。「果然是妳！」

顧嬋漪雙手背在身後，好整以暇地欣賞著王蘊憤怒慌張卻束手無策的模樣。「妳送顧玉嬌去女學讀書習字，結交世家貴女，又讓劉、苗兩位嬸娘教她床笫之術，到頭來，卻落得鴆酒一杯的下場。」

她輕輕哼笑，慢條斯理道：「妳好不容易得來的嫡子，將將十歲，妳便送他去江南求學，妄想讓他科舉出仕，光耀門楣……」

顧嬋漪緩緩直起身，勾起唇角。「王蘊，妳可得保重身子，萬萬留住性命，方能看到我為妳準備的驚喜。」

說罷，顧嬋漪轉身便走。

王蘊目眥盡裂，下唇已經咬爛，鮮血沿著下巴滴落，砸在軟墊上。她歇斯底里地喊道：「妳有仇儘管衝著我來！對著孩子下手算什麼，妳的慈悲之心呢?!」

顧嬋漪腳步頓住，背著日光回過頭來，令人瞧不清面容。「慈悲之心？王蘊，妳莫不是以為我在崇蓮寺中住了幾年，便真是寺廟裡的比丘尼了？」

王蘊掙扎著從床上翻下來，裹著薄被緩緩往前爬，顧不得傷口被扯動的痛楚。「顧嬋漪！我求求妳，別動我兒子，他是無辜的！」

「無辜？」顧嬋漪嗤笑。「我阿娘即便知曉妳對我阿父懷有齷齪之心，卻從未對妳動過手。妳向我阿娘下毒時，她難道不無辜？我難道不無辜？」

顧嬋漪連連冷笑，目不轉睛地盯著王蘊朝她爬過來，身上的鮮血混雜著冷汗，在地面上拖出長長一條紅痕。「妳還有臉和我說稚子無辜?!」

語畢，顧嬋漪不再多言，轉身大步走向門邊，一踏出門，她便朝宵練使了個眼色。

宵練拿出事先準備的金瘡藥，抬腳走向長廊盡頭，遞給躲在廊柱後面的王嬤嬤。

「好生照顧妳家夫人。」宵練輕聲道：「此乃上好金瘡藥，無毒無害，我家姑娘還要留她一命。」

王嬤嬤雙手顫抖不止地接過，險些將藥瓶抖落在地，她忙不迭地握緊。

直至顧嬋漪主僕三人遠遠離去，王嬤嬤才步履不穩地走進屋子，一眼便瞧見自家夫人趴在地上，渾身是血，模樣狼狽。

她驚呼一聲，趕忙跑上前，邊扶起王蘊，邊朝外喊道：「快來人！」

小院子裡眾人的忙亂聲遠遠地飄來，顧嬋漪揚起唇角，昂首闊步地往前走。

第三十一章　表明心跡

臨近午時，眾人在外城尋了間乾淨的酒樓，用過午膳方回到內城。

顧嬋漪前腳踏進聽荷軒，盛嬤嬤後腳便迎面走了過來，笑咪咪道：「姑娘回來了，姨夫人請姑娘過去。」

聞言，顧嬋漪立即轉身回屋。「嬤嬤妳來，我有事要與妳說。」

小荷找出乾淨的衣裳，顧嬋漪邊配合小荷更衣，邊抬頭看向盛嬤嬤。「嬤嬤，尋個機靈懂事且膽大的小廝，讓他去趟江南書院。

「顧硯搬出府另立宗譜，他定然不會記得告訴自己的嫡子；王蘊只盼兒子安心讀書，日後參加科舉，亦不會派人專程去江南。」顧嬋漪瞇了瞇眼。「既是如此，我便當一當好人，幫他們轉達。」

盛嬤嬤輕笑出聲。「老奴明白了，這便去安排妥當。」

換好衣裳，顧嬋漪才去見自家姨母。

盛瓊靜坐在桌邊，盯著桌面上的赤紅灑金請帖，默默出神，直至顧嬋漪走到面前，她才回過神來。

她拉住顧嬋漪的手臂，讓她挨著自己坐下，並未問她方才去了何處。「妳出去後不久，禮親王府的人便上門送了帖子，邀我們初十那日去王府品香。」

顧嬋漪眼眸明亮，眉梢與眼角透著淺淺笑意。沈嶸說過會讓老王妃請姨母跟大舅母過府，卻未想到馬上便收到了帖子。

盛瓊靜輕撫顧嬋漪的頭，憂心忡忡。「我已經著人打聽了，除了我們家，還有御史中丞曹家、長樂侯府等處也收到了帖子。」

顧嬋漪不禁微微挑眉。還是老王妃行事周到，在外人眼裡，她與沈嶸從未有過交集，若僅有盛家與鄭國公府收到帖子，旁人瞧見，定然會在背後說嘴。如今既請了旁人，外人只知老王妃喜歡這些女郎，卻不知最終會定下何人。

盛瓊靜長嘆一聲。「老王妃此舉顯然是為了替王爺相看王妃，妳既已有心儀之人，我便尋個由頭推拒了。」

「不可！」顧嬋漪急急出聲。

昨日傍晚，她不知沈嶸所思所想，不敢貿然告訴姨母她的心儀之人就是沈嶸，含糊了過去；夜間，她與沈嶸相見，既已知曉兩人心意相通，自然不能再欺瞞長輩。

顧嬋漪急得站起身來，面色脹紅，不敢直視姨母的眼睛，緊盯著鞋尖。「阿媛喜歡的兒郎，正是禮親王！」

盛瓊靜瞬間呆愣住，難以置信地打量著面前外甥女的神色——雙頰泛紅、含羞帶怯、緊張且不安，正是春心萌動的模樣。

「是……禮親王？」盛瓊靜遲疑地問道，還是不敢相信。

顧嬋漪點點頭，老實交代。「我在崇蓮寺時，老王妃與王爺正巧上山休養，我們彼此住的院子隔著竹林。

「老王妃和藹可親，時常差人送吃食過來，佛歡喜日，我籌劃著回家，亦是老王妃出手相助，如此才少了諸多波折。」顧嬋漪緩緩道來，言辭之間滿是感激。「王爺光風霽月、端方持重，乃正人君子。

「我喜歡他。」顧嬋漪抬起頭來正色道。

盛瓊靜仍舊皺眉。「老王妃與王爺確實是好人，但禮親王府委實不是好去處。」

顧嬋漪自然清楚姨母的擔憂，且姨母僅知密旨傳言，尚不知老王爺之死亦有疑團，若她與大舅母知曉，定然無法點頭應允。

她思索片刻，最後直接拽住姨母的衣袖，輕輕晃動。「阿媛只喜歡他。」

盛瓊靜被她鬧得毫無辦法，只得點了點她的鼻尖。「莫要撒嬌。此事我還須與妳兩位舅舅商議，說不定妳小舅母得了信，還會來都城一趟。」

說著，盛瓊靜眸光一轉，嘴角帶笑。「不僅如此，定安還未回來，即便我們這些長輩點頭，他這位同胞兄長不應允，禮親王府也不能娶了妳去。」

阿媛是定安的嫡親胞妹，在兩人的父親離開都城後，相依為命多年，情分自然比尋常兄妹還要深。事關嫡親幼妹，定安必定會細細思量，禮親王能說服他們這些長輩，不一定能說服定安。

「妳大舅母差人過來，讓我們明日過去盛家老宅小住，妳就待在妳阿娘幼時住過的院子。」盛瓊靜拍拍顧嬋漪的手，語氣滿是懷念。「我出閣前，她捨不得我，便如眼下的妳一般，扯著我的衣袖撒嬌。

「那些時日，我便在她的寢屋日日陪著她入睡，直至婚期臨近，才回我自己的院子。」思及往事，盛瓊靜輕笑出聲。「誰知，她又抱著枕頭跟被子，來了我的寢屋。

「轉眼間，妳便這般大了，且長得與妳阿娘甚是相似。」盛瓊靜揉揉顧嬋漪的頭，濃濃的懷念中，透著淡淡的哀傷。

她輕聲感慨。「若她九泉之下，得知妳與定安身體康健，甚至到了談婚論嫁的年紀，定然歡喜。」

顧嬋漪抿了抿唇，猶豫片刻，還是決定等明日見到大舅母後，再將阿娘之事告訴她們。姨母眼下正是感懷之時，若是驟然得知阿娘的死因，說不定會提刀前去殺了王蘊。

顧嬋漪陪盛瓊靜用過晚膳方回了自己的屋子，她的身後緊跟著宵練與小荷。門窗緊閉，顧嬋漪轉身看向宵練，問道：「東西可尋到了？」

宵練走到書架邊，直接將上面的一本帳冊拿了過來，遞到顧嬋漪面前。「小鈞在王嬤嬤所住屋子的房梁上找到包裹嚴實的布包，打開一看，裡面藏著的正是姑娘要的東西。」

顧嬋漪仔細地翻看了幾頁，很是歡喜地點點頭。「確實是那本帳冊。」她回身在書桌邊坐下，拿出顧長安當初給她的冊子仔細比對，理出一份完整的名單。筆墨既乾，顧嬋漪摺好紙張，妥帖地放入信封中，轉手遞給小荷。「小荷，此信很是要緊，讓小鈞駕車，妳親自送去叔公家，交給長安阿兄。」

小荷並未多問，當即收好書信，轉身出了院子。

顧嬋漪站在窗邊，看著小荷與純鈞並肩消失在長廊，長長地吐出一口氣。

當日顧長安來尋她時，言明王蘊在外放印子錢，奈何他僅尋到部分受害農戶。

這些時日，王蘊忙著搬家、養傷，連自己的親閨女都顧不上，一時之間自然有所鬆懈。今日她去尋王蘊，一則是要將顧玉嬌之事告訴王蘊，二則便是尋找王蘊放印子錢的帳冊。

月底月初，正是算利錢的日子，王蘊身負重傷，無法親力親為，此事便落在王嬤嬤身上。

顧家宅子裡的僕婦與侍婢稀少，她在王蘊的院子裡拖住王嬤嬤，純鈞便乘機潛入王嬤嬤的屋子裡，果然尋到了這本帳冊。

僅是大放印子錢的罪名，王蘊便得受流放之刑。顧硯無功名在身，王家亦是白身，王蘊真是好大的膽子，竟敢放這麼多印子錢，重利盤剝，全然不將性命放在眼裡。

顧嬋漪收好帳冊，起身走到窗邊，她微微瞇眼，手指輕輕敲擊窗牖。即便顧硯這一支已經被逐出顧氏，但王蘊卻在多年前便開始放印子錢。

她得在阿兄回到都城前，將王蘊之事徹底料理妥當。不然阿兄攜戰功而歸，她又要嫁予沈嶸為妻，阿兄定會遭受上位者猜忌，而王蘊一事，便是最好的發難之處。

上位者若有心，即便阿兄遠在北疆多年未歸，仍能以「治家不嚴」為由發落阿兄。如今阿兄未歸，她尚未嫁予沈嶸，那她便僅是平鄴城中飽受王蘊欺凌的小女郎。

今日是初三，給顧長安七天時間，他應當能將名單上的農戶盡數找齊。

這麼一來，參加完禮親王府的品香會，在中秋之前，就能徹底解決掉王蘊。

翌日清晨，顧嬋漪尚在用早膳，盛嬤嬤便著人開始收拾衣裳及物品。她們今日要去盛家老宅，預計過完中秋才會回府，要帶去的東西甚多。

五輛馬車駛出鄭國公府門前的大街，向東而行，約莫半個時辰，在臨近平東門時，拐進右側街道，再行一刻鐘，馬車穩穩停下。

盛淮祖籍江南，盛氏一族乃江南鄉紳，族中多讀書人，亦不缺行商坐賈者。

平鄴城中的盛家老宅，是盛淮入京趕考時，其祖父憐惜孫兒，且便於孫兒日後為官，特地在此處置辦的宅院。本是三進，後來盛淮娶妻生子，恰好左側鄰居致仕歸鄉，盛淮便將左側的三進院子也買了下來。因此盛家府門瞧著不大，內裡卻是極為寬廣。

馬車將將停穩，盛家雙胞胎便迎了上來，盛銘懷看著小廝們搬東西，盛銘志則笑嘻嘻地湊到盛瓊靜面前。「姨母快來，您與阿媛表妹住的院落均已收拾乾淨。」

說著，盛銘志抬手攙扶盛瓊靜，盛瓊靜捏了捏他的臉。「我還未老得走不動呢，無須你攙著我。」

盛瓊靜回頭牽住顧嬋漪的手，笑得眉眼彎彎。「阿媛上次回來，還是不足兩歲的小小孩童。

「那年妳兩位舅舅外任，我亦需跟著妳姨父前往任上，妳阿娘特地帶著你們兄妹二人來這裡小住，及至我們紛紛啟程離去，妳阿父才來接。」盛瓊靜邊往裡走，邊緩緩道來。

離家多年，上次她回到這裡，還是為了小妹的喪事。如今眼前景色未變，然而身旁之人卻早已不在了。

眼見盛瓊靜黯然神傷，情緒越來越低落，顧嬋漪連忙出聲。「大舅母說，初八那日要辦茶宴，莫不是大舅母與姨母此次帶了許多好茶回來？」

盛瓊靜淡淡一笑。「正是。妳兩位舅舅皆是愛茶之人，妳大舅舅久居新昌，每回寫信皆道思念江南的茶；妳小舅舅乃習武之人，喝過妳大舅父送的新昌茶，便愛得什麼似的。都城之中不少達官顯貴亦愛茶，我與妳大舅母此次回來，便帶了許多好茶，辦個茶宴綽綽有餘。」

藉著這個話頭，盛瓊靜開始向顧嬋漪細細地講解各地茶葉的差異，即便是同種茶葉，製作工法不同，口感亦不一樣。

顧嬋漪小心打量著姨母的神色，見她不再傷懷，這才稍稍鬆口氣。

她阿娘是外祖中年所得，是以阿娘自幼便得父母兄姊的寵愛，她作為阿娘的女兒，亦得盛家諸位長輩的喜愛。若當初阿兄去北疆後，她跟著姨母去了豐慶州，而不是留在平鄴受王蘊蠱惑，一切皆會有所不同。

前世的她，孤身留在崇蓮寺中，回想往日種種，後悔不已；但現今不一樣，若不是她留在平鄴，又怎會遇到沈嶸，甚至互生情愫？

一行人說說笑笑之間，便到了後院。

主院是大舅舅與大舅母的住所，左側院落是小舅舅與小舅母的院子，右側兩間院子則是姨母與她阿娘的住處。這兩間院子中間打通，建了月亮門，甚是寬敞雅致。

顧嬋漪歪頭看向月亮門，笑得很是甜美，難怪姨母說阿娘會抱著枕頭被子去尋她。住得這般近，不說阿娘，若是換成她睡不著，她也會抱著被褥去尋姨母。

穿過月亮門，便是阿娘自幼所住的院子。

院中搭了葡萄架，初秋時節，紫紅的葡萄掛滿了葡萄架。屋簷下有鳥窩，這般時候，飛鳥已長成離去，徒留空空鳥窩。

長廊下的臺階邊種有各色菊花，清新淡雅；屋門敞開，屋內角落的高几上擺放瓷瓶，上插新折的金桂；窗牖盡數朝外打開，秋陽灑進整間屋子，亮亮堂堂。

盛瓊靜牽著顧嬋漪的手，踏進屋門。

右側用五摺屏風隔出裡外間，裡側是寢屋；左側的窗檯下放置琴案，不遠處則是書桌，書桌後靠牆處是滿書架的書冊。

顧嬋漪走向左側，正對整面牆的書冊，她的眼睛微微瞪大，不由得輕聲感嘆。「如此多的書！」

盛瓊靜見狀，輕笑出聲。「妳阿娘自幼便喜歡看書，不拘品類，四書五經且讀，野史趣聞雜記亦看。阿父在時，她便常常去阿父的書房，謄抄了不少書卷。後來妳兩位舅舅外出遊歷，但凡瞧見好書，便謄抄回來，經年累月下來，可不是積攢了這滿牆的書冊？」

顧嬋漪走近細瞧，各種書冊皆分門別類放好，用紙箋寫好品類，甚是清晰明瞭。她正想拿出一本有意思的雜記細看，眼尾餘光就瞥見右側的空牆處掛著一幅畫。

畫上的女子柳葉眉、杏仁眼，明眸皓齒，巧笑嫣然，手持團扇，立於花叢中。有彩蝶或立於花蕊處，或停在女郎的髮間，或振翅翩飛。

顧嬋漪的眼眶微微濕潤，大舅母、姨母以及盛嬤嬤說得沒錯，她果然長得像極了阿娘。她抽了抽鼻子，眼淚止不住地往下落。

盛瓊靜走上前，將顧嬋漪摟進懷中，輕撫其背，並未多言。

良久，顧嬋漪慢慢止住哭聲，盛瓊靜喚人端來清水，讓顧嬋漪漱洗一番。

出發去主院前，顧嬋漪整理好衣裳，出門時忍不住止步回眸看向那幅畫，過了片刻方抬腳離開。

此刻的主院，院內鬧烘烘的，盛銘志不知從何處逮住一隻野灰兔，正在滿院子地追兔子玩。

盛銘懷坐於江予彤身側，幫著江予彤一道寫茶宴的請帖，瞧見同胞弟弟將院子鬧得雞飛狗跳，忍不住皺眉。他掃了眼桌面，拿起果盤上未剝皮的石榴，朝著弟弟扔了過去。

孰料，石榴卻被盛銘志一把接住，不僅如此，他甚至還倚著廊柱，慢悠悠地剝開石榴，美滋滋地吃了起來。

「這石榴的味道委實不錯，不愧是祖父精挑細選的石榴樹。」盛銘志挑眉，耀武揚威般朝兄長舉了舉手上的石榴。

盛銘懷面無表情地瞧了他片刻，輕哼一聲，環顧四周，目光落在廊下侍婢的竹筐上。只見盛銘懷放下手中毛筆，徑直走到侍婢身邊，直接將整個竹筐端了起來，作勢便要扔到弟弟的身上。

盛銘志當即變了臉色。「盛銘懷！那可是一竹筐未剝殼的板栗！」

顧嬋漪便是此時踏進院門的，她尚未瞧清院內的景色，自家姨母便被人拽了一把，姨母又牽著她的手，連帶著她也踉踉蹌蹌，眼見便要摔倒在地。

宵練見勢頭不妙，快走幾步，左手托住顧嬋漪的腰，右手扶住盛瓊靜的背，右腿抵住往下跌趴的盛銘志。

落後幾步的盛銘懷見狀，手中竹筐都顧不上了，眼睛直勾勾地盯著宵練，由衷讚嘆。

「真是好俐落的身手！」

盛銘志站穩後，邊揉著後腰，邊雙眼發光地看向宵練。「少女俠好身手！不知少女俠可有收徒的打算？」

宵練卻連眼神都欠奉，細細地觀察起顧嬋漪的神色，眼含關切。「姑娘，可有受傷？」

顧嬋漪揉了揉手腕，宵練想撩起她的衣袖細細察看，手指剛落在袖口上，忽然想起旁邊還有兩位外男。

宵練皺眉，只得以身子擋住他們的視線，小心翼翼地掀起袖口，只見顧嬋漪的肌膚有些泛紅。

其餘諸人大氣都不敢喘，安靜地盯著她們主僕。

江予彤走了過來，見狀微微蹙眉，小聲問盛瓊靜。「這位侍婢似乎並非咱們盛家的人。」

連盛銘懷與盛銘志兩兄弟都察覺到了宵練的與眾不同，更不用說江予彤和盛瓊靜了。

盛瓊靜輕微地搖搖頭，打量著宵練的背影。「聽盛嬤嬤說，她是阿媛回府後從王蘊手上買過來的侍婢。」

江予彤聞言，眸光越加幽深，可礙於眼下人多，不便細問，只得暫且壓下心中疑惑。

盛瓊靜與她對視一眼，雙方很有默契地看懂了彼此的意思。

儘管江予彤跟盛瓊靜壓低了音量，但宵練自幼習武，耳朵比尋常人更靈敏些，已將她們的對話盡數聽清，她面色不改，小心地檢查顧嬋漪的傷勢，輕輕地按了按。

宵練輕鬆口氣。「僅是輕微的拉傷，稍後用藥酒揉開便好。」

顧嬋漪聲音輕柔，既是安撫宵練，也是安慰在場的親人。「放心，並無大礙。」

第三十二章　茶宴再聚

江予彤意味不明地看著宵練，正欲出聲，便聽到盛銘志大剌剌地開口。「少女俠，妳還懂醫術啊？」

盛瓊靜忍不住輕笑出聲，江予彤則是無奈扶額。

宵練微微欠身，恭敬有禮。「並非精通，婢子只略通一二。」

盛銘志還要追問，江予彤便不耐地揮了揮手。「就要辦茶宴了，快去前院瞧瞧是否還有疏漏之處，莫要以為你們阿父跟阿娘不在身邊，便真的無人管得了你們了！」

盛銘志依依不捨地看著宵練。「少女俠，待我辦完了正事，再來向少女俠討教。」

一旁的盛銘懷委實看不下去了，連拖帶拽地將盛銘志拉走。

江予彤讓身邊的嬤嬤取來藥酒，無須他人幫忙，她自顧自地撩起顧嬋漪的衣袖，倒上藥酒，輕輕揉搓。「新昌州北側便是北狄，妳大舅舅隔三差五便要持刀弄棒。偏生他是個文官，連弓都拉不開，時常受傷，家中旁的不一定有，這治跌打損傷的藥酒倒是齊全。」

盛瓊靜揮退周邊的僕婦與侍婢，院中石桌邊僅剩她們三人。

江予彤瞥了盛瓊靜一眼，卻見她輕輕地搖了搖頭，江予彤不解其意，正巧院內無旁人，便主動詢問。「妳姨母應當與妳說過禮親王之事，剛剛妳也瞧見妳兩位表兄了，銘懷沈穩、銘志跳脫，各有各的好處，妳可有喜歡的？」
她邊說邊打量顧嬋漪的神色，誰知外甥女面色不變，倒是身旁的大姑咳了起來。
江予彤回頭，見大姑咳得臉色發紅，頓時擔憂不已。「這是怎麼了，莫不是受了風寒？」
顧嬋漪笑咪咪地看向姨母，兩人的目光碰巧對上了。
只見顧嬋漪抽手起身，神態自若道：「姨母常年住在南方，忽然來到偏北的平鄴，又是秋季，難免不適。我讓廚房準備川貝百合秋梨湯吧，好潤肺去燥。」
顧嬋漪屈膝行福禮，施施然地走出主院。
姨母應是要與大舅母商談她的婚事，她乃未嫁女郎，不好主動開口說明，只能借個由頭離開。
果然，在顧嬋漪走後，盛瓊靜長長地嘆了口氣，很是無奈。「銘懷與銘志雖好，但阿媛已有心儀之人。」
江予彤先是錯愕，後來終於反應過來，難怪大姑剛剛那般模樣……她急急追問道：「阿媛可與妳說過是何人？」
盛瓊靜面露難色，又是一聲長嘆，頗有恨鐵不成鋼的意味。「正是禮親王！」
「怎會是他?!」江予彤錯愕，直接站起身來。她皺緊眉頭，繞著石桌走了兩圈。「妳可有和阿媛說過那個要命的傳言？」

「自然說過。」盛瓊靜蹙眉搖頭。「聽阿媛說，她在崇蓮寺時，老王妃與王爺在寺中休養，她與老王妃相處甚好，頗得她照拂。」

「若是如此，待定安回來後，我們登門拜謝便是，何須賠上她的終身?!」江予彤既氣又急，當即便要去尋顧嬋漪，好好與她說明利害關係，卻被自家大姑拉住了手臂。

「妳以為阿媛是以身報恩？」盛瓊靜緩緩地搖了搖頭。「若真是如此便好辦了。」

江予彤不明所以地看向她，盛瓊靜微微用力，將江予彤按在石凳上坐好。「妳剛剛也瞧見阿媛身邊那位侍婢了，她並非盛家的家生子，更非顧家自小養的侍婢。」

盛瓊靜眸光幽深。「我昨日夜間悄悄問過盛嬤嬤，約莫六月中旬，老王妃與王爺入崇蓮寺休養；六月底，王蘊放出一批人又買進一批人。

「阿媛回府當日，便從眾多灑掃的奴僕中一眼挑中了這個侍婢以及趕車的小廝，自此之後，但凡她出門，便帶著這兩個人。」盛瓊靜扯了扯嘴角，對上江予彤的眸子，意味深長道：「大弟妹細想，是否可疑？」

江予彤並非蠢笨之人，幾息之間，便想通了其中的關竅，她頓時瞪大雙眼。「妳的意思是，這兩人是老王妃或王爺安排的人?!」

盛瓊靜肯定地點點頭。「以阿媛的性子，回府頭一日，諸事尚未理清，她定不會留下王蘊採買的奴僕。」

關於這點，江予彤很是贊同。雖然多年未見，但據她們觀察，阿媛行事周全穩妥，除非有意為之，不然她斷不會在身邊留下隱患。

盛瓊靜頓了頓，眼睛微瞇，不疾不徐地淡淡道：「且這一切並非出自老王妃授意。」

江予彤呆愣，禮親王府中僅有兩位主子，除了老王妃還能是誰？她還想著今日大姑怎的臉色如此不對，原來是有內情。

「他對阿媛倒是有心。」江予彤喃喃道：「若是除去那條要命的流言，也算得上良配。」

盛瓊靜皺眉，面上憂愁更甚。「然而那卻是最要緊的事，若傳言是真的，日後他……」

她並未將話說完，但江予彤明白她的意思。

江予彤忍不住起身踱步，眉間染上濃濃愁色。良久，她方挨著盛瓊靜坐下，聲音壓得極低，僅她們自己能聽見。

「若禮親王府上真有那樣東西，他們母子何必深居簡出？先帝駕崩時，他便能拿出密旨登基為帝。」江予彤頓了頓，語氣越發肯定。「就算真的有，他乃高宗之孫，手握密旨，榮登大寶乃順理成章之事。」

盛瓊靜皺眉沈思片刻，緩緩搖頭，面色嚴肅鄭重。「妳莫不是忘了，先帝駕崩時他僅十五歲，而當今聖上正值壯年，且兩位皇子與他一般年紀，即便他拿出密旨，無人無權，如何保住帝位？」

江予彤聞言連連長嘆，一時之間，院內只聞秋風掃落葉的聲響。

盛瓊靜靜默許久，緩緩出聲道：「這些時日，我陪在阿媛身邊，這丫頭不僅相貌與小妹相似，性子也隨了她。」

江予彤垂首低眉，想起了顧嬋漪的阿娘。

「當初我與阿娘極力反對她嫁給顧川，她卻鐵了心要嫁。」盛瓊靜輕嘆。「阿媛已認定他，勸阻無用，反倒讓她與我們離了心。」

思及此，盛瓊靜又是萬分自責。「這些年來，我們明明未收到她的隻字片語，卻從未想過回都城見見她，以至於她被王蘊那個賤婦百般欺辱，我們卻一概不知。」

盛瓊靜恨恨地拍了下石桌，手掌霎時變得通紅，江予彤嚇了一跳，忙不迭地握住她的手，仔細地揉了揉。

「萬幸阿媛在寺中得慈空住持的照拂，那賤婦也被我們趕出顧家，何必為這種人置氣，反倒傷著自個兒。」確認盛瓊靜的手並未傷到筋骨，江予彤鬆了口氣，柔聲勸解。

眼下最要緊的還是顧嬋漪的婚事，江予彤愁得連茶宴都不想辦了。「左右定安還未回來，阿媛的婚事一時半刻也無法定下。昨日老王妃差人送了帖子，到了初十那日，我們尋個空探探老王妃的口風，再瞧瞧王爺的人品性情。」

盛瓊靜無可奈何地點了點頭。「暫且只能如此了，我再寫信告知兩位弟弟，讓他們也知曉。」

「那是自然。」江予彤邊說邊將桌上的請帖推至一旁，拿出信箋，毛筆蘸墨寫了起來。

顧嬋漪端著川貝百合秋梨湯回來時，江予彤與盛瓊靜將將寫好家書，正令人快馬加鞭送出去。

她心中清楚信上寫的是何事，卻裝作不知，乖乖巧巧地在石桌邊坐下，將湯放置於兩位長輩身前。

江予彤與盛瓊靜自然不會推拒，品嚐後又是連聲誇讚。

顧嬋漪笑得眉眼彎彎。「這是崇蓮寺中的比丘尼教我的食單，若是輕微咳喘，無須用藥，連飲此湯七日，便能好全。」

她特地談及此事，便是想告訴兩位長輩，在崇蓮寺中的這些年，自己除了過得清苦些以外，並未受委屈。

聽到這話，盛瓊靜的面色好看了許多，她彎彎唇角，眉眼柔和。「昔日妳阿娘去崇蓮寺上香，便與慈空住持頗聊得來，但成婚後她便去得少了，後來生了妳，身子受損，也不便出門見風。」

王蘊並非土生土長的平鄴人，是到了議親的年紀，被王氏的兄長送到了平鄴，希望王氏能為姪女尋一門好親事，是以王蘊並不清楚盛瓊寧出閣前的瑣事。

都城郊外，叫得上名號的寶剎僅有護國寺與崇蓮寺，護國寺為比丘，崇蓮寺則是比丘尼。

當時王蘊行事尚有所顧忌，不敢將顧嬋漪送得太遠，更不敢將她送去顧家的莊子，思來想去，便挑中了崇蓮寺。

孰料，崇蓮寺的慈空住持與盛瓊寧相識，甚至對顧家內宅之事有所耳聞。出家人本不該插手紅塵俗事，但慈空住持目光略略一掃便知王蘊的品性。

顧嬋漪尚且年幼，慈空住持不忍心看著她在虎狼窩中求生，便留下她，甚至將佛法佛理傾囊相授。

想起往事，顧嬋漪面色凝重，她抬起頭來，朝不遠處的宵練與小荷使了個眼色。

宵練與小荷微微躬身，退至院門邊，一左一右守好門。

顧嬋漪踟躕了片刻，對著兩位長輩正色道：「大舅母、姨母，阿媛有事要說。」

江予彤放下已經空了的湯盅，面容慈和。「剛剛妳姨母和我商量過了，阿媛尚小，婚姻大事又關乎女子終身，一切得好好考量，暫且不急。」

「並非此事，而是……」顧嬋漪頓了頓，深吸口氣。「而是我阿娘當年生產之事。」

江予彤臉上的笑意頓時散去。「當年生產之事？」

顧嬋漪頷首。「我阿娘生我時身子受損，並非意外，而是人為。」

盛瓊靜與江予彤聞言，神情霎時變了。

「人為?!」江予彤怒拍桌面，她顧不得手心傳來的劇痛，定定地看著顧嬋漪。「是不是王蘊那個賤婦?!」

「定然是她！」盛瓊靜氣得渾身顫抖，她直接站起身來，抬腳便要去尋王蘊。

顧嬋漪見狀，連忙抱住姨母的腰。「姨母莫急，待我說完後，姨母再去尋她也不遲。」

「果然是那個賤婦！」江予彤咬牙切齒，但好歹理智尚存，她拉住盛瓊靜的手，連哄帶勸。

「大姑，阿媛既然將此事告知我們，定是發現了什麼，且聽聽阿媛如何說吧。」

八月初八，秋高氣爽，晴空如洗。

天色微亮時，盛家宅院內的僕婦與侍婢便盡數醒來，或灑掃庭院，或放置擺件，甚是忙碌，卻未有半點喧譁吵鬧。

顧嬋漪睜開眼，見身旁的姨母尚在睡夢中，她輕手輕腳地起身，粗粗漱洗過後，便拿著鞭子到了外院。

自從她將阿娘的死因告訴姨母與大舅母，姨母便難以入眠，她這幾日均在姨母的院中陪伴。

練了大半個時辰的鞭子，再回到寢屋，盛瓊靜已經醒了，坐在廊下笑咪咪地看著她。

「我已經讓人備好了熱水，今日會有不少賓客，妳且好好沐浴梳洗，洗好再來用早膳。」

沐浴過後，顧嬋漪再出來時，已換上藕荷繡祥雲紋窄袖褙子，手上戴著細細的長命縷與老王妃送她的翡翠玉鐲，整個人顯得端莊溫婉、亭亭玉立。

因盛家兩位舅舅皆在外任職，並未回都城，回到都城的盛銘懷與盛銘志又未成婚，是以今日宴客請的大多是各府女眷，以及少數兒郎。
顧嬋漪跟在自家姨母身後，招待已經抵達盛家老宅的夫人和女郎。
昨日，小舅舅與小舅母準備的東西抵達都城，除了給她的各色物品，還有給大舅母的東西，浩浩蕩蕩十幾輛車，其中便有安仁府獨有的茶。
辰時剛過，顧玉清便到了，她身後跟著一位面生侍婢，舉止有禮，甚是沈穩。
顧嬋漪瞥了那侍婢一眼，牽住顧玉清的手，行至廊下。
但見顧玉清容光煥發，不似她回府初見時那般拘謹小心，顧嬋漪很是欣慰地點了點頭。
「看來叔公與嬸婆極喜歡妳。」顧嬋漪淡笑道。
顧玉清笑得眉眼彎彎，扯住她的衣袖。「祖父與祖母讓姊姊過去用膳，妳卻遲遲未來，我只好奉命過來『捉』妳了。」
兩人聊了片刻閒話，顧玉清瞥了眼四周，湊到顧嬋漪的面前，壓低聲音道：「阿兄讓我悄悄告訴姊姊，單子上的人已盡數找齊，皆好生安頓在外城南邊的客棧裡。」
顧嬋漪雙眸頓時一亮，這才不過幾日，顧長安便將人尋齊了?!
果然，顧長安一遠離顧硯與王蘊，便是蛟龍入海。
顧嬋漪沈思片刻，亦小聲道：「妳且告訴長安阿兄，明日巳時，我在平南門外等他，一道去客棧。」
她須得親自見見那些農戶，方能安心。

顧玉清立即拉住顧嬋漪的衣袖晃了晃，輕聲撒嬌。「我也想去。」

聞言，顧嬋漪笑著搖搖頭，點點她的鼻尖。「我做不了主，妳得問問長安阿兄，若他應允，我便帶上妳。」

正在此時，小荷快步走上前來。「姑娘，長樂侯府的舒大姑娘請您過去說話。」

顧玉清忍不住皺眉。「她又想找姊姊的麻煩?!」

「婢子瞧舒大姑娘的神情，似乎確實有要緊之事。」小荷道。

顧嬋漪若有所思，拍了拍顧玉清的手背，笑著安撫。「妳且在此處玩，羅姑娘和曹姑娘應當快到了，屆時還需妳幫我招待一二。」

宵練與小荷跟在顧嬋漪身後，穿過月亮門，顧嬋漪回頭問小荷。「她在何處？」

小荷急急道：「在花園。」

主僕三人行至花園，只見身穿竹青褙子的女郎站立在花叢中，滿園盛放的秋菊都掩蓋不了她身上的蕭索氣息。

顧嬋漪抿了抿唇，抬腳走上前，語氣平淡、不卑不亢。「舒大姑娘。」

舒雲清回頭，視線對上顧嬋漪的眸子，卻迅速轉開，她盯著顧嬋漪身側的紫菊，語氣有些僵硬。「我有話想單獨與妳說。」

顧嬋漪環顧四周，視線落在不遠處的小亭子上。「舒大姑娘且隨我來。」

她頓了頓，看向身後的小荷與宵練。「妳們無須跟來。」左右小亭便在視野所及之處，且無紗幔遮擋，宵練與小荷能看清亭中之景，卻無法聽見她們的談話。若舒雲清要動手，她身上還藏著鞭子，能堅持到宵練趕過來。

兩人先後行至小亭，在亭內石桌邊坐下，顧嬋漪碰了碰桌上茶壺，溫溫熱熱的，顯然茶剛泡好。她倒好兩杯茶水，其中一杯放置在舒雲清面前。

但見舒雲清垂首低眉，瞧不清神色，背脊卻挺得很直。

顧嬋漪此時無事，不急著催她，端起茶盅輕抿一口後，她微微挑眉——清新怡人、唇齒留香，真是好茶。

慢條斯理地品完整杯茶，卻仍不見舒雲清開口，顧嬋漪微微蹙眉，放下茶盅。「不知舒大姑娘尋我所為何事？」

舒雲清的身子微抖，過了片刻才抬起頭來，直直地看向顧嬋漪。「之前在崇蓮寺對妳惡語相向，我向妳道歉。」

平日眼高於頂的貴女竟然低頭認錯，顧嬋漪嚇了一跳，眼睛微微瞪圓，難以置信地看著她。

舒雲清見狀，臉頰微紅，既羞窘又愧疚，她低頭揪著身上的香囊。「那日在伯府的花園中，我不該為難妳和曹婉。」

話音落下，舒雲清遲遲未聽到顧嬋漪的應答，遲疑片刻，只得抬頭。

許是顧嬋漪的眼神太過驚詫，舒雲清脹紅著臉，有些惱羞成怒地瞪了顧嬋漪一眼。「妳這是何意?!」

氣勢洶洶，儼然一副興師問罪的模樣，倒不像是賠罪的人了。

顧嬋漪輕笑，眉眼彎彎。「這才像是我認識的舒大姑娘。」

舒雲清愣了愣，眼中火氣散去，良久才語氣落寞地開口。「那日之後，我便成整個都城的笑話了，不知有多少人明處暗處地嘲諷我，我又有何臉面出現在眾人面前？」

說著，舒雲清快速地瞥了眼顧嬋漪，隨即低頭盯著已然冷了的清茶。「若不是為了見妳一面，今日我也不會跟著阿娘過來。」

昔日總是用鼻孔看人的貴女，行事、說話皆毫無顧忌，活得這般肆意任性的人，卻因瑞王變成如今這般模樣。

第三十三章　盡釋前嫌

顧嬋漪抿了抿唇。「妳仍是長樂侯府大房嫡出大姑娘，身分尊貴，何須在意旁人的看法？妳越是畏畏縮縮，旁人便越發議論。妳只須將他們說的話當屁，行事如舊，他們便不會再說嘴。」

舒雲清愣怔許久，「噗哧」一輕笑出聲，眼底散發淡淡的光采。「自懂事後，阿娘便告訴我，我日後是表兄的王妃。表兄生得俊朗，待我又好，我自然傾心於他。」

說著，舒雲清微微抬頭，看向空中的白雲，以及偶爾飛過的鳥兒。「我既喜歡他，旁人便不能沾惹。然而表兄性子卻不安分，這些年來我如狼狗護食般，年深日久也會累。」

她吁了口氣，聳聳肩，對著顧嬋漪揚唇一笑，那笑容猶如深林清泉透澈明亮，不含絲毫雜質。

「顧嬋漪，謝謝妳。」舒雲清起身，大大方方地看向顧嬋漪，眉眼柔和。「不日，我便要去兄長外任之地。」

顧嬋漪站起身，贊同地點了點頭。「天地之浩大，何必為了一男子而鬱鬱寡歡，那日真正丟了顏面的人並非妳，妳無須耿耿於懷。」

「我阿娘昨日進宮面見姑母，回絕了我與表兄的婚事。」舒雲清嚴肅認真地看著她，遲疑片刻，很是鄭重地說：「我姑母似乎有意為表兄定下妳。」

顧嬋漪微微驚詫，想不到淑妃與瑞王竟未死心，瑞王鬧出那麼大的醜事，淑妃竟然還想讓瑞王娶她？真是好大的臉面！

「瑞王殿下如今不是在府中禁足嗎？淑妃娘娘竟還有心思操煩兒子的婚事？」

舒雲清見顧嬋漪這般不在意的模樣，頓時急了。「我所言並非玩笑話！」

見舒雲清眼底對自己的關心並非作假，顧嬋漪眨了眨眼。「我已經有了法子，妳且安心去外面遊歷，若遇到好玩的，不妨給我寫信。」

顧嬋漪單手撐著下巴，打趣道：「整個平鄴城，應當只有我收到妳的書信後，不會馬上扔出去吧。」

舒雲清聞言，雙手抱胸，微抬下巴，又是那個驕傲的舒大姑娘了。「哼，妳少往自個兒臉上貼金！」

兩人對視片刻，齊齊笑出來。

此時，不遠處傳來曹婉的喊叫聲。「阿媛！阿媛，妳別怕，我來了！」

曹婉捋起袖子，氣勢洶洶地走向小亭子，宵練與小荷見自家姑娘並未出聲阻攔，立即讓出路來。

只見曹婉快步走到小亭子裡，一把將顧嬋漪護在身後，怒目瞪向舒雲清。「舒雲清，妳又想做什麼?!這裡可是盛家的地盤，妳若要動手，可得仔細掂量掂量！」

舒雲清扯了扯嘴角，不雅地翻了個白眼，輕哼一聲。

「欸，妳這是什麼意思?!」曹婉愣了一瞬，怒火中燒。

隨後趕到的顧玉清，扶著柱子喘大氣，見情況不妙，連忙道：「姊姊，禮親王府的老王妃到了，讓人請姊姊過去！」

顧嬋漪面露喜色，老王妃簡直是她的福星，她一來，頓時解了圍。

她彎了彎唇角，看向互相比誰的眼珠子大的兩位女郎，忙不迭地道：「妳們且稍坐，我去去便來，若不想待在此處，便讓清妹妹帶妳們去別處轉轉，萬不可打起來。」

顧嬋漪回到後院花園時，顧玉清與曹婉正站在廊下，羅寧寧則站在臺階上，手中拿著碧青色的荷包把玩。

見狀，顧嬋漪走上前。「舒大姑娘呢？」

「妳離開之後她便走了，說是今日過來僅為見妳，既然見過，就該走了。」曹婉回頭細細瞧起顧嬋漪，見她面色如常，心中有些詫異。

「老王妃與妳說了什麼？」曹婉劈頭便問。

顧玉清滿臉疑惑，唯有羅寧寧心中明白，甚至追問道：「老王妃將在後日設品香會，國公府是否收到了帖子？」

未待顧嬋漪開口答話，曹婉便很是認真地點了點頭。「上月在崇蓮寺時，我見老王妃甚是喜歡妳，想來品香會的帖子國公府定然收到了。」

羅寧寧不知前因，忽然聽聞此事，不禁瞪大雙眼，但並未多問。

曹婉的話音剛落下，顧玉清、羅寧寧皆是滿臉擔憂地看向顧嬋漪。

顧嬋漪無須詢問便知曉她們的意思，她點了點頭，大方道：「確實收到了帖子。方才去見老王妃，僅因老王妃初次登門，大舅母便讓我與兩位表兄過去請安。」

「並未談及旁的？」曹婉追問。

見顧嬋漪搖頭，曹婉輕吁口氣。「那便好。」

她回頭瞧瞧四周，微微壓低音量。「我阿娘讓我後日裝病，她獨自去禮親王府赴宴。」

「我阿娘讓我去漳安舅舅家送中秋節禮，順便小住幾日。」既知老王妃與顧嬋漪的關係不比尋常人，是以羅寧寧斟酌語氣，小心翼翼地打量顧嬋漪的臉色。

曹婉踟躕片刻，還是悄聲道：「我已問過在女學中交好的姊妹，但凡收到禮親王府帖子的女郎，這幾日均不得空，或生病臥床，或有旁的要緊事，全無暇去品香。」

顧嬋漪聞言蹙眉，僅因那無憑無據的流言，京中世家竟視禮親王府為蛇蠍，避之不及。

「阿媛，妳會去嗎？」曹婉試探地問道。

顧嬋漪心想，眾人皆不去，若此時直言自己會出席，似乎不妥……

她沈默了片刻，方道：「這些時日幫姨母與大舅母準備今日的茶宴，尚未商議此事。」

「我在崇蓮寺時，頗得老王妃照拂。」顧嬋漪眉眼帶笑地看向她們，坦然自若。「十有八九會去。」

聽她這麼說，曹婉很是贊同地點了點頭。「確實，老王妃待妳極好。」阿媛的雙親皆亡故，嫡親兄長亦不在都城，即便老王妃相中她，也無法立即訂下親事。左思右想後，曹婉還是牽住了顧嬋漪的手腕，擔憂卻堅定地說：「若妳與長輩商議後決定要去，便讓人告訴我一聲，屆時我與阿娘一道出席。」

若都城中收到帖子的未婚女郎皆未去品香會，僅阿媛一人到場，不知宴席散後會傳出多少流言蜚語。有她陪著阿媛，阿媛便不是唯一去赴宴的女郎。

羅寧寧咬唇想了一會兒，亦頷首道：「妳若要去，也讓人送個口信給我。我阿娘與別駕夫人甚是交好，若知曉妳會去，定帶著我一道赴宴。」

顧嬋漪莞爾，點點曹婉的鼻尖，捏捏羅寧寧的臉頰，甚是歡喜。「嗯，我知道了。」放下心中大事，四人在小亭子坐下，小荷與宵練端來新鮮的點心與各色茶湯，諸人邊品茶、邊說起都城中的熱鬧事。

「妳們可知東慶州的前都督白泓？」曹婉吃了塊點心，喝了兩杯清茶，將將放下茶盅，便眼睛明亮地看向身旁幾人，僅差把「速速答我，我有驚天消息」這幾個字刻在臉上了。

顧嬋漪表面上是久居華蓮山的女郎，不聞窗外事，自然從未聽聞「白泓」此人。她靜靜垂眸，端起面前的茶盅，輕輕地抿了一口。

至於顧玉清，自幼便養在深閨，顧長安亦不在朝中，除非是滿都城皆知的消息，否則她並無其他獲得傳聞的渠道。在曹婉略帶期待的眼神下，她雙頰泛紅，緩慢地搖了搖頭。

曹婉只得扭頭看向身側的羅寧寧，眼底滿含希冀的光芒。

羅寧寧鎖眉想了好一會兒，才舒展眉頭，對上曹婉的眸子。「可是前些年因貪墨軍餉，被梟首的那位白都督？」

曹婉很是用力地拍了下手掌。「正是他！」

羅寧寧見狀，輕笑出聲。「何至於如此激動？我聽我阿父說過幾句，這位白都督貪墨百萬軍餉，盡數揮霍一空，簡直嚇人。」

「非也，非也。」曹婉微抬下巴，甚是得意，做了個捋鬍子的動作，惹得其餘三人輕笑出聲。

「妳莫不是得了什麼新消息，快與我們說說。」羅寧寧戳了戳曹婉的手臂。

顧嬋漪明知內情，卻笑著為曹婉斟茶，催道：「喝了我的茶，便別賣關子了。」

曹婉端起茶盅仰頭喝盡，讚道：「好茶。」

喝了茶，又勾起了大家的好奇心，曹婉這才輕咳兩聲，擺出一副老學究的架勢。「初五大朝會，我阿父當朝上奏，直言白泓貪墨軍餉一事實乃冤案。」

大晉每月逢五便會舉行大朝會，文武百官皆在，而每月初五的大朝會更是重中之重，無故不得缺席，即便身患重病，只要還能喘氣，也得爬起來參加。

曹婉的父親乃御史中丞，身負監察百官之職，於初五的大朝會上當著文武百官的面表明白泓並未貪墨軍餉，無異於晴天霹靂。若此事為真，那當初調查白泓貪墨案的所有官員，皆有瀆職之嫌。

顧嬋漪穩穩地放下茶盅，垂眸不語，終於明白沈嶸為何要讓曹大人去點破此事了。

一則曹大人身為御史中丞，此為分內之事，由他點破，不論是坐於高位上的帝王，還是朝中百官，皆不會懷疑到沈嶸身上。

二則曹大人既然敢在初五的大朝會上奏天聽，手中定然握有關鍵證據。如此一來，真正的犯人、東慶州刺史吳銘便會盯住曹大人，從而為沈嶸派往東慶州蒐集證據的人爭取到足夠的時間。

「妳阿父可在家中？還是被聖上留在宮中了？」顧嬋漪微微蹙眉，神色很是嚴肅。

曹婉頓時一愣，甚是詫異。「妳怎知我阿父被聖上留在宮中?!」

顧嬋漪輕吁口氣。宮中有禁軍護衛，曹大人定無性命之憂。「白泓乃一州都督，位高權重，若真是冤死，此案定有幕後黑手，妳阿父貿然上奏……」

曹婉聞言，皺眉想了片刻，終於想通其中關竅，瞬間臉色煞白，全無剛剛的歡脫得意。

顧嬋漪見狀，深怕自己嚇著曹婉，連忙出聲安撫。「眼下聖上將妳阿父留在宮中，當可安心。」

況且，有沈嶸在背後看顧著，曹大人甚至整個曹家都不會有事。

即便如此，曹婉終究不復最初的輕鬆，眉間透著淡淡的愁緒，憂心忡忡。

散會後，顧嬋漪送曹婉上馬車時，特地往她手上塞了兩個香囊。

「這是我從慈空住持那兒學來的方子，皆是安神的藥草，妳與妳阿娘可掛於床頭，如此更易入眠，不多夢。」顧嬋漪捏捏她的手背。「妳且放心，萬事還有聖上在前頭頂著呢。」

曹婉聞言，總算露出一抹淺笑。她聞了聞香囊，清雅的氣味讓她浮躁的心緒漸漸冷靜下來。「我收下了，等會兒便給阿娘。」

說罷，曹婉站到小凳子上，準備進入馬車，她微微轉頭，再次叮囑顧嬋漪。「後日妳若去，務必告訴我。」

顧嬋漪輕輕地點了點頭。「知道啦。」

兩人依依不捨，曹夫人撩開車簾探出頭來，笑看兩位女郎。「天色不早，阿媛也忙了整日，婉兒莫要再纏著她了，讓她早些進去歇息。」

目送曹家馬車走遠，顧嬋漪這才轉身回府。

穿過長廊，顧嬋漪在花園中站定，偏頭看向西斜的落日，走向後院廚房。

姨母與大舅母操持茶宴，今日甚是疲累。若不是她在都城，兩位長輩無須如此操勞，她們如此待她，她亦銘感五內。

顧嬋漪做好滿滿一桌子菜，分成兩份。一份送往前院，當作兩位表兄的晚膳；另一份則由小荷與宵練提著，隨她一道去兩位長輩的院子。

她們將將走進主院，便見大舅母與姨母坐在廊下，面色凝重，氣氛亦是沈滯。

盛瓊靜與江予彤聽到腳步聲，齊齊抬眸看向院門處，眉間愁色頓時消散，僅剩滿心歡喜。

八月初十，盛家馬車緩緩停在禮親王府門前。馬車尚未停穩，周嬤嬤便笑著行至馬車邊，立即有小廝搬著小凳子走上前。

江予彤與盛瓊靜先後下車，顧嬋漪落在最後。

周嬤嬤屈膝向兩位夫人行禮。「老奴向夫人們問安。」

江予彤見狀，連忙上前一步扶住周嬤嬤的手臂，並未讓她行完此禮。

周嬤嬤是老王妃的貼身嬤嬤，自幼便陪在老王妃身邊，江予彤等人不敢受她的禮。

進了府門，沿長廊而行，穿過姹紫嫣紅的前花園，行至主院。侍婢侍立兩側屈膝行禮，門邊站著的侍婢則上前半步撩開門簾。

廊下銅鈴微響，屋內輕笑陣陣。

江予彤與盛瓊靜帶著顧嬋漪踏進屋內，屋中眾人皆有默契地止住笑聲，紛紛看向這三人。

三人依次行禮，待江予彤與盛瓊靜在側位坐下，周槿便將顧嬋漪喚至身前細細打量。

「前些時日好不容易見妳一面，奈何人多嘴雜，諸事不好細問，今日可得讓我好好瞧瞧。」

盛淮在世時，盛家在京中算是書香門第，所娶兒媳亦是都城中排得上名號的女郎，且盛家兒郎全是癡情男兒，僅娶妻不納妾，都城中無論是世家還是清流，皆與之交好。

自盛淮致仕返鄉後，盛家兒郎全外放為官，多年未回都城。今年盛家大夫人以及外嫁的女兒忽然回來，舉辦茶宴時所請賓客甚多，是以即便那日周槿去了盛家的茶宴，且將顧嬋漪喚到身邊，兩人也僅是粗粗說了幾句話。

顧嬋漪揚起唇角，甚是乖巧可人地回道：「老王妃安心，阿媛諸事安好。」

周槿微微蹙眉，佯裝生氣的模樣。「既然安好，為何遲遲未來見我這個老婆子？莫不是嫌棄我？」

顧嬋漪輕笑，再次屈膝行禮，討饒道：「阿媛知錯了。」

周槿輕笑出聲，點點顧嬋漪的鼻尖，隨即拉住她的手轉向左側。「這便是我在寺中靜養時認識的小姑娘，鄭國公的胞妹，由慈空住持親自教養，精通佛法，性子亦是隨和討喜。」

左側上首坐著一位身穿石青繡玉蘭花褙子的夫人，身材豐腴，神情和藹可親。

顧嬋漪定睛，認出此人是沈嶸的舅母，她愣了一下，隨即上前行禮。

老王妃的父親曾任太傅，高風亮節，聲望極高。

周太傅故去後，周家謹遵其遺言，族中嫡支遠離朝堂，回到祖地隱世而居，旁支即便入朝為官，也多是些無足輕重的官職。

見老王妃似乎不想讓人知曉周夫人的身分，顧嬋漪便當作不知。

周夫人托住顧嬋漪的手臂，將她扶起後，微微側過身，露出身後站著的女郎。「這是我的小女兒，妳們這些小姑娘陪我們枯坐，定覺無趣，不如去外面玩。」

那位面生女郎走上前，舉止大方有禮，她牽住顧嬋漪的手，笑著對周夫人道：「阿娘放心，我自會照顧好妹妹。」

兩人離開主院，沿著長廊而行，便至後院花園。雖已入秋，但王府中的花園不見秋色，仍舊百花齊放，好不熱鬧。

「我比妳大兩歲，妳喚我婷姊姊可好？」周婷側首，笑咪咪地看向身旁與她一般高的女郎。

顧嬋漪自然點頭。「婷姊姊。」

周婷眉眼含笑，漂亮的桃花眼與沈嶸甚是相像。

顧嬋漪前世並未見過這位周家女郎，僅在沈嶸與周家人的交談中略有耳聞。前世初次聽聞周婷此人時，周婷已成婚，且為人母。

在心中默默算了算，顧嬋漪微驚，若周婷的人生軌跡亦如前世，那她此時不應在都城，而是在家中待嫁才是。

穿過後花園，周婷並未停下腳步，而是繼續向前。

「我今年已有十八，這府中的兩位主子，一位是我的親姑母，另一位則是我的親表兄。」周婷頓了頓，意味深長地看向顧嬋漪。「妳可知我為何會在此處？」

顧嬋漪確實不知緣由，很是坦誠地搖搖頭。

周婷忽然停下腳步，回身直視她的眼睛，面容嚴肅，不似玩笑作假。「我此次離家來到都城，僅為一件事。」

她定定地看著顧嬋漪。「便是嫁予我表兄沈嶸為妻。」

第三十四章　擊鼓鳴冤

話音落下，周婷的眼睛一眨不眨地緊盯面前的女郎，然而她卻面不改色，毫無預想中的驚慌失措。

周婷不禁蹙眉，右手摸著下巴，疑惑不解。「我要嫁予表兄了，妳怎的無動於衷？」

顧嬋漪歪頭，乖巧地眨了眨眼。「婷姊姊想要看到怎樣的情景？」

周婷蹙眉，想了片刻，才試探性地問道：「妳是不是猜到了？」

見顧嬋漪笑而不語，周婷頓時瞪大眼睛，難以置信。「妳怎會猜到?!」

周婷抬頭，看向不遠處的宵練，氣呼呼地瞪了她一眼，隨即垂眸。「是不是宵練告訴妳的？」

顧嬋漪輕笑出聲。老王妃今日在府中設品香會，主要目的便是請她的姨母與大舅母入府，試探兩位長輩的口風，怎會鬧出沈嶸要娶周婷這種事？況且她了解沈嶸，他既答應她，便不會出爾反爾。

「好吧。」周婷耷拉著眉眼，很是垂頭喪氣。「我已訂親，但未婚夫婿並非表兄。」

「我既已坦誠相待，現在妳該告訴我是如何猜到的了吧。」周婷可憐兮兮地看向顧嬋漪。

顧嬋漪笑意盈盈。「王爺乃皇族，若他訂親，都城中定無人不知，即便聖上並未賜婚，剛剛在屋內坐著的諸位夫人亦會有所耳聞，看妳的眼神肯定充滿好奇與打量。」

見周婷一臉若有所思，顧嬋漪又道：「若是老王妃與妳的阿娘口頭定下，並未言明，那麼王爺府中的奴僕應當知曉妳是未來的王妃，待妳與待尋常賓客必定截然不同，然而……」

顧嬋漪側身環顧了一下四周。「在這些奴僕眼中，妳與我並無不同，皆是須以禮相待的普通賓客罷了。」

周婷恍然大悟，面露欽佩，甚至不由自主地鼓起掌來。

「果然觀察入微、見微知著、心思靈敏。」周婷喃喃道：「兩隻狐狸湊一塊兒，倒是天生絕配。」

不知不覺間，周婷將顧嬋漪帶至偏僻處，她看向不遠處的月亮門，目露調侃。「月亮門內，某人在等妳，半個時辰後，我再來接妳。」

顧嬋漪真心實意地道謝，這才滿心歡喜地走向月亮門。

月亮門的另一側，沈嶸背手站在院中，陽光靜靜地落在他的身上，恍若鍍上一層金邊。

沈嶸聽到腳步聲，走上前眉眼柔和地看向顧嬋漪。「妳來了。」

顧嬋漪頷首，眼眸明亮。「嗯，臣女來了。」

話音落下，兩人齊齊輕笑出聲，沈嶸微微縮手，隔著自己的衣袖牽住顧嬋漪的手腕，將她帶進院子。

院中石桌擺放著食盒，還有幾碟時令瓜果，清香撲鼻。

顧嬋漪在桌邊坐下，沈嶸收回手，打開食盒，將裡面的點心一碟碟地端出來，放在她面前。「皆是今日晨起新做的糕點，尚有餘溫，妳且嚐嚐。」

說罷，沈嶸又手執茶壺，為顧嬋漪倒了杯茶。「此茶入口時微苦，但回味甚是甘甜，配這些甜糯的糕點甚好。」

顧嬋漪不由得雙手托腮，看著沈嶸忙前忙後，微微出神。

前世的禮親王府，老王妃故去後，府中眾多奴僕只須伺候沈嶸這僅有的主子。

即便如此，沈嶸公務繁忙，忙起來時總是錯過用膳的時辰，且府中奴僕無人敢勸，經年累月下來，他身上便添了許多小毛病，隨著年齡增長，這些小毛病甚是折磨人。

自己尚且照顧不好自身，又如何體貼旁人？但今日顧嬋漪卻看到了從未見過的沈嶸，原來……這便是被他放在心上的模樣。

「月初阿娘便派人去接舅母，請她來都城，今晨方到，是以來不及與妳說。」沈嶸聲音輕緩，似春日的風，溫柔至極。

周太傅膝下僅兩個孩子，便是沈嶸的母親，以及遠在周家祖地的沈嶸舅舅。沈嶸的祖父與父親故去後，除了老王妃以外，沈嶸最親近這位舅舅。

「外祖留有遺言，周家嫡脈男丁無故不得回都城，今次來的便僅有舅母與三表妹。」沈嶸垂眸，耳尖微微泛粉。「日後行三書六禮，舅舅定不會缺席。」

聽到此處，顧嬋漪才明白過來，原來沈嶸是擔心舅舅未親至，讓她感到疏忽與怠慢，才細心解釋。

顧嬋漪放下手中茶盅，眼珠一轉，故作生氣的模樣，嗔道：「難道在王爺眼中，臣女是這般斤斤計較的女郎？」

見沈嶸手足無措，顧嬋漪輕笑出聲，不再逗他。「此糕點甚是不錯，與之前品嘗過的不同，更加軟糯香甜。」

沈嶸微不可察地鬆了口氣。「當年父王與母妃遊歷江南，母妃喜愛當地的糕點，父王便特地請了一位擅長製江南糕點的廚子。」

待顧嬋漪一一嚐過桌上糕點，沈嶸起身走進屋內，再出來時，手上拿著一個巴掌長的木匣子。木匣子打開，內有六支短箭，僅有中指長，卻製作精良，箭尖銳利，散發著駭人寒光。

「這是本王命人特地製的袖箭，綁於手臂上，平時有衣袖遮掩，旁人很難察覺。」沈嶸轉動木匣子，推至顧嬋漪面前。

顧嬋漪嘴角上揚，撩起左手外衣衣袖，將手伸至沈嶸面前。

沈嶸頓時愣住，遲疑片刻，到底還是將袖箭拿了起來。

隔著中衣，沈嶸垂眸，小心翼翼地動作，過了好半晌才為顧嬋漪戴好袖箭，他微不可察地長吁了一口氣。

「聖上已經派人前往北疆，將於十月初一在宮中舉辦慶功宴，妳阿兄約莫九月底便能歸京。」沈嶸急忙張口轉移話題。

瞧對面之人的耳垂泛紅，顧嬋漪不禁暗藏笑意，挑眉道：「竟比預估的時間早了許多。」

說完，顧嬋漪手指輕叩桌面，頷首道：「臣女打算明日讓人去京兆府擊鼓鳴冤。」

沈嶸蹙眉，面露不解。「何意？」

顧嬋漪說出王蘊私下放印子錢的事，面容冷峻。「我與長安阿兄已經尋到那些農戶，也與他們見過一面，明日天明，他們便會去京兆府門前擊鼓，狀告王蘊。」

沈嶸垂首思索了片刻，輕輕點頭。「也好，這樣無須妳出面。如今的京兆尹為茅文力，他乃寒門出身，為人公允，行事亦靈活多變。」

顧嬋漪前世曾在沈嶸身邊見過茅文力，他身形瘦弱，卻背脊板正，遠遠瞧著，便能感受到他身上的文人傲氣。

因他是寒門出身，被世家排擠，在京兆府這個辦事不易的地方任職多年，得罪都城權貴無數。

直至沈嶸成為攝政王，發覺茅文力雖得罪了不少人，卻能穩坐京兆尹之位多年，委實是個人才。沈嶸知人善任，將茅文力調至六部，後來茅文力便成為他的左膀右臂。

思及此，顧嬋漪看向沈嶸，她想讓他馬上將此人納入麾下，卻又不知該如何開口。沈默片刻後，她只得委婉道：「若他果真不錯，王爺可時常與其打交道。」

顧嬋漪頓了頓，又道：「畢竟他是京兆尹，負責都城的一應事務，與他交好，日後行事或許能方便許多。」

沈嶸挑眉，眼底滿是笑意道：「前些時日，本王已讓人暗中接觸茅文力。」

顧嬋漪錯愕，隨即心頭一鬆，頗有幾分「果然如此」的感嘆。

雖今世已有諸多變故，與前世不再相同，但沈嶸此人卻與前世無異，仍是小心謹慎、處事周全。她原本想藉著前世的記憶助沈嶸一臂之力，但他似乎不需要她的幫助。

顧嬋漪心底有些失落，喃喃道：「臣女是不是很無用？許多事皆讓王爺勞心牽掛，而王爺的事臣女卻幫不上一點忙。」

沈嶸驚訝不已，但僅是眨眼間，他便明白了緣故。

自他們在崇蓮寺初見以來，她便多次暗示他，讓他多加提防當今聖上。可她不知他亦是重活一世，憑藉前世記憶，早有準備，她卻將這些歸為他聰明絕頂、料事如神。

沈嶸哭笑不得，只得伸出手來，隔著衣袖揉了揉顧嬋漪的頭。

「莫要多想。」沈嶸正想將原因道明，卻敏銳地聽到腳步聲由遠及近，到嘴邊的話立即嚥了回去。

沈嶸收回手，背在身後，柔聲道：「此事本王日後再與妳詳說。」

話音落下，院門口便出現一道身影，是周婷，她說道：「時辰不早，姑母派人出來尋我們了。」

顧嬋漪站起身來，目光直直地看向沈嶸，眼底滿是愛慕與信任。

「好，臣女等王爺。」她咬咬下唇，露出一絲羞意。「臣女的姨母和大舅母已經寫信給兩位舅舅了。」

話未說明，但沈嶸明白她的意思，他揚起唇角，眉眼亦是柔和繾綣。「本王知曉了，妳不必操心，諸事本王皆會料理妥當。」

沈嶸將人送至院門口，又垂眸問道：「妳明日可會去京兆府？」

顧嬋漪點點頭。「自然要去。」她怎會錯過這場大戲，定要目睹王蘊被衙役押入京兆府才行。

沈嶸沈思片刻後，輕聲道：「京兆府的東側有間茶樓，二樓臨街的窗子視野極好，且雅間安靜，無旁人打擾。」

顧嬋漪輕笑，歪頭看了他幾息，方點頭道：「知道了，明日臣女便去那裡等著。」

後院乃是設宴款待女眷之處，沈嶸不宜前往，只得立於院門處目送兩人離開。

眼見她們的身影消失在長廊拐角處，沈嶸轉身走向另一側。

行了幾步，沈嶸偏頭對身後的湛瀘道：「傳信給茅文力，讓他明日早早地用了膳食，在衙門內坐著，有件要緊的案子在等著他。」

翌日，天色微亮，顧嬋漪便起身了。

在院內練了半個時辰鞭子，顧嬋漪摸著手臂上的袖箭，仔細研究了片刻，她將左手伸直，按下機關，一支利箭便破空射出，直直射入院牆。

顧嬋漪面露喜色，快步走上前，她拔下短箭湊近細瞧，驚疑不定。「這麼銳利……似是軍中所用？」

行至明亮處，顧嬋漪藉著燈光與已然亮起的天色，仔細地觀察整支短箭，終於確定此物正是軍中所用。

顧嬋漪歡喜不已，妥帖地收好利箭，回屋漱洗，換上乾淨衣裳。長長的衣袖遮掩住袖箭，若不是盯著顧嬋漪的左手細瞧，很難發現她手臂上藏著此物。

陪著江予彤及盛瓊靜用過早膳，顧嬋漪眉眼含笑道：「今日秋高氣爽，阿媛請大舅母與姨母出府品茶看戲，可好？」

江予彤與盛瓊靜微微錯愕。她們方辦過茶宴，府中更有各地名茶，好端端的怎要出府品茶？雖是如此，但兩人向來寵著顧嬋漪，聞言只點頭應好。

乘著馬車抵達茶樓，眾人進入二樓雅間。店小二端來茶點，還有一壺上好的烏龍茶。

顧嬋漪臨窗而立，此刻時辰尚早，遠處山間的薄霧還未散去，微風拂面，帶著些許沁涼。

待顧嬋漪深吸了口氣，左側雅間的窗牖便被人從裡面推開，聞聲望去，只見稀微晨光中，沈嶸直身而立。

她頓時瞪大雙眼，正欲開口，卻見沈嶸輕笑著搖搖頭，抬手指了指屋內。

顧嬋漪悄悄回頭看向屋內，卻與兩位長輩的視線對個正著。

她心虛地輕咳兩聲，下意識地摸摸鼻尖，眼角餘光瞥見樓下拐角處的顧長安，當下眼睛一亮。「大舅母、姨母快來。」

樓下的顧長安聽到動靜，環顧四周，尋到顧嬋漪所在之處，淺笑著點了下頭；顧嬋漪亦微微頷首，兩人算是打了個招呼。

江予彤將他們的舉止盡收眼底，面露不解。「阿媛，這是鬧哪齣？」

顧嬋漪一手拉一位長輩，讓她們在美人靠上坐下，抬手指向不遠處的京兆府衙門，意味深長道：「我與長安阿兄請妳們看戲。」

盛瓊靜與江予彤雖感疑惑，卻也安穩坐下，約莫半刻鐘後，街道盡頭出現一隊人，他們衣衫襤褸，行走緩慢，瞧身上的穿著打扮，似是災民。

這些年來，除北疆時有戰火外，其餘各地皆風調雨順，並無天災降世，況且平鄴乃大晉都城，物富民安，怎會有災民？

大隊人馬行至京兆府門前，當街下跪，其中有一身強力壯的小夥子，捧著狀書走到府門側邊的大鼓前。

「咚！咚！咚！」

沈悶的鼓聲劃破清晨的寂靜，街道兩側的商鋪紛紛走出不少人來，臨街處亦有人推開窗子看熱鬧。

瞧見在街上跪著的人，聽著鼓聲，眾人馬上明白過來，這是有人告狀了。

「我在這茶樓日日聽書，從未聽過京兆府的鼓聲。」右側的雅間有人走了出來，他手持摺扇，探頭往外瞧。「這是怎麼了，竟跪了這麼多人？」

看了一會兒，持扇人兩眼發光，回頭急喊道：「明承，快來，有熱鬧可瞧！」

江予彤看向街上的人，蹙眉問道：「阿媛，這是……」

顧嬋漪輕笑，眼底卻無半點笑意。「大舅母、姨母，且看，好戲要開場了。」

衙役跨門而出，瞧見外面跪著的人，面色大變，立即轉身去了大堂。不多時，衙役再次出現在府門口，將這些人帶了進去。

顧嬋漪等人在府門旁邊的茶樓，又在二樓雅間，輕易便能瞧見京兆府的大堂。

街道兩邊的普通百姓，見狀紛紛圍在府門前，他們交頭接耳、竊竊私語，肅穆的京兆府，霎時猶如外城的菜市場。

小夥子手捧狀書跪於前方，他磕頭行禮，將狀書舉過頭頂，語氣恭敬道：「草民陳青河，啟稟大人，草民等乃華蓮山下橋西村的村民，狀告外城南門巷顧家主母王氏私放印子錢，重利盤剝，搶奪他人田地。」

陳青河特地提高嗓門，連門口瞧熱鬧的百姓也聽得一清二楚。

顧長安混在人群中，眼珠一轉，故意道：「南門巷顧家，那不是上月底剛從鄭國公府搬出來的顧家二房嗎？」

有一位掌櫃連忙出聲。「這位小哥，此言差矣，聽聞那顧老爺已另立門戶，如何能說他是顧家二房？」

另有一身穿儒生衣袍的少年，他手持摺扇，面露嫌惡。「顧硯放縱妻女凌虐姪女，如今妻子又犯下此等重罪，簡直可惡。」

江予彤瞪大雙眼，聽到陳青河的話後，她頓時皺緊眉頭。「還好我們早早趕她出去了，否則豈不是牽連了定安與阿媛！」

盛瓊靜亦是怒火中燒，她忍不住拍了下美人靠，咬牙切齒道：「賤婦！若此事連累了阿媛與定安，我定饒不了她！」

顧嬋漪連忙出聲安撫。「大舅母、姨母莫氣，此事與國公府無關，僅王蘊一人所為。」

衙門大堂內，師爺上前接過狀書，送到京兆府尹茅文力的案桌上。師爺緩緩展開狀書，其上字跡雄渾有力，端正卻不失雅致，真乃一手好字。

茅文力心中暗暗讚了兩聲，鎖眉凝神細看狀書，隨即拿起案桌右上角的赤色令牌。「左右，速速前往南門巷，將王氏等人押到堂上。」

立於右側上首的衙役雙手接過令牌，帶著五、六個衙役快步跨出大堂，前往外城南門巷。

與此同時，茅文力俯視地上跪著的村民，讓他們一一道出實情。

日頭漸漸升高，府門口圍觀的百姓只增未減，府門兩側的茶樓、酒館二樓也都站滿了人。

顧嬋漪倚在美人靠上，單手支著下巴，看向遠處的大堂，面無表情。

江予彤與盛瓊靜，一人看向長街盡頭，等著王蘊現身，另一人則咬緊後槽牙，滿臉怒容。

第三十五章　案外有案

約莫一個半時辰，衙役的身影才依次出現。

前面兩位衙役開路，中間是輛板車，拉車之人是顧硯的貼身小廝，板車上躺著一人，身上蓋著薄被，僅露出額頭。板車左側，王嬤嬤邊按住薄被，邊蒙頭往前走，馬車兩側亦有衙役護衛。

瞧見王嬤嬤的身影，且見她如此護著板車上的人，顧嬋漪無須細瞧，便知這板車上躺著的定是王蘊本人。

板車末尾，兩個衙役的身後，還跟著一輛不起眼的青布馬車，駕車之人甚是面生。

顧嬋漪著實想不起這人，她猜測許是王氏在外城雇的馬車，卻不知顧硯在不在車上。

車軲轆咯吱咯吱直響，擠在府門口的百姓們聽到此聲，紛紛回頭，見是衙役回來，當即讓出路。

板車在府門前停下，王嬤嬤扶起車上之人，屈膝在車邊蹲下。「夫人，我們到了。」

薄被掀開，王蘊身穿素白衣裳，向來穿金戴銀的人，如今身上卻無一件首飾，滿頭青絲已轉成灰白，瞧著甚是頹靡。

顧嬋漪嘴角輕揚，看來顧玉嬌之死，對王蘊的打擊頗深。

只見王蘊抱住王嬤嬤的脖子，王嬤嬤一用力，將王蘊揹了起來。

王嬤嬤已年過半百，揹著王蘊一步一顫，好不容易踏進大堂，滿頭滿臉盡是汗水。

眾人的目光落在大堂之上，顧嬋漪卻緊盯著那輛青布馬車。

人群後，偏僻的角落，青布馬車的車簾掀起一角，顧硯下了馬車，伸手將王氏扶了下來。

王氏手拄枴杖，猶如七、八十歲的老嫗，短時間未見，竟老了許多。

顧硯被酒色掏空的身體如今越顯單薄，他身穿發白的錦袍，腰間並無任何佩飾，雙眼無神，猶如行屍走肉。

兩人下車後，顧硯的小廝從車上拿出兩件斗篷，為顧硯與王氏穿上。

王氏與顧硯裝扮齊整後方立於人群之後，他們安靜地看向府衙大堂，大氣都不敢出，唯恐引來注目，被人認出來。

顧嬋漪瞧見，心中甚是爽快。僅是有人告發王蘊私放印子錢，他們便覺得無臉見人，待王蘊所做惡事徹底被揭露，他們豈不是人人喊打的過街老鼠，只能在陰暗溝子裡度日？

茅文力高坐上首，重拍驚堂木，面無表情地看向王蘊。「王氏，橋西村村民告妳私放印子錢，且歸還銀錢的時日未到，妳便差人前往橋西村侵占他人田產，可有此事?!」

王蘊垂頭耷腦，弓背而跪，聞言卻無應答，宛若木頭樁子。

見狀，王嬤嬤忍不住跪行半步至王蘊身後，小聲提醒道：「夫人不顧及自身，也須想想尚在江南唸書的公子。」

王蘊身子一顫，幾息之後終於想通了，她大聲否認。「大人，冤枉啊！此乃誣陷！私放印子錢可是我朝重罪，民婦遵紀守法，怎會做出這等要命的事！」

茅文力聞言冷笑一聲。「將這本帳冊拿去給她瞧瞧。」

師爺得令，捧著帳冊行至王蘊面前，一頁接著一頁翻給她看。

王蘊看清這本帳冊的內容，頓時面色煞白，整個人癱坐在地，喃喃道：「怎麼可能……這本帳冊怎麼可能出現在這裡?!不可能，絕對不可能！」

慌亂之下，王蘊猛地回身指著王嬤嬤，雙眼瞪大，語氣滿是恨意。「是不是妳！連妳也背叛我?!」

王嬤嬤嚇了一跳，下意識地往後躲，滿臉焦急無措。「夫人，這話是何意?!老奴陪了夫人幾十年，一直忠心耿耿，怎會背叛您？」她邊說邊落下淚來。

聞言，王蘊呆愣住了，神色茫然。「若不是妳，他們怎會拿到這本帳冊?!」

王嬤嬤聽到這話，爬到師爺身前，一瞧見上面的字跡，頓時變了臉色。「不可能……這不可能！老奴明明藏好了！」慌亂之下，她道出實情。

此話一出，便證明此物是王蘊主僕所有。

茅文力冷嗤，拿起驚堂木又是一拍。「王氏，妳可知罪?!」

狡辯無用，王蘊與王嬤嬤呆愣愣地跪在堂下，面如死灰。

「大人，且慢！」顧硯匆匆撥開人群，高聲喊道。

眾人聞聲回頭，只見顧硯快步走到大堂之上，跪地行禮。

「稟報大人，王氏已被休棄，並非草民之妻，還請大人明察。」說罷，顧硯拿出早已備好的休書，雙手遞向前方。

師爺上前接過休書，送至案桌上，茅文力瞇眼細瞧，沈默不語。

顧硯重重地咳了兩聲，說道：「王氏趁草民不在家中時欺辱族人，本月初草民便寫下休書，將王氏休棄。只因她身上有傷，是以這些時日留她在府中養傷，待她痊癒後便送她歸家。」

此刻顧硯說得冠冕堂皇，似乎當初絕不休妻之人不是他。

顧硯盯著旁邊的兩人，暗自慶幸不已。還好他今日並未外出，因此在衙役上門之時，還能盡速與母親一道想出對策。

庶子與庶女已被過繼給旁人，嫡女又被賜死，聖上並未遷怒他們已是萬幸。如今自己膝下僅剩顧長貴一子，且他整日出入煙花之地，知道自個兒的身子已虧空，日後再難有子嗣，他一定得保住此子。況且顧長貴乃王蘊親生，為了兒子的前程，她自然無所不應。

顧硯說服王蘊簽下休書，如此一來，即便她犯下重罪，也不會牽連顧家眾人。

茅文力盯著那張休書看了好一會兒，微風之下，尚能聞到墨香，顯然此休書剛寫下不久，然而落款日卻是月初。想起昨日收到的信上並未言明如何處置顧硯，茅文力沈思片刻，到底還是將休書放置於一旁。

「既已休妻，那王氏所為便與你等無干，速速退至堂外。」茅文力冷聲道。

顧硯當即面露喜色，朝茅文力一拜，聲音不掩歡喜。「多謝大人！」

「當初他在小祠堂話說得那般漂亮，我還以為這人對王蘊那個賤婦好歹有幾分情誼。」江予彤見狀，輕蔑地笑了聲。「如今看來，卻是半點情分也無。」

「看到那個賤婦落得這般下場，我心中暢快得很！」盛瓊靜臉上的笑意中藏著遺憾。「只是小妹之事還未真相大白，著實令人心有不甘。」

王蘊私放印子錢，人證、物證俱在，無法繼續狡辯，且顧硯已經遞上休書，不會連累其子，她垂首磕頭，終於認罪。

按照大晉律法，茅文力判王蘊與王嬤嬤流放五百里，所侵占的田產盡數歸還村民，除此之外還須上繳萬兩罰金。

府衙外圍觀的百姓聽到判文，皆高聲歡呼。

衙役上前為王蘊與王嬤嬤戴上枷鎖，待她們被押入大牢後，府外百姓紛紛轉身準備離開。

就在這時，又有一身穿灰布衣裳的老婦人行至大鼓前，雙手顫顫巍巍地抽出鼓槌。

鼓聲再次響起，尚未走遠的百姓頓時停下腳步，回過頭來。瞧見擊鼓之人竟是老婦人，眾人甚是詫異。

「今日莫不是什麼黃道吉日，最宜擊鼓鳴冤？」

「我在這條街上住了多年，從未在晌午之前聽到兩次鼓聲。」

「這老婦人瞧著應有五、六十歲了，這般年歲還來擊鼓鳴冤，莫不是被兒孫苛待了？」

「瞧著不像，且看她的衣著打扮，甚是乾淨齊整，不似被苛待。」

茅文力早得了消息，是以聽到鼓聲後毫不驚訝，只讓左右將擊鼓之人帶到堂上來。

大夥兒見衙役出來帶人，腳步一轉，再次回到府門外。

江予彤看著王蘊被押走後，輕吁了口氣，施施然站起身來。「今日著實令人歡欣，我們便不回府用膳了，且去都城中最好的酒樓好好地喝上一盅，慶賀慶賀。」

說罷，江予彤便牽起顧嬋漪的手要帶她離開。

顧嬋漪手腕一轉，反手拉住自家大舅母，柔聲道：「大舅母、姨母且安坐，這戲啊，還未唱完呢。」

盛瓊靜面露不解，回眸看向只見背影的老婦人，微微蹙眉，遲疑道：「莫不是那位老婦人有問題？」

江予彤想了片刻，並未想通其中關竅，卻隱隱有所猜測。「我似乎從未見過此人，但阿媛既這般說，難道她與那賤婦相識?!」

她冷眼看向堂上跪著的人。「難道……這便是當初為小姑接生的穩婆?!」

當初小姑生第二胎時，她已隨著丈夫外任，收到信時，小姑已生下阿媛，身子有損。

盛瓊靜回眸，定定地看向身側的顧嬋漪，雖是疑問，語氣卻甚是肯定。「可是她?!」

顧嬋漪前些時日與江予彤及盛瓊靜商談時，提及當年為母親接生的穩婆，此前一直為顧硯的妾室接生，當時發生諸多詭異之事，讓她不得不懷疑母親的死因。

只見顧嬋漪頷首，輕聲道：「正是。」

盛瓊靜立即追問道：「妳既讓她上府衙揭發，可有足夠的證據？」

當初聽聞小妹的死因有疑，她與大弟妹便想找去南門巷，將王蘊這賤婦狠狠打死，以解心頭之恨。

誰知阿媛卻出言阻攔，言明若僅僅是打死王蘊，只能解一時之恨，不如暫且留她一命，交予官府判決，定下罪名，禍及子孫。

王蘊僅剩的兒子是她的心頭肉，若因她做下的惡事毀了他的前程，定能讓王蘊生不如死。是以，她與大弟妹並未插手此事，盡數交予阿媛處理。

顧嬋漪微微歪頭，眉眼含笑，一臉勝券在握的模樣。「自然有。」

說罷，她眨了眨眼，調皮且靈巧。「不僅有人證，還有足夠的物證，大舅母與姨母且安心看著便是。」

盛瓊靜抬手揉了揉顧嬋漪的頭，眸光柔和，無聲長嘆。到底是她們疏忽了，讓阿媛獨自在都城，無依無靠，被迫快速成長。

如阿媛這般年歲的女郎，哪個不是依偎在長輩懷中柔聲撒嬌，或買新鮮的衣衫首飾，或吵著鬧著要外出遊玩，而她們的阿媛卻已查明母親的死因，妥帖細心地寬慰長輩。

京兆府衙大門前，顧長安身邊跟著幾個人，他看著黑壓壓的人頭，心中懊惱不已，剛剛委實不該離去，讓出好位置，眼下想再靠近，卻是難了。

宵練眼尖，她稍稍一遲疑，便走到顧嬋漪身後，低聲道：「姑娘，且瞧那處。」

顧嬋漪側眸，尋了片刻，終於看到顧長安、顧榮柏還有顧新，以及被顧長安護在身後、身穿斗篷的兩位婦人。

她回過身，將小荷喚至身前。「可瞧見劉、苗兩位嬸娘？樓下人多嘴雜，請她們上樓一聚。」

不多時，劉氏與苗氏便跟著小荷到了二樓雅間，齊齊朝顧嬋漪等人屈膝行禮。

江予彤與盛瓊靜對顧硯一房實在厭惡至極，即便心中清楚兩人無辜，也無法笑臉相迎，只淡淡地點了點頭。

劉氏跟苗氏亦有自知之明，行過禮後，便安靜立於一側，目光焦急地望向府衙大堂。

顧長安好不容易撥開人群，擠出一小塊地方，讓族長顧榮柏與自家祖父顧新穩穩站立，三人尚未來得及說話，便聽到一聲重響。

府衙大堂之上，茅文力拍下驚堂木，滿座肅穆，穩婆俯首跪於堂下。

穩婆自述她居於城南，多年前，國公府顧家二房的正室夫人尋到她，讓她為房中妾室接生。

當時楚姓妾室生下的是男嬰，顧二夫人並未多說什麼，然而同年要她為劉姓妾室接生時，顧二夫人卻表明若妾室生的是女嬰，則母女平安；若生的是男嬰，則準備一碗濃濃的紅花湯，以「補品」的名義哄騙產婦喝下，輕則日後無子，重則喪失性命。萬幸，劉姓妾室所生為女嬰。

後來，她再次被這位顧二夫人請去府中，再度為劉姓妾室接生時，看見那已經三歲的男娃。

一般的娃娃，三歲已能行走蹦跳，與人交談，若是靈巧聰穎些，說不定還能背上幾首詩詞。然而，楚姓妾室所生之子卻與襁褓嬰兒無異，口不能言、腿不能行，狀若癡傻。

她當即便明瞭，定是顧二夫人私下使手段廢了這個男嬰，是以無須紅花湯。

這一次，她為劉姓妾室接生下一個健康的男嬰，正欲將事先準備好的濃濃紅花湯餵產婦喝下，湯藥卻遭貿然前來的苗姓妾室打翻。

顧二夫人氣急，訓斥了兩句後，依舊結了她的工錢。

穩婆後來才得知，苗姓妾室一向謹慎小心，用的是自己的穩婆與大夫，當初遠至莊子，方在劉氏之前平安生下男嬰。然而，那個兒郎只活到十二歲便身亡，沒有好好長大成人。

又過了兩年，顧二夫人再度找上門，讓她次年夏日再來。她當時暗自猜想，許是府中妾室又有孕在身，顧二夫人這次便提前布局。

劉氏與苗氏聞言，泣不成聲，互相攙扶才不至於跌坐在地。

顧嬋漪向小荷使了個眼色，小荷便與宵練搬來兩張小凳讓她們坐下。

江予彤在心底默默算了算，將穩婆所言與顧硯的妾室及庶出子女一一對上，頓時拍了下美人靠，怒火沖天。

盛瓊靜則是眉頭緊皺。「次年夏日，便是阿媛出生之時！」

江予彤惡狠狠道：「果真歹毒！」

見大舅母與姨母雖然是怒火中燒，但並沒打算衝到樓下去，顧嬋漪不禁鬆了口氣。

穩婆說得明明白白、指名道姓，而且內容相當駭人，圍觀百姓不禁竊竊私語。

茅文力冷聲問道：「妳既為諸多妾室接生過，可曾為這位顧二夫人接生？」

穩婆沈默了片刻後，輕輕搖搖頭。「她從未讓民婦接生。」

話音落下，府門外瞬間一片譁然。

有人嗤笑。「這穩婆不是王氏的人嗎，怎的，自己的人用起來還不放心？」

另一人接話道：「剛剛這老婦人便說過了，幾位妾室當中，有一位特別謹慎的。」

他頓了頓，意味深長。「穩婆能拿王氏的錢去毒害妾室，妾室亦能拿錢買通穩婆去毒害她啊。」

見周邊圍觀的百姓紛紛側目，那人輕笑，又道：「當然，妾室不一定會這麼做，但王氏既然做出這種事，定會防備他人一樣這麼對待自身，她如何敢用這位穩婆替自己接生？」

眾人不禁點頭，紛紛道——

「原來如此。」

「多謝這位兄臺解惑。」

「兄臺見解甚深。」

顧長安微微拱手，謝過眾人的誇獎，回頭直視大堂時，他嘴角的笑意依舊，但眼底卻無絲毫溫度。他盯著堂上之人，垂在身側的雙手緊攥成拳。

「既是如此，次年夏日妳又為何人接生？」茅文力語氣平淡地問道。

穩婆聞言，身子不受控制地打了個寒顫，良久，她才渾身發抖，壓低聲音緩緩道出。

「那人便是已故鄭國公的原配夫人，原鴻臚寺少卿盛大人的幼女。」

茅文力當即眸光一凜，險些站起身來，頓時明白昨天那封書信所言「要緊的案子」為何。

已故鄭國公顧川因救先帝而亡，被追封為鄭國公，先帝得知顧川與其結髮妻子伉儷情深，在追封顧川時，亦追封其妻為一品誥命夫人。

眼下這個案件牽扯到已故鄭國公夫妻的身上，那便不僅是內宅婦人的陰私手段，更事關朝廷威信。

如今的鄭國公顧長策戰功赫赫，若得知自己的母親死因為何，定會討要一個交代。

王氏毒害妾室及其子嗣，犯了七出之條，但她已被顧硯休棄，接下來便是要追究其殺人罪責。

茅文力緊抿唇角，此案事關重大，他必須上報刑部，由刑部派人調查才行。

宜早不宜遲，茅文力當機立斷，讓人將穩婆一道收押，拍下驚堂木，回到後衙。

第三十六章　據實以告

眾人目送府尹起身離開，再瞧見衙役押著穩婆離去，全都傻住了。

「剛剛那穩婆說了些什麼？明明之前的嗓門還大得很，怎的突然變小了，害我未聽清！」站在後面的人眼見大堂內的人陸續散去，忙不迭地問道。

顧長安低低地咳了兩聲，旋即提高音量。「那婦人說，王氏暗中令她趁著國公夫人生產時，餵國公夫人喝下紅花湯，是以國公夫人傷了身子，不幸早亡。」

這話如晴空響起霹靂，如冷水滴入熱油，人群徹底炸開。

「哪位國公夫人?!」

「妳且想想，王氏原先住在哪處宅邸？鄭國公府上，除了已故鄭國公的髮妻，還有何人是國公夫人？」

「她們的膽子竟如此大，而且王氏跟國公夫人可是妯娌啊！」

「妯娌又如何？王氏連妾室及其所生孩兒尚且容不下，何況妯娌？」

「這位已故國公夫人著實可憐，年紀輕輕便去了，生下的女兒還被王氏那般苛待！」

「還好那顧三姑娘安然長大，國公夫人之死亦真相大白。」

那手持摺扇的儒生聞言，以扇擊手，甚是憤怒不已。「如今鄭國公在北疆殺敵戍邊，護衛大晉百姓，他的殺母仇人卻逍遙法外多年，我定要讓學子們與我一道上書，讓聖上重罰此等惡人！」

應和儒生者甚多，眾人簇擁著他進入茶館，不多時，府衙門外便無多少百姓，倒是街道兩側的茶樓與酒館甚是熱鬧。

顧長安立於府門外，對著顧榮柏長長一拜。「這便是今日晚輩請族長過來的原因。」

沈默良久，顧榮柏方道：「是我們疏忽了，竟不知小王氏在國公府中興風作浪多年，留下此等禍根。

「本以為小王氏是王氏的親姪女，亦有國公府的名號庇佑，你們這些小輩能平安長大，卻不知禍起蕭牆。」顧榮柏長嘆。「待定安歸來後，族中定會給你們一個交代。」

當日午後，刑部捕頭領著多名捕快氣勢洶洶地走進平南門邊的藥鋪，沒多久便將鋪內就診、買藥的人盡數請了出去。見鋪子門口尚有兩個捕快持刀而立，百姓紛紛噤口，不敢妄言。

約莫半個時辰後，藥鋪的掌櫃被押解出來，小藥僮們跟在他旁邊，他們身後的捕快抬著兩口小兒高的大木箱子。最後面的兩位捕快將鋪門一鎖，貼上白紙黑字蓋紅印的封條，轉身離去。

目送捕快離開，遠遠觀望的百姓一窩蜂擁上前，奈何識字之人不多，委實瞧不出什麼名堂。

「瞎看啥呀，你們識字嗎？連自個兒的名字都不知道怎麼寫便往上湊，趕緊起開，給老先生讓個路。」

人群中有人喊道，大夥兒隨即向兩邊散開，一位身穿灰布長衫、頭髮花白、留有長鬚的老先生踱步上前。

他眯眼看了片刻，手拍大腿。「不得了，這藥鋪竟攤上了刑部的官司！」

「刑部?!不是京兆府都處理不了的官司才會交給刑部嗎？」

「這藥鋪犯了何事？竟驚動了刑部?!莫不是人命官司吧……」

「瞧捕快大爺搬的兩口大箱子上有厚厚的塵土，儼然是剛從庫房深處搬出來的。」老先生撫鬚，若有所思。「看來此事牽扯甚深，我等還是莫要打聽了。」

整條巷子最有學識的老先生都這麼說了，眾人不敢再湊熱鬧，紛紛走遠。

那些拿了藥方、取了藥的百姓見到這般陣仗，也不敢再用這家藥鋪的東西了，寧願走遠一些，去其他家藥鋪。

巷子盡頭，顧嬋漪緩緩放下車簾，心中大定，笑容明媚燦爛。「多謝。」

此案已經上報刑部，然而刑部主管天下刑獄，若無有力人士出面，不知要耽擱到幾時，如今親眼看到刑部過來抓人，她便安心了。

坐在她對面的沈嶸輕咳兩聲，聲音輕柔。「主管此案的刑部張郎中熟知律法，鐵面無私，如今人證、物證俱全，若無意外，最遲月底便能定案。」

最遲月底？

六部事務繁雜，等半個月已是最快的時間了，屆時王蘊的親生子應當到了都城。

顧嬋漪心中有了打算，點點頭表示明白。

馬車緩緩向前，沈嶸的眼尾餘光瞄向顧嬋漪，只見她眉眼舒展，整個人顯得輕鬆愉快。

沈嶸置於大腿上的雙手輕握成拳，他沈默片刻，試探地說道：「再過幾日便是中秋，北疆大捷，聖上有意大肆操辦，屆時外城無宵禁，內城四城門盡數打開，主街將掛滿各色彩燈。」

顧嬋漪眨了眨眼。幼時每年元宵與中秋，父兄都會帶她去街上看花燈，阿父會讓她坐在他的肩上，不僅看得比旁人遠，還不會被擠開。然而，去了崇蓮寺後，便只剩供佛的長明燈，不見花燈。

待她前往北疆，八月中秋，那裡已是寒風呼嘯、大雪紛飛，軍中將士緊守城門，百姓則是蝸居家中避寒。無論元宵佳節，還是中秋團圓日，北疆從未有過花燈滿街的盛景。

沈嶸當時既要自保又要為她查明真相，無心過節，後來更是一心為民，總是留在府中處理政務，況且皇室宗親對沈嶸敬而遠之，旁人的團圓日，沈嶸卻形單影隻。

然而沈嶸卻不知，他孤身一人時，亦有她在身側。

想到此處，顧嬋漪歪頭笑了笑，目露狡黠，猶如叢林深處的小白狐。

沈嶸不禁一愣，越發不敢看她。

秋風吹起車簾一角，眼見馬車就要駛進盛府所在的巷子，沈嶸抿了抿唇角，問道：「那日，可要出門賞燈？」

顧嬋漪頓時愣住，一雙杏仁眼燦若星子，既驚又喜。在此之前，她從未想過沈嶸會主動開口邀她出門賞燈。

她正欲點頭應允，卻忽然一頓，面露遲疑。「如今大舅母與姨母皆在都城，中秋那日，長輩約莫會帶著臣女與表兄們出門。」

沈嶸嘴角微彎，抬手隔著衣袖，揉了揉顧嬋漪的頭。「無妨，那日妳盡可安心賞燈，本王會去尋妳。」

顧嬋漪紅著臉下了車，悶頭回到住處，狠狠地灌下一盅涼茶，臉上躁熱才稍稍散去。她快步走到衣箱前，讓小荷將裡面的衣裳一一展開，置於榻上。

這些都是大舅母與姨母抵達都城後，請繡娘為她趕製的新衣裳，尺寸合身，花色跟料子更是時興的。

嗯，桃紅太過嬌嫩，鵝黃太過搶眼，石綠又顯得老氣……

挑來挑去，顧嬋漪怎麼瞧都不甚滿意，忍不住摸著下巴，眉頭緊鎖。

想起沈嶸喜穿月白色的衣裳，顧嬋漪挑了下眉，指尖滑過衣裳，最終在一套衣服上點了點，她轉頭對著小荷道：「中秋賞燈，我要穿這件。」

晚間，江予彤在盛家老宅主院設家宴，兩位長輩坐於上首，三位小輩分坐兩側，燈火明亮，滿桌佳餚，五人面前皆放置大酒杯，侍婢上前為各人斟酒。

江予彤舉起杯盞，面帶喜色。「今日大喜，當浮一大白！」

眾人舉杯，紛紛飲下杯中酒。江予彤準備的酒是普通果酒，即便飲下一大杯，也不會輕易醉去。

飲完酒，江予彤長吁一口氣。「痛快！」她握住顧嬋漪的手，正色道：「妳阿娘的案子，京兆府尹已遞交至刑部，王蘊亦被移送至天牢。

「阿媛莫要擔憂，我與妳姨母有所籌謀。」江予彤揉揉顧嬋漪的手背，語氣輕柔。「有我們在，阿媛可安心玩樂，無須再記掛此事，等著判決下來便是。」

兩世仇恨，顧嬋漪自然不會輕易忘記，若真的放下，今日午後她也不會趁著長輩們休憩時偷偷溜出府去，親眼看著刑部抓人。

不過大舅母此言飽含長輩的關切之意，顧嬋漪便點了點頭，裝出乖巧聽話的模樣。

盛瓊靜偏過頭，定定地看著顧嬋漪，她眉頭微蹙，原本想說些什麼，但過了片刻卻垂眸拿起筷子，並未多言。

宴席散後，盛瓊靜與顧嬋漪結伴回自己的院子，侍婢提燈在前方引路。

此時臨近中秋，又是無雲之夜，接近滿月的明月懸在天際，猶如一顆夜明珠，即便無燈，也能看清腳下的路。
盛瓊靜牽住顧嬋漪的手腕，緩緩道：「戶部侍郎的夫人與我在閨閣中時有幾分交情，她的表姊嫁予刑部左侍郎為妻。今日從外面回來，我便寫了帖子令人送去戶部侍郎府中，明日我與妳大舅母便會登門拜訪，由她出面，讓我們與她的表姊見上一面。」
顧嬋漪靜靜地聽著，心中甚是詫異，原來大舅母說的「有所籌謀」是這個意思。但關係繞了這麼大一圈，委實讓她們費心了。
「剛剛在席間，妳大舅母讓妳安心玩樂，可我瞧妳的模樣，似乎另有打算。」盛瓊靜頓住腳步，直視顧嬋漪的眼睛。「我知阿媛是個心有成算的女郎，即便困在崇蓮寺中，也能想到法子送信。
「然而，妳並非孤身一人，凡事皆須自己衝在最前面，妳還有我們這些親人，如其他女郎般有所依靠。」盛瓊靜眼底滿是疼惜。
顧嬋漪聞言，微微蹙眉，面露不解。「姨母此話，阿媛聽不明白。」
「我與妳大舅母抵達都城後，除了在小祠堂中將顧硯一房逐出國公府外，並未為妳做旁的要緊事。」盛瓊靜頓了頓，意有所指道：「沒有大舅母與姨母在，妳便能要回他們侵占的東西，送信給我，不過是為了有個長輩在場吧。」
顧嬋漪心下一驚，不知姨母何時看破了自己的心思。
當初給姨母送信時，她並未告知兩位舅母，只因姨母離都城最近，而趕人之事，一位長輩出面便足夠了。

顧嬋漪雙手交疊，右手不安地揉搓左手腕上的長命縷，垂頭認錯。「我只是不想讓姨母與大舅母擔心……」

「若果真如此，妳為何又敢煩勞王爺？」盛瓊靜追問道：「今日午後，妳可是悄悄出府去見王爺了？」

此話問得甚是突然，顧嬋漪有些措手不及。

盛瓊靜見她這般慌亂，心中頓時明瞭，她語速極快道：「妳阿娘的事，可是他幫忙查的？」

那日阿媛告訴她們小妹之死有疑時，她與大弟妹便私下商討過。阿媛幼時便去了崇蓮寺，又被王蘊那賤婦差奴僕看管著，整年不見外人，從何處得知自己母親的死因有疑？若無旁人告知，阿媛定與她們一般被蒙在鼓裡。

今日見阿媛行事成竹在胸，儼然知曉真相多時，且人證、物證齊全，定有人在背後相助。

她與大弟妹思來想去，只能想到那個人，唯有他能在都城中將此事查得這般清楚明白。況且今日午後，阿媛未告知她們便悄悄出府，能讓她這般行事的，也只有他了。

顧嬋漪聞言，稍稍鬆了口氣，坦然承認。「確實是王爺幫忙查的。」

前世沈嶸徹查她的死因時，牽扯出了阿娘的事情，若不是沈嶸心細如髮，察覺到異樣，下令徹查，她也不會知曉阿娘死得那般冤屈。

幸好姨母只當一切全是沈嶸查出來的，並未懷疑到她身上。

顧嬋漪撫摸腕間的長命縷，深吸了口氣。「最初便是王爺發現不對勁，暗中查到穩婆身上，只是彼時僅有人證，並無物證。後來我助長安阿兄過繼到叔公名下，他為答謝我，便送來阿娘生產那日所飲湯藥的藥渣。」

她頓了頓，眸光微閃。「今日午後我便是隨王爺去了藥鋪，刑部的人已搬走藥鋪的陳年舊帳，如今只須找到我出生那日穩婆在這間藥鋪買了紅花湯的紀錄，再對上長安阿兄給的藥渣，物證便齊全了。」

顧嬋漪的右手握緊左手腕，極力遏制滿腔怨恨。「若無那碗紅花湯，阿娘的身子便不會受損，亦不會早早地去了。

「阿娘若還活著，即便阿父去了北疆，我與阿兄也有阿娘相伴。後來阿兄奉命前往北疆，若阿娘在，定會帶著我一同前去。」顧嬋漪聲音微哽，忍著哭意。「而不是如眼下這般，我孤身在都城，阿兄獨自在北疆。」

既然起了話頭，顧嬋漪索性一股腦兒地將事情全說了出來。

她下巴微抬。「不僅如此，月初顧玉嬌那件醜事亦是我在背後搞鬼。佛歡喜日，顧玉嬌出現在崇蓮寺，假意偶遇瑞王殿下，那時我便猜到她的打算。

「被趕出國公府，斷了顧玉嬌的榮華路，王蘊受傷臥床，顧硯萬事不管，我便使人在她身邊攛掇了幾句。」顧嬋漪扯了扯嘴角，露出一抹冷笑。「她果然如我所料入了圈套。」

盛瓊靜聞言，想起顧玉嬌的下場，驚駭萬分，她急急追問道：「此事除我之外，可還有旁人知曉？」

顧嬋漪搖了搖頭，輕笑出聲。「姨母安心，攛掇顧玉嬌的人是她的貼身侍婢。八月初二，滿城皆知瑞王殿下會前往忠肅伯府賀壽，若她願意安穩度日，便不會輕易被人蠱惑，然而那時的顧玉嬌視瑞王殿下為救命稻草，定不肯錯過這等機會。」

「王蘊害我的阿娘，我便要讓王蘊親眼看著她精心呵護長大的子女一個個慘死在她前頭，讓她嚐嚐我的苦痛。」顧嬋漪咬緊下唇，不復往日的溫婉乖巧，而是怨氣沖天。

殺母之仇，削髮之恨，奪家之怨……一筆筆清算下來，如今王蘊僅是在天牢裡鎖著，靜待日後伏法，她還覺得便宜了王蘊！

盛瓊靜聞言大慟，抬手將顧嬋漪摟進懷中，眼淚如流水般往下落，頃刻間便濕了顧嬋漪的衣裳。「姨母錯了，當初便應該不管不顧地帶妳走，而不是留妳在都城。」

顧嬋漪忍了許久的眼淚亦奪眶而出，她環抱住盛瓊靜，帶著鼻音安撫。「姨母莫要自責，是我年幼識人不清，況且若我未留在都城，恐怕也無法得知阿娘的死因。」

月色清冷，顧嬋漪與盛瓊靜在月光下抱著哭了許久，方才緩過勁來。

當夜，兩人同睡一榻，盛瓊靜環抱住顧嬋漪，輕拍其背，哼唱著不知名的歌謠哄她入眠。

翌日顧嬋漪醒來時，天色已然大亮，她伸手一摸，另半邊床榻已是冰涼。她翻被起身，披上衣裳喊道：「小荷？」

小荷應了聲，端著一銅盆熱水推門進來。「姑娘總算醒了，已是辰時末。」

顧嬋漪忍不住輕笑。「昨兒喝了幾杯，便醒得遲了。」

說完，顧嬋漪撩起衣袖準備漱洗，指尖將將碰到水面，小荷便發出一聲驚呼。「姑娘，您這手腕是怎麼了?!莫不是被蟲咬了？」

顧嬋漪垂眸，只見自己的左手腕上一道青紫，甚是顯眼。「昨日自個兒抓的，拿藥膏搽搽便是，莫要聲張，惹大舅母與姨母擔心。」

昨日家宴，幾杯果酒下肚，恰逢姨母追問，她便一時丟了冷靜。

用完膳、搽過藥，顧嬋漪便拿起鞭子在院內練了個把時辰，眼見日頭漸高，大舅母與姨母卻還未歸來。

她忍不住問道：「小荷，去主院問問大舅母的嬤嬤，大舅母與姨母約莫幾時回來。」

小荷得令轉身離去，不多時便回來了。「大舅夫人和姨夫人已回來，正在主院，瞧見婢子，讓婢子回來請姑娘過去。」

聞言，顧嬋漪換了身衣裳，急忙去了主院，就見盛瓊靜跟江予彤面帶笑意坐於院中，滿臉喜色。

見顧嬋漪走到面前，未等她出聲詢問，江予彤便歡喜道：「剛剛在戶部侍郎府中得了好消息，她昨日收到我們的帖子，便私下寫信問過她的表姊。」

江予彤眨了眨眼，眉梢與眼角皆是喜色。「她說這個案子昨日午前便送到了刑部，午後瑞王府與長樂侯府皆有人去刑部，讓主管此案的官員抓緊時間，莫要拖拖拉拉。」

瑞王府？長樂侯府？

顧嬋漪不禁蹙眉。因為月初忠肅伯府發生的醜事，瑞王被禁足，長樂侯自覺丟了顏面，這半個月來兩府甚是低調，無緣無故的，他們怎會貿然出手？

第三十七章　中秋出遊

盛瓊靜看了顧嬋漪一眼，主動解惑道：「瑞王殿下因顧玉嬌而被禁足，如今定安有軍功在身，瑞王殿下此時插手，一則洩憤，二則提前給國公府賣個好。」

「至於長樂侯府嘛……」江予彤輕笑一聲。「長樂侯夫人心心念念想將女兒嫁入皇家，因那樁醜事，長樂侯夫人看清瑞王殿下的本性，她們母女亦在都城中丟了好大的臉。

「她甚是看重顏面，王蘊與顧玉嬌讓長樂侯府淪為都城的笑話，當然不會輕易放過她們。」江予彤扯了扯嘴角，露出一抹輕蔑的冷笑。「顧玉嬌有聖上發落，長樂侯夫人便只得將這口惡氣發洩在王蘊那賤婦身上。」

聞言，顧嬋漪恍然大悟，原來如此。

舒雲清離京之前，曾寫信告訴她，日後若有事，可去長樂侯府。

如今回想起來，可能是壽宴之後，舒雲清將她的提醒告訴了長樂侯及長樂侯夫人。顧玉嬌如此行事，與其母王蘊脫不了干係，長樂侯府自然會算上她一筆。

瑞王並非良配，舒雲清不再如前世那般，坐在瑞王妃的位置上委曲求全、忍辱負重。

舒雲清離京之後，天高地廣，自有良緣，如此她與舒雲清便算是兩清，不再相欠。

王蘊毒害國公夫人一案，明有瑞王府與長樂侯府出面，暗有沈嶸出力，進展甚是順利。

顧嬋漪暫且放下此事，準備下月底迎接阿兄歸來。

眨眼便是中秋佳節，桂花飄香，金菊綻放。

盛家老宅主院內，江予彤令人將長長的案桌搬至院中，擺放各色竹篾、漿糊、薄紗及灑金紙，瞧這架勢，是要自己製作花燈。

顧嬋漪還未自己動手做過花燈，瞧著甚是稀奇，不過她兩位表兄倒是駕輕就熟。

盛銘懷拿著竹篾坐在石凳上，手腕翻轉，一隻靈巧的兔子便有了雛形，糊上紙、畫上紅眼睛，活脫脫一隻可愛的小白兔。

見顧嬋漪雙眸明亮、滿臉好奇，一旁的盛銘志拿著兩根竹篾，笑咪咪地說道：「妹妹喜歡什麼樣式的，不管是天上飛的、水裡游的、地上走的，但凡妹妹說得上來，兄長皆能紮出來。」

顧嬋漪眨了眨眼，沈思片刻。「那煩勞四表兄紮隻百獸之王。」

盛銘志蹙眉，拿著竹篾開始搭骨架，隨口說道：「我記得妹妹比我小兩歲，應當屬馬才對，為何要小老虎？」

江予彤聞言立刻想起屬虎的是何人，她心下微驚，唯恐盛銘志追問，拿起手上的竹篾拍了他一下。「阿媛喜歡老虎你便紮一隻，囉嗦什麼，這麼多婢子還等著你們的花燈呢。」

盛銘志嘻嘻哈哈地躲了躲，手上動作卻不停，不多時，一隻小老虎的骨架便完成了。他正想拿起桌上的灑金紙，卻被顧嬋漪伸手攔下。

「糊紙這等小事便交予妹妹吧。」顧嬋漪歪頭輕笑。「我還未製過花燈，瞧著有趣，四表兄讓我試試可好？」

既然顧嬋漪開口了，盛銘志便將骨架遞了過去，叮囑道：「竹篾多刺，雖處理過了，但妹妹還是小心些，若有不順手的，喚我便是。」

顧嬋漪點點頭，抱著小老虎的骨架行至一旁，挑來挑去，選了塊明黃的薄紗，仔細裁剪後糊在骨架上。

小廝及侍婢開始往長廊上掛花燈，歡聲笑語；盛銘志不肯老老實實地紮燈，時不時地招惹自己的阿兄，惹得盛銘懷放下花燈，追著他滿院子打。

顧嬋漪置身事外，仔細地為身前的小老虎糊好薄紗，再用筆尖蘸墨，細細地為其描畫出眉、眼、口、鼻，最後於額間端端正正地寫下一個「王」字。

夕陽西下，天色微暗，華燈初上。平鄴城中，內城四扇城門盡數打開，由皇城通往外城的四條主街張燈結綵，好不熱鬧。

顧嬋漪提著老虎燈走下馬車，尚未來得及環顧四周，便被江予彤牽住了手。「時辰尚早，我們且去茶樓等等，羅家與曹家的姑娘今日也會來這處看花燈。」

進入茶樓，上二樓雅間，眾人用過一盞茶，曹夫人與曹婉便到了。她們母女前腳進門，羅家的馬車後腳便停在了茶樓外。

三戶人家在雅間齊聚，曹夫人身後僅有曹婉，倒是羅夫人不僅帶上羅寧寧，身後還多了位面生的兒郎。

羅夫人主動介紹道：「這是我那不成器的兒子，前些時日方回到都城，明承，還不快過來行禮？」

顧嬋漪側眸，驚覺此人瞧著甚是面熟，思索了片刻便有數了。

那日在京兆府旁的茶樓上，此人便在右側雅間裡，原來他是羅寧寧的兄長。

羅明承走上前行禮問安，隨即對著盛瓊靜又是一揖。「那日在府衙旁的茶樓隱約瞧見夫人，卻又擔心眼拙認錯，是以並未貿然打擾。」

盛瓊靜莞爾。「仔細算來，我們亦有三年未見，一時未認出來也是正常。」

小輩們各自見過禮，坐了一會兒後，天色徹底暗下來，幾個年輕人便有些浮躁了，不願繼續留在茶樓。三位兒郎當中，盛銘懷沈穩、羅明承文雅，最後這項差事便落在盛銘志身上。

他走上前，對著江予彤與盛瓊靜行禮道：「大伯母、姨母，天色已暗，外面的人也多了，是不是該下去了啊？」

四位長輩互相看了看彼此，心照不宣。

江予彤輕咳兩聲。「我們不去了，難得見面，便留在茶樓喝茶聽書，你們三個帶著妹妹們去玩吧。」

盛銘志聽到能出去玩了，頓時蹦了兩下，轉身便走到顧嬋漪面前。「妹妹，走，四表兄帶妳去猜燈謎贏花燈！」

顧嬋漪尚未應答，身側的曹婉便站了起來，她兩眼發光，拉住顧嬋漪的左手。「阿媛，我會投壺，我給妳贏花燈！」

見狀，顧嬋漪輕笑出聲，將老虎燈暫時交由宵練保管，她左手牽曹婉，右手拉羅寧寧，緩緩踏出了雅間。

長輩們目送三位女郎與三位兒郎離開，先後輕笑出聲，眸光意味深長。

街道上，商鋪盡數打開，牌匾下掛著各色花燈。為了招攬顧客，商鋪門口或掛燈謎，或擺投壺，或架箭垛，贏了便能拿走店內設的彩頭。

顧嬋漪左瞧右看，有些眼花撩亂。

曹婉自幼長在平鄴，且今年的中秋花燈格外熱鬧，行了幾步便換成她站中間，向兩位妹妹介紹各個商鋪門口的玩法。

離開茶樓不到百步，行經一家糕點鋪時，羅明承的腳步頓住，抬手拍了一位男子的後肩。「闞兄！」

話音落下，那名男子與身側的另外三人全回過頭來。

顧嬋漪眨了眨眼，這不正是闞轍山、黎赭羅以及湛瀘嗎？那麼這位身穿天青色錦袍、戴面具的兒郎是……

即便沈嶸戴著面具，顧嬋漪還是一眼就認出了他，她頓時笑彎了眉眼，臉頰微微泛紅。

「羅二兄，這是何人？」盛銘志好奇地看著闞轍山問道。

羅明承回眸，眼珠微轉。「若說起來，你與此人的淵源可比我深。」

此處不宜說話，眾人移步至街角的桂花樹下。

顧嬋漪故意落後幾步，與沈嶸並肩而立，曹婉與羅寧寧被羅明承吸引了注意力，並未發覺顧嬋漪不在身側。

羅明承向盛銘志等人介紹道：「此人是你大伯的弟子，與你表兄顧大將軍乃是至交好友。」

話音落下，連向來穩重的盛銘懷都嚇了一跳，連忙作揖行禮。

顧嬋漪瞥了羅明承一眼，壓低聲音問道：「羅明承是您的人嗎？」

沈嶸坦然承認。「前些時日他剛從東慶州回來，妳又與曹、羅兩家姑娘私交甚篤，我便想著今日或許能藉此見妳一面。」

說著，沈嶸伸出背在身後的右手，露出手上提著的花燈，那是隻小馬駒，姿態宛若奔馳的駿馬。

「妳可喜歡此燈？」沈嶸輕聲問道，語氣中透著一絲不易察覺的忐忑。

顧嬋漪抬手接過花燈，看清馬腹上題著一首小詩，且此燈的工藝不如師傅紮得精巧，頓時明白此燈的來歷。

她笑意盈盈地看著沈嶸，眉梢與眼角是濃濃的情意。「很喜歡。」

沈嶸微不可察地鬆了口氣，耳尖微微泛紅。「前些時日得了一匹小馬駒，如今牠年歲尚小，讓牠伴在妳身邊，你們只要多多相處，往後牠便是妳的坐騎。」

顧嬋漪聞言很是歡喜。「正巧我讓嬤嬤推了國公府一些院落，擴大了馬廄，待一切修繕完畢，我便去接牠。」

她回過身朝宵練招招手，宵練快步走上前將手中的花燈遞了過去，隨即消失在暗影中。

顧嬋漪紅著臉，微微垂首，將花燈遞給沈嶸。「骨架請四表兄幫忙紮，後面皆是我做的，做得有些粗糙，您莫要嫌棄。」

沈嶸卻見身旁的女郎垂首低眉，露出一截雪白的脖頸，此時涼風拂面，他猛地回過神來，趕緊偏過頭，輕咳一聲，忙不迭地接過花燈。

那隻老虎甚是憨狀可掬，沈嶸小心翼翼地摸了摸老虎的耳尖，淡笑道：「很是不錯。」

兩人交換了花燈，前方一群人仍圍著關轍山聽他講述北疆之事。

沈嶸抿唇，輕聲道：「戌時過半有舞龍舞獅，可要去看？」

顧嬋漪眨了眨眼，連連點頭。印象中她看過一、兩次，那場景歡慶熱鬧，讓人心情愉悅。

沈嶸見顧嬋漪雙眸明亮、嘴角上揚，便知她喜歡這些。生前困在寺廟中，故去後又被陣法鎖在冰冷墓穴內，短短十幾年的人生只怕沒來得及好好享受。

沈嶸越發憐惜顧嬋漪，情不自禁地想對她更好些。他抬起手，小心翼翼地撿起落在她髮間的桂花。「亥時過半，城內還會燃放煙火，屆時本王帶妳去城樓看。」

見身旁的女郎滿臉歡喜，沈嶸忍不住跟著嘴角上揚，他抬眸朝不遠處的湛瀘使了個眼色。

湛瀘會過意，提高音量道：「諸位，此處人多口雜，不如行至前方酒樓，既可憑欄望景，又可把酒言歡。」

此話一出，眾人紛紛點頭表示贊同。

顧嬋漪抬眸，壓低聲音道：「那臣女先過去了？」

人潮洶湧，兩人能有這段獨處時光已是難得。

沈嶸頷首道：「等看過了舞龍舞獅，本王便帶妳四處轉轉。」

顧嬋漪一步三回頭，行至曹婉與羅寧寧的身後，沈嶸這才毫無聲息地走上前，在顧嬋漪的兩步外定住。

曹婉與羅寧寧聽北疆之事聽得入了神，一知道要前往酒樓，便找起了顧嬋漪，結果一回頭便見她站於身後。

只見曹婉感嘆道：「我原以為都城的冬日便極冷了，誰知北疆更冷，北風一吹，大雪便有及膝厚。

「阿媛，我日後想去北疆看看。」曹婉拉著顧嬋漪的手，目露嚮往。

顧嬋漪輕笑，看著手中的小馬燈，隨意道：「北疆的冬日有大半年之久，妳確定想去？況且，妳可知北疆百姓如何取暖？」

曹婉眨了眨眼，剛剛關轍山並未提及此事，她便道：「當然是燒木炭了。」

瞧顧嬋漪輕笑出聲，曹婉便知曉自己答錯了。「不是木炭是什麼？」

顧嬋漪眼珠一轉。「北疆多牛羊，牛羊吃草，北疆百姓便將牛羊所產之物囤積曬乾，到了冬日用來焚燒取暖。」

曹婉皺眉想了片刻，方才明白顧嬋漪說的是何物，頓時變了臉色。「怎的用那種東西取暖?!」

顧嬋漪笑著搖了搖頭，曹婉是世家貴女，自然不知人間疾苦，更不知北疆百姓的日子艱難。

沈嶸在顧嬋漪身後兩步，聽到這些話，他微微蹙眉，面露不解。

據他所知，無論是前世還是今生，顧嬋漪從未去過北疆，怎會知曉如此細微之事？況且剛剛關轍山並未言及北疆百姓如何取暖……

然而，眼下並非詢問的好時機，沈嶸只得暫且按下心中疑惑。

笑笑鬧鬧之間，眾人卻僅往前了幾步。那燈光璀璨的酒樓猶如遙遠的星辰，可望不可及。

曹婉皺眉躲開擠過來的人，將兩位妹妹護在身後，其餘兒郎則有默契地呈包圍之勢，將三位女郎和眾侍婢護在圈內。即便如此，保護圈卻仍三番兩次地被人群擠開。

今年北疆大捷，聖上有意大肆慶賀，周邊不少城鎮聽聞都城的中秋花燈盛況空前，早在幾日前便攜家帶眷入城，是以即便有四條主街，且馬車不得入主街，街上還是萬頭攢動。

沈嶸皺緊眉頭，顧不得其他，上前悄悄握住顧嬋漪的手，靠近她耳邊沈聲道：「抓緊本王，莫要鬆手。」

顧嬋漪敏銳地覺察到狀況有些不對，乖乖地回握沈嶸的手，緊緊跟著他的腳步，湛濾亦在兩人身前擋住擠過來的人群。

關轍山環顧四周，提高聲音對眾人道：「那邊有道小巷，可直通酒樓後門，不如走小巷過去？」

眼下主街人潮擁擠，眾人自然應好。

黎赭羅力氣大，在前方開路，約莫半盞茶的工夫終於行至小巷口，看著主街燈火下的人群，眾人齊齊地吐了口氣。

曹婉下意識地伸手向後，卻摸了個空，她的臉色頓時變了。「阿媛呢？你們可有瞧見她?!」

大夥兒這才發現，不僅顧嬋漪和她的侍婢不見了蹤影，連那戴面具之人和佩劍者亦不見身影。

聽聞顧嬋漪走散，眾人皆慌了神，再細細一瞧，不見的不僅她一人，關巘山與羅明承才鬆了口氣，宛若劫後重生。

關巘山搖起了摺扇，安撫大夥兒。「許是剛剛過街時衝散了，無妨，我那兩位兄弟武功極高，有他們在顧三姑娘身旁，她定安然無恙。」

羅明承還以為此事乃沈嶸故意為之，神情輕鬆道：「不如我們先去酒樓，說不定稍後他們便來了。」

關巘山聞言，應和道：「正是，此時若去尋他們，或許連我們也會走散。」

主街喧鬧，摩肩擦踵；花燈錦簇，燈火輝煌，亮如白晝。即便是主街岔出的小巷，也亮堂堂，時有遊人提燈而行。

遠離主街處，一個無燈小巷，四個身穿深黑短打的男子貼牆而行，穿街而走。他們手上或拿拇指粗的麻繩，或持銳利匕首，皆賊眉鼠眼，行蹤鬼祟。

四人步履匆匆，至主街牌樓方停下，為首之人滿臉橫肉，他快步行至一穿著青布長袍、手提蓮花燈的男子身後，眼珠骨碌碌地掃視四周。「那小妞如今在何處？」

長袍男子手指左側小巷，低聲道：「剛剛特地使人過去將他們一行人衝散，眼下人在杳子巷。」

說著，長袍男子微微蹙眉，語氣有些遲疑。「只是她身邊有個戴面具的小子，不知底細。」

橫肉男子冷笑兩聲，下巴朝後揚了兩下，態度很是傲慢。「呵，那又如何？不說身後的兄弟們都帶著傢伙，便說那杏子巷，首尾兩端及附近幾條巷子全是咱們的人，還搞不定他們？這筆銀錢，合該是哥幾個賺的！」

長袍男子不再多言，橫肉男子立即朝後一揮手，領著眾人摸向杏子巷。

杏子巷此名之由來，皆因住在此巷的人家種了不少杏樹，春時杏花飄香，夏末杏子滿枝頭。如今是中秋，杏子多數已被採摘，徒留少許藏在微微泛黃的杏葉中。

滿月懸空，月光如水，照亮杏子巷。

月色下，手提小馬燈的顧嬋漪，微微仰頭看向身側之人，目露擔憂。「我們要直接去酒樓嗎？還是原路回去尋他們？」

沈嶸正欲作答，左耳卻微微地動了動，他豎起食指放置唇邊。「噓——」

第三十八章 暗巷遇險

顧嬋漪立刻噤口，雙眼敏銳地看向巷子深處，右手下意識地摸向後腰，然而後腰卻是空空如也。

她這才想起來，自己今日穿的並非尋常衣裳，鞭子不易遮藏，她便未帶上。萬幸，手臂上還戴著沈嶸前些時日送的袖箭，六支短箭皆在。

晚風拂過，院牆邊栽種的杏樹落下黃葉，在風中打了個幾個旋，緩緩落在地上。偶有熟透的杏子從枝頭掉落，砸在地面上，發出輕微的聲響。

在這些細碎聲音中，暗藏細微的腳步聲，窸窸窣窣，宛若夜間出洞的耗子群。

顧嬋漪頓時皺緊眉頭，雙眸銳利地看向巷子深處。湛瀘與宵練皆被人群衝散，眼下沈嶸身邊僅她一人，她下意識上前半步，將沈嶸護在身後。

沈嶸看著站在自己身前的女郎，錯愕萬分，隨即無奈地笑了笑。

他摸向腰間，拿出一截手指長的小竹筒，朝天點燃，赤紅海棠瞬間在上空亮起，燦爛奪目。

顧嬋漪這才後知後覺地想起，沈嶸並非手無縛雞之力的文弱書生，雖然他武功不是特別高，但他身後還有禮親王府的影衛，一發出訊息，王府的影衛自會尋來。

沈嶸垂眸，見顧嬋漪面色如常，挑了下眉。「妳識得赤色海棠？」

顧嬋漪並未多想，點了下頭。

但見沈嶸嘴角帶笑，意味深長地對上她的眸子，輕聲道：「今日之前，本王在平鄴城中從未燃放過赤色海棠，妳從何處識得？」

顧嬋漪這才反應過來，她今世確實從未見過此物。張了張嘴，她想要解釋，卻又不知從何說明起。

沈嶸見狀，嘴角微微揚起。「無妨，日後……」

他話未說完，巷子盡頭便冒出一群人來，顧嬋漪回過頭，發現巷子口亦有人圍住。

顧嬋漪頓時明白，剛剛人潮那般推擠是有人故意為之，目的便是要將她與沈嶸困在這小巷中。

「是衝王爺來的，還是衝臣女來的？」顧嬋漪皺緊眉頭，警惕地看向巷子兩端，低聲問道。

沈嶸提著那盞老虎燈，沈思片刻。「若是衝本王來的，恐怕不是這等陣仗。」

談話間，巷子兩頭的人緩慢逼近。

顧嬋漪定睛一瞧，見他們身穿普通短打，手上拿的皆是尋常物件，像集市上的潑皮無賴，不似宮中武藝高強的死士。

她冷嗤一聲，眸光冷凝。「王蘊等人身陷囹圄，還有這等手腕，我倒是小瞧了她。」

橫肉壯漢上前一步，藉著明亮月光，堂而皇之地打量起顧嬋漪，笑得甚是猥瑣。「老子那三個兄弟落在妳手裡，生不見人、死不見屍，如今可換妳落在老子手裡了。」

三個兄弟？

顧嬋漪皺眉想了片刻，試探地問道：「橋西村那三個胡說八道的混混？」

「我兄弟出趟門的工夫便不見了蹤影，他們最後出現在妳府上，自此便沒了下落。」橫肉男子盯著顧嬋漪，手中的匕首在月光下散發著寒光。「咱們可都是良籍，並非簽了身契的奴僕，任由妳喊打喊殺，識相點，快快將人交出來，再隨哥幾個走一趟！」

橫肉男子口中的兄弟，便是當初受王蘊指使，在城中散播謠言，意圖毀掉顧嬋漪清白的那三個混混。

那日在小祠堂，他們實話實說將王蘊供了出來，她亦信守承諾，未將他們三人送去京兆府，而是交由宵練處置。

顧嬋漪冷笑，嘲諷地看著橫肉男子。「若真是好兄弟，他們下落不明的當日或翌日，你們便尋上門了，怎的還特地等了一段時間，莫不是橋西村與平鄴城隔山隔海，跋山涉水方能抵達，嗯？」

被顧嬋漪明言戳穿，橫肉男子也不惱怒，他朝後招了招手，身後之人紛紛圍上前來。

「既然如此，老子也不跟妳廢話了，有人花了大錢買妳的命。」

橫肉男子目露凶光，瞪著沈嶸。「既然撞上了，老子心善，便讓你們兩人做一對亡命鴛鴦，黃泉路上不孤苦！」

來者甚多，顧嬋漪抬頭環顧四周，偏頭對著沈嶸耳語。「此處院牆不高，不如王爺先站在這院牆上。」

沈嶸聞言挑眉，隨即無奈輕嘆，他握住顧嬋漪的手臂，將老虎燈塞進她手中。「護好我們的花燈。」

只見沈嶸上前半步，左手展開將顧嬋漪整個人護在身後，右手摸向腰間。他握住薄薄軟劍，眼底冰冷。「不怕死的話，且上前來試試。」

橫肉男子被沈嶸的語氣駭住，過了片刻方回過神來，旋即輕笑出聲。

俗話有言，雙拳難敵四手，就算這戴面具的男子武功再高，還能頃刻間制伏他們這一群人？

「兄弟們，拖住他，綁住那小妞，咱們便可交差了。」橫肉男子一聲令下，眾人便拿著手中傢伙衝了過去。

「閉眼。」沈嶸手腕一轉，左手懸空停在顧嬋漪眼前。

顧嬋漪下意識地閉上雙眼，一隻手提著兩個人的花燈，她咬著下唇，神色不安道：「我戴了袖箭。」

晚風中，傳來輕柔的笑聲——

「幾個宵小罷了。」

主街的喧鬧聲，隨著晚風遠遠飄來。杏子巷裡，不斷有重物摔倒在地的悶響，還有男子此起彼落的喊叫呼救聲。

顧嬋漪握緊兩個燈籠的提把，她豎起耳朵，捕捉各種細微的聲響，右手按在左手臂上，只要聽見沈嶸的聲音，她便立即按下袖箭的機關。

不知過了多久，風止樹靜，一道穩重的腳步聲由遠及近，顧嬋漪當即睜開眼——巷子兩端盡是倒下的人，或揉腹部、或抱手臂，痛呼不止。

沈嶸踏著月光而來，清新俊逸，右手持劍背在身後。

顧嬋漪驚得雙眼瞪大，回不過神來，只能愣愣地看著他。

沈嶸走到了顧嬋漪的面前，見她這般模樣，委實未忍住，伸出左手食指點了點她的鼻尖。「嚇著了？」

「王爺不是身子一向不太好嗎？」顧嬋漪微微仰頭，傻乎乎地問道。

沈嶸莞爾。「僅是保命的手段罷了。」

顧嬋漪還欲追問，就見宵練與湛瀘領著一群人趕了過來，迅速將整條杏子巷圍得如鐵桶一般。

兩人將橫肉男子提到偏僻角落，其餘影衛則將躺倒在地的潑皮盡數綁了，並用破布堵住嘴，眨眼之間，整條巷子恢復寧靜。

不多時，宵練快步回來，面色嚴肅。「爺，這些人乃是受顧硯妾室楚氏所託，前來綁走姑娘。」

沈嶸微微瞇眼，側首望著顧嬋漪。「妳欲如何？」

顧嬋漪沈思片刻後，方道：「這些人送交官府，至於楚氏，臣女明日想出城見她一面。」

雖然她曾答應過沈嶸，除非楚氏找上門，不然她不會再見楚氏，可若不是楚氏出手相助，她在崇蓮寺中無依無靠，既無法送信給阿兄，也無法那麼快就尋到穩婆的下落。

沈嶸聽到這話，面色微變，欲言又止。

將杏子巷諸事處理妥當，沈嶸與顧嬋漪各自提燈回到主街。

沈嶸看了眼天色，面露不悅。「時辰已過，錯過了舞龍舞獅。」

顧嬋漪卻是眉眼彎彎，笑得溫柔和婉。「明年元宵佳節亦有舞龍舞獅，且煙火未遲。」

沈嶸聞言，面色稍霽。

兩人提燈離開主街，穿過城中小巷前往城樓，湛瀘與宵練緊跟在他們身後，不敢有絲毫懈怠。

城樓上，沈嶸緩緩出聲道：「先帝忌憚父王，如今聖上亦忌憚本王，自本王幼時，父王與母妃便讓本王時不時裝病臥床。」

顧嬋漪頷首，她在聽到沈嶸那句「保命的手段」時，便什麼都明白了。

沈嶸的父王深受高宗喜愛，再加上密旨傳言，沈嶸很難安然長大。前世她見到沈嶸時，他已深受陳年箭傷所苦，自然不知道他原本身體不好是裝出來的，也從未懷疑過「禮親王自幼體弱」的傳言。

「皇祖父駕崩前曾問過父王，可要這大晉江山，父王自認無法擔此重任，皇祖父便將身邊的影衛交予父王。」沈嶸頓了一頓，繼續道：「後來父王又將這支影衛交予本王，便是妳剛剛看見的赤色海棠。」

顧嬋漪點點頭，並未多言。

秋風寒涼，沈嶸接過湛瀘手上的披風，行至顧嬋漪的身後，動作輕柔地將披風蓋在她身上。「風大，小心著涼。」

披風柔軟溫暖，顧嬋漪不自覺地揚起唇角。

沈嶸背手站在她身側，湛瀘等人皆遠遠地立於遠處。

「咻——砰——」煙火照亮了夜空，五光十色，絢麗奪目。

顧嬋漪微微仰頭，笑得眉眼彎彎；沈嶸不看煙火，微微偏頭，看向身側的女郎，眸光溫柔繾綣——煙火照亮她的眉眼，如畫如詩，明媚姣好。

沈嶸不禁想，若顧大夫人並未遇害，即便父兄不在身邊，有母親相伴，顧嬋漪亦能過得很好，會如平鄴城中的世家女郎一般無憂無慮，然而經過前世種種，她變成如今模樣，也是不錯。

煙火散去，顧嬋漪回眸眨眼，輕聲問道：「要去酒樓嗎？還是直接回去？」

沈嶸沈思片刻，定定地看著顧嬋漪的眼睛，猶豫片刻後才道：「妳確定明日要去見楚氏？」

顧嬋漪知道沈嶸原本就對楚氏顧慮甚深，但仍堅定地點了下頭。

沈嶸抿了下唇角，面露難色，甚是猶豫不決的模樣。

顧嬋漪不禁眨了眨眼，直接問道：「難道……她有問題？」

不知過了多久，沈嶸才用左手輕握成拳抵在唇邊，輕咳一聲道：「妳可知，妳前世便是死於楚氏之手？」

此話一出，顧嬋漪頓時愣住，她雙眼瞪大，滿臉的難以置信。「您、您怎……怎會知曉?!」

顧嬋漪的腦子一片空白，驚詫過後，她稍稍恢復冷靜，試探地說：「難道王爺也有前世的記憶？」

回想這些日子以來的種種，她不得不做此猜想。

顧嬋漪原本便想不通，明明前世沈嶸與阿兄是在北疆相識，後為至交好友，怎麼到了今世，沈嶸便早早就知道寫信給阿兄了。

還有東慶州的白泓冤案，自她尋過白芷薇後，沈嶸便接手調查此事，然而他身處平鄴城中，卻對東慶州了解頗深，翻案一事進展甚是順利，宛如沈嶸早就知曉幕後真凶為何人。

思及此，顧嬋漪靈光一閃，急急問道：「王爺何時知曉臣女有前世記憶？」

回想這些時日自己的所作所為，顧嬋漪頓時雙頰泛紅，甚是羞惱，不敢直視沈嶸的眼睛，只得垂首低眉，盯著自己裙襬上的繡花。

「六月初五，府中潛入刺客，本王被暗箭射傷，昏迷兩日，醒來時便有了前世的記憶。」沈嶸眉眼含笑，嘴角微微上揚，嗓音輕柔。

「前世本王在北疆時，受妳兄長所託，回都城後要好好照顧妳，誰知本王卻遲了。今世醒來，亦不忘前世所託，便去了崇蓮寺。」沈嶸頓了頓，忍住笑意。「那日破曉，妳潛入本王房中，本王看到那張藥方便明白了。」

顧嬋漪雙頰滾燙，耳尖紅得似要滴血，不安地揪著身上的披風。她前世是以靈體之姿陪伴在沈嶸身邊，沈嶸應當從始至終都不知她在他身側。

「小王氏請術士布陣將妳困於墓中，本王卻不知妳從何處知曉那張藥方。」沈嶸微微蹙眉。「且本王將楚氏之事盡數寫於紙上，於忌日燒之，可妳為何對楚氏還是無絲毫警戒之心？」

原來沈嶸以為她死後化為冤魂，一直被困在墓穴中？

顧嬋漪皺緊眉頭，沈思許久，恍然發覺自己的記憶似乎有所缺失。「王爺去過臣女的墓地？還寫過祭文？」

沈嶸頷首。「正是，每年忌日，本王都會去看妳。」

顧嬋漪靜默不語。她陪在沈嶸身邊多年，絲毫沒有他祭奠自己的記憶。「臣女不知道這些事，更不知道楚氏有問題。」

她眼神茫然、聲音發顫，無意識地抓緊手腕上的長命縷。「所以臣女才從未懷疑過她。」

至此，沈嶸終於確定，顧嬋漪並非透過他的祭文得知事情真相，而是有其他途徑。不過，當務之急是告知她楚氏的事。

沈嶸抿了抿唇，微微低頭朝顧嬋漪道：「深秋夜半，貪夜推窗，害妳患上風寒之人，便是楚氏。」

顧嬋漪錯愕不已。自她重生後，她懷疑過薛婆子跟喜鵲，卻從未想到楚氏身上。在楚氏向王蘊供出穩婆之前，她一直將楚氏視作同盟。

楚氏並不蠢笨，這麼些年下來，自然明白若不是王蘊暗下毒手，她的孩兒定能安然康健，而不是如今這般癡傻。

既然知曉王蘊是害了他們母子的仇人，楚氏為何還要幫王蘊害她?!

顧嬋漪猛地想起，她回華蓮山時，曾目睹喜鵲以顧二郎的性命安危要挾楚氏……她微瞇著眼，罷了，眼下最重要的不是楚氏。

她不自覺地扯住沈嶸右手的衣袖，擔憂萬分。「那臣女這些時日的所作所為可有疏漏？

是否妨礙到了王爺？」

顧嬋漪不知道自己丟失了哪些記憶，她私下去尋白芷薇，翻出白泓冤案，將沈嶸牽扯了進來。若是她的記憶出現差錯，那便是將沈嶸置於險境之中。

沈嶸抬起左手揉了揉身邊女郎的頭，莞爾道：「並無妨礙。」

顧嬋漪聞言，這才稍稍鬆了口氣。

「臣女是在六月中旬生辰當日，才有了上一世的記憶。」顧嬋漪鬆開沈嶸的衣袖，不敢抬頭看他。「臣女原以為自己知曉所有，才敢這般行事……」

知曉所有？

沈嶸微不可察地挑了下眉，暗暗點了點頭。的確，顧嬋漪不僅知曉可以根治箭傷的藥方，還知曉白芷薇在千姝閣，更清楚白泓冤案的諸多隱秘細節。

這些事情他前世從未在顧嬋漪的墓前談及，既然她明白前因後果，那只有一種可能，就是她一直待在他身邊。

沈嶸眸光流轉，心中已有了猜測，卻未向顧嬋漪求證，而是話鋒一轉。「妳明日還要去見楚氏嗎？」

顧嬋漪微微愣了愣，反問道：「前世楚氏是何下場？」

沈嶸皺了皺眉，緊繃著唇角，面容冷肅。「她自知事情敗露，便放火燒了整座莊子。」

顧嬋漪有些訝異，可想了想，卻覺得這正是楚氏會做的事情。她沈默了好一會兒，方搖了搖頭。「還是不去了。」

既然知道那些混混是楚氏雇的人，且明白楚氏身後之人是王蘊，何須走那一趟？

「那明日便讓純鈞處理此事？」沈嶸試探地說道。

顧嬋漪自然點頭應好，可翌日清晨，小荷得知此事時，便氣呼呼地說要跟著純鈞一道去。

小荷與純鈞午後方回，只見小荷一臉惶然。

細問之下，顧嬋漪方知他們抵達莊子時，裡面一片寂靜。推開院門時，發現薛婆子與喜鵲躺在院門口，她們面色泛青、唇色發紫、雙眼睜大，早已身亡。

當初顧榮柏沒發賣這兩個人，是因為她們不過是聽從王蘊的命令，況且楚氏這裡還需要她們幫忙，便只是一人領杖四十了事。

行至楚氏所住院落，踏進屋門，楚氏與顧二郎衣著齊整地躺在床榻上，顯然特地打扮過，然而待他們走近一瞧，卻見母子兩人已然命絕。

窗邊梳妝檯上，留有楚氏的書信——

妾自知橋西村眾人毫無勝算，但王蘊聲稱手中有解藥，可治我兒之症，妾不得不鋌而走險。

一整夜，妾輾轉未眠，黎明破曉，遲遲未見橋西村眾人，便知事跡敗露。此生妾受王蘊所控制，落得這般下場，唯一一子亦因妾誤信歹人而癡傻終身。妾不配為母，明知害人真凶，卻無可奈何，現今終於得以解脫。

妾自知愧對顧大夫人，無顏面見姑娘，故留下此信及畫押供詞，望姑娘看在妾當初施以援手的分上，將妾與孩兒收殮安葬。

顧嬋漪看完手中書信，又打開楚氏親筆畫押的供詞細細查閱。她沈默半晌，低聲道：「小鈞，將這份供詞交出去，再讓人好生安葬楚氏母子。」

純鈞拿到供詞，轉身便去了京兆府。

茅文力整理好供詞，提出在牢裡關押的橋西村混混等人，將人證、物證一併遞交刑部，併案處理。

第三十九章 二房餘孽

無王蘊等人礙事，顧嬋漪便有了許多閒暇，她手持毛筆，坐於書桌前細細地寫下尚有印象的前世之事。

顧嬋漪不敢坦然告訴沈嶸，自己前世陪在他的身邊，直至他壽終正寢。因此她只能梳理自己僅存的記憶，找出缺失的片段。

奈何，前世顧嬋漪以靈體之姿存於世上幾十年，除了一些要緊之事以外，其他無關緊要的記憶已模糊不清，唯有沈嶸年邁的那些年，她能細細地回想起來。

如此回想了四、五天，寫了厚厚一疊紙，顧嬋漪終於尋到了某處異常。

某年深秋時節，沈嶸病重，卻不忘交代底下的人準備幾盆綻放的菊花，以及時令瓜果點心、相應的香燭紙錢。

顧嬋漪當時便猜測沈嶸要去祭奠故人，然而翌日清晨，廊下的菊花便不見了蹤影，她也不記得沈嶸曾出門祭掃。如今回想起來，再推算一下時日，當時沈嶸要去祭奠的人，是她。

原來自她死後，每年的頭七忌日，她便宛若真正的遊魂，無思無想，因此沈嶸在她墓前所做的一切，她才會全無印象。

八月末，盛嬤嬤來盛家老宅接顧嬋漪回府，國公府已修繕齊整，須顧嬋漪回去看看是否妥當。

如今國公府中無長輩、親眷，盛瓊靜放心不下顧嬋漪，便收拾妥帖，隨她一道返回。

一陣子不見，國公府煥然一新。府門上了新漆，廊下菊花盛放，屋中金桂插瓶。

松鶴堂中的石榴樹，果子盡數採摘完畢，僅剩鬱鬱蔥蔥的枝葉；聽荷軒內的殘葉枯荷清理完畢，湖水澄澈，能見錦鯉擺尾，靜等來年夏荷。

沿著長廊而行，松鶴堂後方便是寬敞的練武場，左右兩側各擺武器架，刀槍劍戟、斧鉞鈎叉一應俱全。練武場西側，菊霜院的牌匾已被摘下。

「姑娘命老奴重修菊霜院，想來原先的院名便不能用了，姑娘可有主意？」盛嬤嬤眉眼含笑，柔聲問道。

顧嬋漪沈思片刻，搖搖頭。「待阿兄歸來，讓他擬定吧。」

踏進院門，院內東側植有紅楓，如火如霞，既喜慶又熱鬧。原本種植菊花的位置，被各色花卉取代。

走到了屋內，往日浮誇之氣盡掃。淺色窗紗，窗邊高花几上擺放天青鵝頸瓶，內插幾枝紅楓，增添一抹亮色。

顧嬋漪環顧四周，挑了下眉，點了點頭。「布置得甚是雅致，嬤嬤費心了。」

從此院中離開，繼續往後走，繞過練武場，便是擴寬擴大的馬廄。此時馬廄中的馬兒不多，顯得甚是空盪，但日後阿兄歸來，既有他從北疆帶回的馬匹，還有阿兄好友們的坐騎，屆時便熱鬧了。

顧嬋漪正欲轉身離去，卻見小隔間裡有馬兒探出頭來，她頓時一驚，不由自主地輕笑出聲，抬腳走上前。

小馬駒皮毛是紅棕色的，眼睛大且明亮，身量僅比柵欄稍高些，顯然未足歲。

顧嬋漪淺笑著看牠，小馬駒瞧見她過來亦不躲閃，僅是一眼，顧嬋漪便知曉此馬的來歷。

中秋佳節當天，沈嶸曾言尋到一匹不錯的小馬駒，長年養在她身邊的話，日後便是她的坐騎。

她曾言家中的馬廄尚未修建齊整，待翻新建好之後便去接牠，孰料眼下竟在自家馬廄中看到了牠。

「何時送來的？」顧嬋漪雙眸一眨不眨地看著小馬駒，眼底滿是歡喜，頭也不回地問宵練。

宵練端著一小筐蘋果走上前。「昨日小荷說盛嬤嬤今日會接姑娘回府，婢子便自作主張去尋了爺。

「昨日午後，爺便命人將此馬送了過來。」宵練頓了頓，抿唇忍笑。「爺有言，既是送予姑娘的馬駒，豈有姑娘去接的道理？」

顧嬋漪聞言，臉頰微紅，瞧著馬兒的眼神甚是柔和。

宵練見狀，將手中的小竹筐遞上前，輕聲問道：「姑娘是否要試試餵牠？」

顧嬋漪接過蘋果，放在手心，伸手向前。

小馬駒眨眨眼，伸頭咬住蘋果，一邊吃著，一邊歪頭在顧嬋漪的手心蹭了蹭。

顧嬋漪頓時喜形於色，扭頭看向身旁的宵練，見宵練微微頷首，她才大著膽子順勢撫摸小馬駒的頭。

小馬駒微微抬頭，看了顧嬋漪一下，喀嚓喀嚓繼續吃蘋果。

見狀，顧嬋漪歡喜不已。她仍記得幼年時，阿父坐在馬背上，她則坐在阿父身前，駿馬奔馳時，疾風中是噠噠的馬蹄聲與歡笑聲。後來，她附在長命縷中，可隨長命縷前往各地，卻再也無法感受到疾風吹拂的感受。

餵小馬駒吃了蘋果，顧嬋漪又陪牠玩了許久，一人一馬相處甚是融洽。

陪姨母用過午膳，顧嬋漪回到自己的屋子，心情極好地坐在窗邊，手捧雜記，品茗看書。

小荷快步穿過院子至屋內，她徑直走到窗前，在顧嬋漪的身後微微彎腰。「姑娘，去江南書院的小廝已經回來了，現下正在前院。」

顧嬋漪挑了下眉，當即放下手中書冊，偏頭問道：「顧長貴可回來了？」

「那小廝說，約莫日落時分會到定南門外。」小荷道。

沈思片刻之後，顧嬋漪站起身來。「著人去接長安阿兄與清妹妹，我請他們出城看戲。」

顧嬋漪抵達定南門外時，顧新他們家的馬車已經到了，遠遠地停在路邊。

純鈞駕車靠過去，待馬車停穩後，顧嬋漪才從車上下來。

顧嬋漪自是說出顧長貴回京之事，無須她多言，顧長安便明白了她的意思。他主動去了城門口，顧嬋漪與顧玉清則在馬車內等著。

夕陽西下，晚霞漫天，馬蹄聲由遠及近，一輛灰布馬車急速駛來，靠近城門口時才稍稍放緩。

顧嬋漪撩開車簾一角，瞧見顧長安走向灰布馬車，與車內人說了幾句話，便彎腰踏上馬車。

見那馬車入城，顧嬋漪彎了彎嘴角，轉頭道：「不知王蘊瞧見自己的心肝肉忽然出現在天牢之中，會是何等反應。」

顧玉清抿唇輕笑。「如今她能見顧長貴一面，委實是姊姊心善，讓他們母子團圓。」

純鈞調轉馬頭駕車回城，尚未行至城門處，一陣雜亂馬蹄聲、車輪碾壓石子的悶響，以及沈重的腳步聲，從他們車後傳來。

顧嬋漪似乎聽到了鐐銬相互碰撞的清脆聲響，未等她出聲詢問，馬車就輕輕晃動，離開了排隊進城的隊伍。

晚風吹拂車簾，顧嬋漪看見前方排隊的人群亦走向另一側，讓出路來。她不清楚車外的情形，並未貿然掀開車簾，只看了小荷一眼。

小荷見狀，將車門打開一條細縫，低聲問純鈞。「出了何事？」

純鈞回過頭，見後方是一支長長的隊伍，前頭是頭戴枷、腳戴鐐的重犯，後頭則是載有木箱的大車，人車均由兵士看押，並非尋常衙役。

定睛細瞧之後，純鈞在隊伍中看見了熟人，他眼珠子一轉。「回姑娘，前往東慶州查案的官員回京了。」

顧玉清聞言，不禁脫口道：「竟回得這般早?!」

為白泓翻案乃大事，這些時日都城百姓茶餘飯後皆會談及此案，即便顧新家無人在朝中，顧玉清亦有所耳聞。

然而，顧嬋漪卻毫不意外。

月初忠肅伯府壽宴，她無意撞見沈嶸、曹大人與白芷薇三人密談，後曹大人便在大朝會中為白泓喊冤。

看樣子，沈嶸察覺到她欲借白芷薇之手除去顧硯一房後，便立即派人前往東慶州暗查白泓一案。

他有前世的記憶，今世又占了先機，打得吳銘一個措手不及，當然能迅速查清此事。

顧嬋漪微不可察地揚起唇角，她以帕掩唇，輕咳一聲。「此案重大，若查到實據，自然速戰速決。我們且稍候，讓他們先進城吧。」

當顧嬋漪等人抵達顧新家時，天色已徹底暗了下來，兩位長輩不見顧長安一道返家，並未多言。

顧嬋漪陪長輩們用過晚膳，顧長安方回到家中，待他吃過飯、換了身衣裳，才在書房內見兩位妹妹。

茶煙裊裊，顧長安沈穩端坐，面上卻不掩笑意。「小王氏在獄中看到顧長貴時，整個人都傻住了。」

「多虧妹妹機敏，早早地派人去了江南。」顧長安看向顧嬋漪，眼底滿是欣賞與敬佩。「我今日方知，小王氏在被趕出國公府後，便私下尋了人，想為顧長貴換個戶籍，隱姓埋名匿於江南。」

「小王氏這些年來，借國公府之勢結交不少權貴，若不是妹妹在他們搬出國公府時，令人在府門口敲鑼打鼓，大肆宣揚小王氏所做惡事，她所謀說不定便真的成了。」

「如今小王氏成為階下囚，顧長貴是她的親生子，日後科舉之路斷絕。」顧長安眼睛微瞇。「若換了戶籍身分，顧長貴又老老實實聽從小王氏的安排藏匿在江南，那麼等過了幾年，他便能參加科舉。」

「顧長貴性子驕縱易怒，今日回城見到王蘊，他定不會安生。」顧嬋漪端起茶盅，輕抿一口，神情輕鬆。「長安阿兄且等著，只要稍稍推波助瀾，他自己便會犯錯。」

隔天，顧嬋漪在國公府等到了她要的人。

顧長貴來得很快，且行事並不隱秘，他剛進入西城，顧嬋漪便收到了消息。

對王蘊來說，顧長貴是她好不容易得來的嫡子，她一心想讓他走科舉之道，因此他十歲便被送去江南求學。奈何顧長貴並不聰慧，且被王蘊嬌慣養大，性子委實頑劣，無法靜心讀書。

顧嬋漪垂眸看著坐在下首的顧長貴，只見他身穿錦袍，有著與王蘊如出一轍的三角眼。她氣定神閒地端起茶盅，冷眼看著顧長貴宛若跳蚤般在椅子上坐立難安。

用過一盞茶，顧長貴才掀了掀嘴皮子道：「妳要如何才會放過我阿娘？」

他微微抬著下巴，明明說出口的話是求饒，態度卻是趾高氣揚，整個人顯得甚是彆扭。

顧嬋漪眨眨眼，委實忍不住笑出了聲。

王蘊這般苛待她，又害死她的阿娘，如此作惡多端，他竟妄想她會放過王蘊？可笑！

手中的茶盅重重地放在桌面上，顧嬋漪皮笑肉不笑地盯著顧長貴。

「顧小公子此話何意？無論是平頭百姓，還是皇親國戚，皆按大晉律法行事。」顧嬋漪抬眸，輕飄飄地瞥了他一眼。「你阿娘所作所為全由律法定奪，與我何干？」

「妳是鄭國公的胞妹，我阿娘是妳嬸娘，若妳去刑部說句話，我阿娘定能留下一命。」顧長貴站起身，快步走到顧嬋漪面前，若不是宵練伸手攔住，恐怕他還會更近一步。

見狀，顧嬋漪斂住笑意，眸光幽深地盯著他。

顧長貴被她盯得脊背發涼，正欲追問，卻聽到顧嬋漪慢悠悠地說道：「顧小公子在江南張狂慣了，恐怕忘了自個兒眼下在都城吧？」

王蘊擔心顧長貴獨自在江南求學會受委屈，是以每年都往那裡送不少銀錢，為他打點吃穿用度與人情往來，深怕她的心肝肉過得不舒心。

前世顧長貴在江南時闖下大禍，被書院掃地出門，然而他並未告知王蘊此事，也未立即回到平鄴，而是拿著那些銀錢在江南為非作歹，冬日返家過年時，均擺出一副乖巧求學的模樣。

不僅如此，他每回寫給王蘊的家書，皆會附上請人寫好的文章，卻說此文章乃自己所作，令王蘊欣慰不已。

直至沈嶸帶人抄家，並將顧長貴押回都城，王蘊方知自己的「乖兒子」在江南犯下不少大罪，頓時萬念俱灰。

然而，今世此時顧長貴還未被江南書院驅逐，有那些夫子們嚴加管教，尚未犯下大錯，她得為他指引一條「明路」才行。

顧嬋漪輕輕撫摸腕間的長命縷，眼珠一轉道：「顧小公子久未歸京，恐怕不知人事已非。」

宵練按住顧長貴的肩，半推半押地按著他在椅子上坐下。

顧長貴嬌生慣養，何曾受過這種委屈，當即大叫出聲，雙眼冒火，轉頭便要訓斥宵練。只見宵練面無表情、眸光狠戾，顧長貴對上她的眸子，下意識地瑟縮了一下，到底是老老實實地坐好了。

顧嬋漪彎了彎嘴角，緩緩道：「顧小公子不知，早在七月末，顧二爺便另立宗譜，你們這一支不僅與我國公府再無親緣，與漳安顧氏亦非同宗同族。顧小公子昨日得見母親時，她並未告知此事嗎？」

不僅如此，在京兆府的大堂上，顧硯還拿出休書斷了他與王蘊的緣分，這件事她也不會告訴她的心尖肉吧？如今王氏與顧硯窩在外城那間破落宅院，王蘊又因為放印子錢而被判萬兩罰金，只怕是供不起顧長貴這尊小佛了。

聞言，顧長貴耷拉著腦袋，不敢直視顧嬋漪的眼睛。

他在江南收到阿娘入獄的消息時，心急如焚，快馬加鞭趕回都城。昨日他抵京時，時辰已晚，但顧長安說他有路子能讓他潛入天牢中，他便迫不及待地跟去了。

匆匆相聚，阿娘驚慌失措，只讓他趕緊出城，來不及細說其他。

從天牢離開後，他便想回國公府，但顧長安直言他不能回國公府，他這才知曉顧家大房與二房已徹底分家。

顧長安帶他去離天牢不遠的客棧安頓，那裡設備簡陋，卻是探聽消息的好地方。

今晨在客棧用早膳，他聽聞北疆大捷，再過些時日，顧長策便會回京，他便想來國公府試試。「長兄不日歸京，他有戰功在身，又是國公爺，若是他開口求情，聖上……」

「砰！」

顧長貴的話未說完，便聽到一聲重響，他的身子一抖，抬起頭來。

小荷亦是一驚，卻很快回過神來，她快步走到顧嬋漪身邊，握住自家姑娘的右手細瞧。

「姑娘若有氣，讓小鈞直接將人轟出去便是，這一拍桌子，細嫩的手都紅了。」

她手忙腳亂地去尋藥膏，捧著顧嬋漪的手，小心翼翼地上藥。

顧嬋漪任由小荷折騰，眼睛斜斜地看著顧長貴，嘴角噙著一抹極淡的笑。「想來顧小公子旅途勞累，並未聽清我剛剛說的話。」

她收起臉上的笑意，嘴角緊繃，冷冷地盯著他，語速緩慢。「我們國公府與你們這一支，已經毫無瓜葛。

「我阿兄在戰場上拚命得來的軍功，豈是浪費在你們這些吸血蟲身上的？」顧嬋漪冷嗤，左手緊握成拳。「王蘊所犯罪案已移交至刑部，她的所作所為自有律法決斷。」

顧長貴聞言，急得直接站起身，卻被宵練一把按下，他用力掙扎，卻掙脫不開。

他脹紅著一張臉，咬牙道：「妳自幼喪母，是我阿娘憐妳、惜妳，妥帖照顧妳長大，妳竟這般狼心狗肺，見死不救！」

話音落下，連上藥的小荷都停下了動作，神情詭異地看向顧長貴。

顧嬋漪微微瞇了瞇眼，既是如此，便無須再耗費時間了。

「顧小公子應當並未見到顧玉嬌吧。」顧嬋漪輕笑。「恐怕顧小公子不知，顧玉嬌做了件了不得的大事，若顧小公子有心，可去城中尋舊友探聽一二。」

顧嬋漪故意停頓片刻，語氣意味深長。「或許顧小公子所謀之事可心想事成。」

此話一出，顧長貴面露狐疑，問道：「具體是何事？」

顧嬋漪抿唇輕笑，輕輕搖頭。「此事不該出自我之口，問問京中權貴便知。若顧小公子此行順利，得貴人相助，豈止是王蘊的性命安然無虞，說不定還有潑天的富貴在等著顧小公子呢。」

第四十章 牢房一會

顧長貴的眼珠骨碌碌直轉，坐了片刻，見顧嬋漪又端起茶盅，他才起身告辭。

宵練唯恐顧長貴心懷不軌、別有企圖，特地親自送他出府。

小荷為顧嬋漪抹好藥膏，面露不解。「姑娘為何要為顧長貴指一條明路？」

顧嬋漪抬起手，看著泛紅的手心，笑咪咪地偏頭看她。「妳怎知這是『明路』而不是『冥路』？」

見小荷仍舊不懂，顧嬋漪笑了笑，伸出手指點了點她的額間。「且等著吧，日後妳便明白了。」

當初顧玉嬌與瑞王攪了忠肅伯府的壽宴，因涉及皇子名譽，此事並未傳播至民間，但城中權貴之家皆有耳聞。

顧長貴忽然回京，不知內情，且他的親姊行此穢亂之事，即便是京中紈袴子弟，出於禮節與情面，亦不會直言告之，只會透露一二。況且，顧玉嬌乃是遭聖上秘密鴆殺，若不是沈嶸，她亦無法得知顧玉嬌的結局。

按照顧長安的說法，王蘊根本來不及提起顧玉嬌的事，顧長貴也沒去找顧硯跟王氏，這麼一來，顧長貴探聽到的消息，只會是親姊與瑞王之間的「私情」，說不定還會以為顧玉嬌此時便在瑞王府中。

瑞王是皇子，母親淑妃又倍受聖上寵愛，無論是身分、地位，還是在朝中的分量，皆高於鄭國公。

既然走不通國公府的路子，顧長貴就得換個方向，若他得知親姊與瑞王的「瓜葛」，對他來說，簡直是柳暗花明又一村。

知曉顧玉嬌與瑞王有肌膚之親之後，要是顧長貴不去尋瑞王幫忙，或許他還能留得一命；要是他誤以為自己這樣便是瑞王的小舅子，在都城中有了靠山，甚至求瑞王出手救人……

以瑞王的性子，被顧玉嬌算計了一遭，又被聖上禁足，尚未發洩心中怒氣，顧玉嬌便離世，此時要是顧玉嬌的胞弟送上了門，那就有好戲可瞧了。

顧嬋漪站起身，沿著長廊緩步走回聽荷軒。

秋風乍起，烏雲漸濃，遮擋住秋陽，涼風捲起院中落葉，在風中打了幾個旋，飄向遠方。

如果顧長貴動作快一些的話，或許只要三、五日便夠；若是慢一些的話，也許十天半個月即可，總歸在阿兄歸來之前，一切便會塵埃落定。

顧嬋漪不由自主地微微彎起唇角，眉眼帶笑地看著烏雲密布的天空。

連續小半個月，平鄴城陰雨連綿，不見陽光，直至過完重陽幾天，都城上空的洞才算補好，不再無休止地下雨，只是仍未放晴。

清晨，深秋寒風陣陣，吹動臨街的招幌。一輛不起眼的馬車自鄭國公府後門而出，沿著偏僻小巷而行，七彎八拐，最終在刑部天牢外停下。

當值的獄卒見車門打開，從車上下來一位身穿松花色衣裳的侍婢，髮間簪了朵桃紅絹花，清秀可愛，她後面又下來一位高挑的侍婢，看上去頗有警戒心。

獄卒原以為是哪家夫人前來探監，誰知最後卻下來一位年輕女子。

她全身上下皆被玄青斗篷包裹，行走之間卻見藕荷色裙襬，纖細白嫩的手扯著斗篷邊，襯得指尖越加白淨圓潤。

顯然不是普通人家的女郎，獄卒心下暗忖，世家女郎怎會來這種地方呢？

眼見女郎站定，獄卒正欲走上前，卻見獄吏彎腰躬身快步走了出來。

獄吏語氣恭敬地說道：「一切皆安排妥當。」

目送幾個人走進天牢之後，獄卒低聲喃喃自語。「不知是誰家的女郎。」他握緊身側腰刀，直視前方，認真嚴肅地守衛大門。

跨進刑部天牢大門，一股寒風穿巷而過，撩起顧嬋漪的斗篷下襬，險些將兜帽掀開。

小荷驚了驚，伸出雙手，卻見自家姑娘搖了搖頭。「無妨。」

天牢內終年不見天日，前些時日陰雨不斷，此處越加潮濕陰暗。

刑部天牢內關押的皆非普通罪犯，是以牢房與尋常衙門內的不同。過道兩側僅有窄小牢門，以大石砌牆，並無木柵欄。

獄吏在前面引路，約莫走了一刻鐘，他停下腳步，拿出鑰匙打開牢門。「姑娘，便是此處。」

顧嬋漪微微頷首，朝小荷使了個眼色，小荷拿出事先備好的荷包，笑咪咪地遞給獄吏。「麻煩大哥了，請大哥和底下的人打酒吃。」

獄吏連忙抬手推拒，甚至往後退了半步。「使不得。」

小荷直接將荷包塞到獄吏的手中。「小小心意，莫要推辭。」

獄吏看了顧嬋漪一眼，這才收下荷包。「姑娘大可安心，四周獄卒皆在遠處，有事高聲喊一嗓子便可。」

宵練在牢門前守著，顧嬋漪與小荷彎腰走進牢房。

四面高牆，唯有向西的牆上開了個幼兒腦袋大小的孔洞，光線幽微，僅比伸手不見五指稍好些。

小荷掏出火摺子，快步走到小桌前點燃油燈，又將小凳子搬至床榻前，拿出絲帕墊在凳子上。

顧嬋漪在凳子上坐下，看著躺在床上的人，緩緩出聲。「王蘊。」

王蘊在國公府時受了杖刑，養傷期間，捧在手心裡長大的親女兒喪命，還不能光明正大地立牌下葬，令她悲憤不已。後來傷勢好不容易好了一些，又在京兆府中受了罰，再被轉至刑部。

如此折騰，王蘊還能留有一條命，是顧嬋漪特地打點牢獄上下，用參湯等好物吊著她的性命之故。

小荷走上前用力推了王蘊一把。「莫要再睡，我家姑娘過來瞧妳了。」

王蘊悠悠轉醒，睜眼瞧見湊到面前的小荷，臉色頓時一變。「妳怎麼在此處?!」

小荷彎唇淺笑，甚是無辜的模樣。「婢子自然是隨姑娘一道來的。」

王蘊聞言，猛地起身看向小荷身後，對上顧嬋漪冷靜的眸子時，她心中無端地發慌。

「妳……妳還欲如何?!」王蘊握緊雙拳捶向床面。「嬌兒已經喪命，我亦落得這般下場，妳還想怎樣?!」

顧嬋漪掀開頭上的兜帽，靜靜地欣賞王蘊如今的狼狽模樣。

「八月末，顧長貴回京當日便迫不及待地入獄看妳，如今半個月過去，他卻遲遲未再來，妳可知他去了何處？」顧嬋漪理了理衣襟，嘴角含笑地看向王蘊。

王蘊轉動眼珠，盯著面前發黃、發皺的床鋪。「我兒何時歸京了？他在江南求學，我許久未見他了。」

顧嬋漪輕笑出聲。她既能說出那些話，自是將顧長貴的行蹤盡數掌握，王蘊卻還企圖欺瞞掩蓋。

思及此，顧嬋漪微微皺眉。她前世委實懦弱無能，區區一個王蘊，便將她逼至絕境，既未護住小荷，自己更失去性命。

顧嬋漪緊抿唇角，聲音冰涼。「八月廿九日，酉時初刻，顧長貴入定南門，半個時辰後，在此處與妳相見，是與不是？」

王蘊咬緊下唇，死死地盯著顧嬋漪。「我兒如何了?!」

顧嬋漪嗤笑，雙手交疊，緩聲道：「不知他從何處探聽到他阿姊的事，竟私下去尋了瑞王殿下。」

王蘊聽到這話，頓時睜大了雙眼，一副難以置信的模樣。

當日她見到兒子後，並未提及女兒的事，便是擔心他過於魯莽，犯下無法彌補的錯處。

王蘊脖頸上滿是青筋，她指著顧嬋漪，咬牙切齒道：「是妳！定是妳告訴他的，否則他怎會知曉?!」

顧嬋漪大大方方，坦坦蕩蕩地點了下頭。「確實是我。」

王蘊氣急，卻雙眼含淚，不得不哀求顧嬋漪。「當初害死妳阿娘的人是我，我兒無辜，求妳放過他吧。」

顧嬋漪定定地看了她片刻，揚起唇角。「此話說得遲了。」

未等王蘊詢問，顧嬋漪便主動道：「初四那日，有人瞧見顧小公子從瑞王府後門進去，卻再未出來。」

王蘊再難支撐，頹然摔回床上，雙眼無神。

「長安阿兄如今雖是叔公膝下的嗣孫，但聽聞顧小公子失了蹤跡，看在做過一場兄弟的分上，他便使人暗中打探了一番。」

說到此處，顧嬋漪故意頓住不言。

王蘊不禁追問道：「我兒是否安好?!」

顧嬋漪挑了下眉，笑道：「那是自然。大晉律例，王子犯法與庶民同罪，且瑞王殿下身分尊貴，自不會像妳這般膽大妄為，敢輕易要人性命。」

「我兒如今在何處？」王蘊用雙手撐床，聲音急切，眼底滿是懇求。

顧嬋漪撫摸著手腕上的長命縷。「出定西門，約莫三十里處，有座採石場，不知妳可曾聽過？」

王蘊終於明白過來，兩行淚瞬間落下，她單手撐床，挪動身子，另一隻手企圖拉住顧嬋漪。「姑娘，我罪該萬死，即便千刀萬剮也是我應得的，但我兒年幼無辜，求姑娘救救他吧！

「他自小從未吃過苦，採石場那種地方，去了便是要他的命，求求姑娘了……」王蘊裹著破舊棉被從床上滾下來，她的傷處著地，鮮血慢慢滲濕囚衣。

顧嬋漪站起身，居高臨下地看著地上的王蘊，眸光冰冷。「阿兄去北疆後，妳便原形畢露，逼我去崇蓮寺，以待日後時機成熟，逼我落髮為尼，徹底將整座國公府占為己有，是也不是？」

王蘊的身子猛地一抖，甚是驚駭，是一種被人戳中心事的心虛害怕。她額頭滿是冷汗，與淚水混在一起，臉色煞白。

「自我知曉妳害死了我阿娘，我便想明白了，忍耐只會讓利慾薰心之人得寸進尺，欲壑難填。」顧嬋漪微屈右膝，蹲身看著王蘊的眼睛。

她微微張口，一字一字道：「殺母之仇不共戴天。妳既將顧玉嬌與顧長貴視作掌中珠、心尖肉，我便要妳親眼瞧著他們行至絕境，而妳卻無可奈何，只得看著他們喪命。」

顧嬋漪戴好兜帽，大步走出牢房，身後是王蘊的嚎啕大哭聲。

走出天牢，日光灑在身上，顧嬋漪微微一愣，她仰頭望天，不知何時，烏雲已徹底散去，秋陽暖暖地懸在空中。

顧嬋漪出神地在原地站了許久，緩緩地吐出一口氣，轉身欲上馬車，卻被純鈞笑咪咪地攔下。「姑娘，且瞧那處。」

順著純鈞的指尖看去，是輛熟悉的馬車，車簾掀開，沈嶸眼神溫柔地看了過來。

顧嬋漪不由自主地彎起唇角，心中的鬱氣與怨氣緩慢消散。她走到馬車前，湛瀘早已搬好凳子，她踏進馬車，與沈嶸相對而坐。

「桂花初開時，府中廚娘採了許多，釀製桂花蜜。這是今晨讓廚子做的桂花糕，妳且嚐嚐。」沈嶸打開食盒，桂花的清香頃刻間滿溢車廂。

顧嬋漪卻未伸手，而是雙手攥緊身上的斗篷。

沈嶸見狀，拿出隨身帶著的錦帕，隔著衣袖握住顧嬋漪的手腕，小心翼翼地擦拭她的指尖。

午前陽光穿過細紗窗，光影朦朧，馬車緩緩向前，不知駛向何方。

顧嬋漪微微垂眸，她的手腕被沈嶸托在手心，手掌向上。

沈嶸蹙眉，手中的錦帕輕輕地掃過顧嬋漪的指腹，神情很是認真。

她不由自主地抽了下手，卻被沈嶸有些用力地握緊。「別動。」

顧嬋漪聞言，當即不再亂動。

「白泓的案子，朝中已經查清，過兩日，便有追封白大人的旨意下來。」沈嶸仔細地將顧嬋漪的指尖擦拭乾淨，才收好錦帕。

沈嶸端起點心瓷碟放在顧嬋漪面前，又從食盒底下拿出用小木盒裝著的銀筷。

顧嬋漪抬眸看了他片刻，這才拿起銀筷，挾起一塊桂花糕，小口小口地吃著。

沈嶸見她面色好轉，這才輕輕鬆了口氣。

「白姑娘已經離開千姝閣，現下住在德妃宮中。聖上原本打算讓肅王娶她為側妃，但白家姑娘不願意。」沈嶸知曉顧嬋漪記掛白泓的案子，無須她開口便主動道出。

顧嬋漪聞言，絲毫不覺得詫異。雖然她見白芷薇的次數不多，卻知曉白芷薇並非尋常女子。

父親蒙冤，白芷薇亦流落風塵，她卻未因此怨天尤人，而是不斷尋求洗冤之路；當她尋去千姝閣，出現在白芷薇面前時，白芷薇亦果斷答應合作，態度毫不忸怩。

白芷薇活得清楚明白，且聰明敏銳。她應當知曉如今朝野上下的目光皆在自己身上，她自然不會嫁給皇子，讓白家剩下的那些人捲入皇儲之爭。

顧嬋漪沈思片刻便想清其中的道理，她吞下口中的糕點，輕聲問道：「那白姑娘有何打算？」

小火爐上的銅壺開始咕嚕咕嚕冒出熱氣，沈嶸提起銅壺，倒入紫砂壺內又倒出。「她本欲回東慶州，卻被本王攔下。」

顧嬋漪錯愕，面露不解。「為何？若臣女未記錯，她前世亦回了東慶州。」

沈嶸挑了下眉，中秋燈會，他見顧嬋漪心緒不穩，便未追問她如何知曉這些事。

眼下她既主動提及，沈嶸便好整以暇地看著顧嬋漪道：「妳怎知她前世回了東慶州？」

顧嬋漪歪頭淺笑，眉眼彎彎。「臣女不僅知曉白姑娘回了東慶州，還知她嫁予何人為妻。」

這些話脫口而出後，顧嬋漪方覺察到不對，她臉上的笑意散去，不敢直視沈嶸的眼睛。

沈嶸忍笑，往紫砂壺內倒入些許茶葉，再用熱水沖泡。茶葉徐徐舒展，香氣清新，茶湯橙黃。

他蓋上茶壺蓋，抬眸看向對面的女郎，忍著笑問道：「所以，妳到底是如何得知的？」

顧嬋漪嘴唇微動，猶豫不決。

小几案上，她的身前多了個小茶杯，水氣蒸騰，模糊了她的視線。

沈嶸見顧嬋漪皺緊眉頭，不忍再逼問，他輕咳一聲，說道：「白姑娘……」

他話未說完，顧嬋漪猛然抬起頭，直直地朝沈嶸看過來，視線不躲不閃地對上他的眸子。

「是臣女親眼所見。」顧嬋漪定定道。話一說完，她立即低下頭，雙手不安地揪緊身上的斗篷。

「臣女死後，一直存於天地之間，臣女去過北疆，見到了阿兄，又隨王爺回到了平鄴。」顧嬋漪的聲音越來越低。「後來還跟著王爺去了許多地方。」

沈嶸恍然大悟，終於明白顧嬋漪為何知道那些在祭文中從未提及的事，也總算知曉她之前為何不願告知，應是對於她一直在自己身邊「窺視」一事感到不好意思吧。

「許是小王氏所請術士的陣法起了效用。」沈嶸蹙眉，細細地打量著她的神色，聲音輕柔。「那妳可有異樣？那術士的陣法委實詭譎。」

顧嬋漪心頭不禁一暖，想不到沈嶸非但不生氣，還反過來關心她。

她先是搖了搖頭，卻又頓住，想了片刻方道：「臣女不記得王爺曾去過臣女的墓前祭奠，亦不知王爺寫過祭文。每年頭七發生之事，臣女皆無絲毫記憶，或許是陣法所致。」

沈嶸聞言立即皺眉，抬手便要去摸顧嬋漪的頭，手卻定在了半空中。猶豫了片刻，沈嶸的指尖才落在她的頭髮上。「無妨，本王已讓人去請清淨道長，過些時日他便能抵達平鄴，屆時讓他細細瞧瞧。」

傳聞中，清淨道長道法高深，連長年待在寺中的顧嬋漪也略知一二，但據說他常年隱居於蜀地山野，甚少離開當地。

沈嶸今世醒來以後，思及小王氏前世所為，他特地使人前往蜀地請清淨道長來都城。奈何他仙蹤難覓，尋了許久，前些時日蜀地方傳回信來。

萬幸，今世他們兩個的人生軌跡已全然不同，相信一切都能改變。

「妳無須擔憂，凡事皆有本王在。」沈嶸揉了揉顧嬋漪的頭，雖是淡定自若地收回了手，他的耳尖卻微微泛粉。

「小王氏的判決，刑部已經擬定。」沈嶸頓了頓，才道：「萬兩罰金照舊，可她與王嬤嬤不必流放五百里了，而是直接判梟首之刑。」

第四十一章　喬遷之喜

「至於穩婆，則是判流放千里。此案牽扯到妳的母親，且妳阿兄過些時日便會抵達都城，本王的意思是，待妳阿兄回來之後，再讓小王氏等人行刑，妳意下如何？」沈嶸柔聲問道。

顧嬋漪垂眸沈思，遲疑許久，方才點頭。

她本不願讓阿兄看見王蘊等人，打算在阿兄回來前將這些人料理乾淨，但姨母與大舅母說得對，她並非無依無靠，還有血脈至親。況且，阿兄應當親眼看著殺害阿娘的真凶伏法。前世沈嶸查出阿娘的死因，奈何缺乏關鍵物證，因此王蘊與王嬤嬤最後只被判流放之刑；今生她與沈嶸抓緊機會扭轉命運，方能一舉讓她們賠命。

顧嬋漪遲遲未飲茶，杯中茶水已涼透。

沈嶸倒掉涼透的茶水，重新斟滿熱茶，放至顧嬋漪的面前。

顧嬋漪端起小茶杯，輕抿一口，眼睛微亮。「這是正山小種。」

「此茶養胃。」沈嶸端起自己的茶杯，慢條斯理地品茗。

「白姑娘自幼長在東慶州，且養在白都督身邊，她知曉白都督在世時在東慶州沿海的部署，亦了解入侵的倭人。」沈嶸放下茶盅，回答顧嬋漪最初的問題。

「前世白家冤案，有一男子當街喊冤，白姑娘為答謝此人，便回東慶州嫁他為婦。」沈嶸溫柔地看著顧嬋漪。「但如今，解救白姑娘於水火之中的人是妳。」

「是王爺才對。」顧嬋漪連連搖頭，不敢邀功。

聞言，沈嶸又想伸手揉她的頭，卻忍住了。「倭人時常騷擾東慶州沿海百姓，本王前世便想新建一支海軍，然而身邊遲遲未有合適的人選。

「直至十年後，本王方尋到一個合適的苗子，待他可以領兵出征，又是五年時光，要徹底蕩平倭患，還需三年。」沈嶸低語。「十八年的時光，東慶州沿海百姓方有安寧之日。」

顧嬋漪前世陪在沈嶸身邊，明白倭人時常侵擾東慶州沿海百姓，以致百姓不得不遠離故土，一退再退。

蕩平倭患的大將軍，如今還是東慶州某個小山村裡的三歲小奶娃，若要等到他長大成人領兵出征，沿海百姓便還須再忍耐十八年。

前世沈嶸的書房內便掛有東慶州沿海的布防圖，她曾目睹他盯著圖紙徹夜難眠，憂心忡忡。

如今，平鄴城中倒是有位女子熟識東慶州，亦了解倭人習性，是平定倭患的上上人選，只是……此前大晉並無女將軍。

顧嬋漪猶豫片刻，還是忍不住道出心中擔憂。「白姑娘可知王爺的打算？若讓女子領兵出戰，朝中定有非議，又因白姑娘曾在千姝閣，即便白家的冤屈已然昭雪，仍有諸多風言風語。」

白芷薇在千姝閣三年，仍是完璧之身，然而在世人眼中，她與千姝閣其他女子無異。若日後她成為大晉女將軍，定會被百官嘲諷，甚至重提舊事，再揭傷疤。

「本王已向她說明，亦告知日後打算。」沈嶸輕笑。「新建軍隊並非易事，須多方籌謀，本王讓她好生思量，想清楚後再答覆。」

說著，沈嶸拿起右手邊小几上的帖子，轉手送到顧嬋漪面前。

顧嬋漪伸手接過，帖子上的字跡清秀卻不失筋骨，不是沈嶸的字。

她展開一看，頓時聲音雀躍。「白姑娘要搬出宮了？且住在國公府斜對角！」

「她既謝絕了聖上的賜婚，且已至許嫁之年，住在宮中總有不便之處。」沈嶸莞爾。

「幾處宅子當中，她選了此處。」

九月十三日，宜搬遷，入新宅。陽光明媚，晴空萬里。

顧嬋漪打扮齊整，帶著小荷與宵練，出府門後左轉，再行百步，便到了白芷薇的新宅。

普通三進院落，府門上方是黑底金漆的「白府」兩字，與鄭國公府僅一街之隔。

白芷薇身穿素色衣裳，笑臉盈盈地站在門口。

顧嬋漪微提衣裙快步走上前，蹲身行福禮。「永嘉郡主安好。」

出宮之時，白芷薇不僅得了這座宅子，更被聖上封為永嘉郡主。白芷薇連忙伸手扶起顧嬋漪，笑道：「妳我之間何須如此客氣？」

白芷薇在前引路，帶著顧嬋漪主僕逛了整座宅院。

院子樸素淡雅，即便是白芷薇住的主院，也無過多裝飾。主院屋內的架子上擺著各類書冊，書桌邊是青花瓷畫缸；窗邊放置琴案，旁側便是小香爐，清煙裊裊。

白芷薇請顧嬋漪在小圓桌邊坐下，立即有侍婢端來茶點及各色新鮮果子。

各飲一杯茶後，白芷薇放下茶盅，認真地看向顧嬋漪，鄭重道：「我白氏一族能如此迅速洗清冤屈，多虧姑娘出手相助。」

顧嬋漪連忙搖頭道：「此乃王爺的功勞。」

只見白芷薇笑得意味深長。「若無姑娘將此事告知王爺，王爺不會出手相助。」

顧嬋漪卻笑著搖搖頭。若是中秋燈會之前，她定會如白芷薇這般，誤以為今世沈嶸徹查白泓冤案是因她之故。但既知沈嶸亦是重生，以他的心性，即便無她，他亦會還白家清白，如同前世一般。

頓了頓，顧嬋漪微微皺眉道：「王爺說，妳本欲回鄉？」

白芷薇點點頭道：「我阿父在東慶州與倭人對戰多年，每回對戰的內容，我阿父皆詳細記在冊子中，察看是否有疏漏，以便下次對敵時不再犯。

「阿父被押入京時，東慶州百姓沿街而跪，直呼我阿父冤枉。」白芷薇眼眶濕潤，聲音低沈。「我阿父平生所願便是掃平倭患，還東慶州百姓安寧。

「然而白氏三族男丁皆被梟首，我本欲回東慶州，從僅剩的族中男童挑選合適者，或從尋常百姓家尋得機靈男兒，教之兵法、授以武藝。」白芷薇輕嘆。「待數年後，他們長大成人，帶兵出征，便能完成我阿父的遺願。」

顧嬋漪聞言，心中了然。前世白芷薇便是這般，回到東慶州，嫁予恩人為妻，開了家小武館。前世沈嶸尋到的好苗子，那位蕩平倭寇的大將軍，便出自白芷薇的武館。

「王爺卻言此舉耗時甚久，他有一計，五年內便可徹底解決倭患。」白芷薇抬頭，長長地呼了口氣，稍稍平緩心緒。

「可是，大晉從未有過女將軍。」顧嬋漪遲疑道：「若朝中有人不服，妳領兵出征在外時，被人斷了糧草……」

顧嬋漪並未將話說完，但白芷薇明白她的意思，顯然是擔心她日後被人暗中使絆子。沙場之上，牽一髮而動全身，瞬息之間，戰局便會扭轉。

白芷薇歪頭淺笑，對著顧嬋漪眨了眨眼。「我何時說過我要當女將軍？」

顧嬋漪錯愕，沈嶸要新建海軍，他又說白芷薇深得白都督的真傳，她自然便以為白芷薇要領兵。「難道不是嗎？」

「王爺確有此意，卻被我婉言謝絕。」白芷薇笑得眉眼彎彎，眼神乾淨明亮。「當將軍有什麼好的？開戰時須衝鋒陷陣，休戰時亦要擔心細作潛入暗殺。

「我雖自幼跟在阿父身邊，精通兵法，也有些武藝傍身。」白芷薇頓了頓。「可若是在戰場上，我那三腳貓的功夫恐怕挺不過半刻鐘。」

顧嬋漪委實忍不住，輕笑出聲。「切莫妄自菲薄。」

「並非妄自菲薄，實乃有自知之明。」白芷薇端起茶盅輕抿一口，繼續道：「若日後王爺新建了海軍，我便自請為軍師。

「我跟著阿父走過東慶州的每一座城鎮，越過群山、涉過江河，東慶州的堪輿圖不在宮中，更不在紙上。」白芷薇抬手，纖細修長的手指點了點自己的額角。「而是在這裡。」

白芷薇側身，看向書架旁的檀木箱子，眼底滿是思念。「阿父的作戰冊子，我亦好生保管著，日日苦讀。若有精通水性、熟讀兵法，且武功上佳者，令他領兵，我從旁協助，不需五年便能蕩平倭亂。」

明明白芷薇的語氣很平淡，宛若在說一件極其尋常的小事，但顧嬋漪卻從她的言語之間感受到她的雄心壯志。

顧嬋漪高舉茶盅，笑臉盈盈地看向白芷薇。「那我便以茶代酒，既賀喬遷之喜，亦祝姑娘心想事成。」

白芷薇朗笑，端起茶盅與她碰杯，仰頭喝盡。

「妳與王爺如今如何了？」白芷薇打趣地問道。

顧嬋漪不忸怩作態，大方回道：「已給兩位舅舅送了書信，須看他們的意思。」

白芷薇抬手捏了捏她的臉頰。「王爺才貌俱佳，且有君子之風，是可託付終身之人。」

顧嬋漪偏過頭，試探道：「妳可有想過日後尋個良人？」

前世白芷薇雖是為了報答恩情而嫁給那個男子，但兩人婚後琴瑟和鳴，白芷薇要開武館，他並未反對，甚至盡心盡力協助她。如今白芷薇留在平鄴，與那男子再無牽扯，不知她今世姻緣會落在何處。

白芷薇聞言，想了片刻，隨後微微抬眸，朝顧嬋漪拋了個媚眼，眼波流轉、顧盼生姿。即便顧嬋漪是女子，見到白芷薇這般模樣，亦是愣住了，不敢直視她的眼睛，雙頰泛紅。

白芷薇輕笑出聲。「這便是我在千姝閣三年學到的本事。」她斂起笑容，眼底閃過一抹失落，扯了扯嘴角。「我入千姝閣時未滿十五歲，雖至今仍是清白之身，但在旁人眼中我便是千姝閣的人。

「尋常好人家的兒郎，看不上我這樣的出身，即便對方喜歡我，只怕他的父母與長輩也容不下。」白芷薇抬眸，看了眼外面的天光。「倒是在我被封為郡主後，有不少人家遣人來試探，他們看上的並非『我』，而是『永嘉郡主』。」

顧嬋漪心中一痛，伸手握住白芷薇的手，寬慰道：「大晉有不少好男兒，妳定能尋到兩情相悅之人。

「即便姻緣坎坷，妳是永嘉郡主，有府邸安住，亦有銀錢傍身，自己便能頂門立戶，又何須男子？」顧嬋漪定定地看著她。

白芷薇愣了愣，反手握住顧嬋漪的手。「我便是如此想的。」

用過午膳，白芷薇令人將兩張逍遙椅搬至廊下，與顧嬋漪躺在上面，身上蓋著薄毯，沐浴天光。

顧嬋漪看向身側之人，猶豫片刻後，輕聲問道：「過些時日我阿兄便會歸家，府中剛剛修繕好，我想趁著天氣好，在阿兄歸來前邀些好友到家中玩，妳可要來？

「我年幼時便去了崇蓮寺，都城中的女郎不識得幾個，邀來家中的均是知交好友，有曹大人家的姑娘、羅大人家的姑娘，還有我同族的妹妹。」唯恐白芷薇拒絕，顧嬋漪急急出聲。

既然白芷薇要留在都城，成為沈嶸新建海軍的軍師，那她便不能固守在這座宅子裡，要走出去了解百官的後宅，日後才方便行事。

這般道理不需要顧嬋漪明說，白芷薇理應明白。若打通了後宅關節，朝中許多事便不難了。

然而，因白芷薇曾是千姝閣的人，即便被封為郡主，都城世家也不會輕易接納她。

顧嬋漪的小宴，僅有曹婉、羅寧寧與顧玉清。曹婉的父親是為白泓翻案的重要人物，羅寧寧的兄長羅明承也是沈嶸的人，更是秘密前往東慶州、助黜陟使查案者。有這層關係，相信她不會拒絕。

白芷薇沈思許久，偏頭對上顧嬋漪的雙眸，眼底是滿滿的感激。「聽聞妳愛吃點心，我前些時日在都城尋到一位擅長東慶糕點的老廚娘，待妳定下時日，我便讓她好生準備，屆時帶去給妳和那些女郎們嚐嚐鮮。」

顧嬋漪輕笑，點了點頭。

陪白芷薇用過晚膳，天色漸晚，顧嬋漪方返家。

剛進府門，盛嬤嬤便笑容滿面地迎了上來，歡喜道：「姑娘，安仁府小舅老爺的信到了，姨夫人讓姑娘回來後去她那兒看信。」

顧嬋漪聞言，當即提起裙襬，邊快速往裡走，邊急急問她。「幾時到的？何人送信？」

「日落時分方到府上。」盛嬤嬤迅速跟上。「來的是小舅老爺身邊的盛管家，不僅有書信，還有好幾車東西。」

九月末，顧嬋漪辦完小宴的次日，北風呼嘯，不見日光。午後飄起了雪，先是細雨夾雜著冰粒，約莫半個時辰後，轉為紛紛揚揚的鵝毛大雪。

平鄴城郊，暴雪之中，一隊輕騎自北而來。黑衣輕甲，身形矯健，威風凜凜，宛若皚皚白雪中闖入一匹黑狼。

眼下天色漸晚，他們並未入城，而是策馬進入城郊客棧。有一黑衣小將，牽馬出了客棧，策馬揚鞭進入平西門，直奔鄭國公府而去。

鄭國公府聽荷軒，窗牖緊閉，唯有屋門敞開，門框上掛著厚厚的毛氈，以此隔絕屋外的嚴寒，屋內燃炭，整間屋子暖烘烘的。

此時顧嬋漪身穿毛領夾襖，坐於盛瓊靜身側，兩人身前是雕花繡架。

顧嬋漪的外祖母是江南水鄉女子，其母是江南知名繡娘，外祖母從其母處習得一手好繡工，又將這項技藝傳承給她姨母與阿娘。

阿娘走得早，無論是前世還是今生，顧嬋漪碰針的次數屈指可數，勉強只會縫補袖子，且縫得歪七扭八。如今姨母既住在國公府，又是天寒地凍不宜出門，姨母便開始教她繡花。

盛瓊靜剛說完劈線的技巧，小荷便掀開毛氈，腳步極快地走進來。

匆匆蹲身行過禮，小荷兩眼發亮道：「姨夫人、姑娘，大少爺身邊的石堰回來了！」

顧嬋漪馬上站起身來，盛瓊靜亦將手中的絲線扔在一旁。「妳說誰?!」

「大少爺身邊的石堰小哥！」小荷不由自主地提高音量。

「是阿兄回來了嗎?!」顧嬋漪快步走上前。

誰知小荷卻搖了搖頭說：「僅石堰一人。」

顧嬋漪頓時皺緊眉頭。石堰是阿父親自為阿兄挑選的小廝，自幼跟著阿兄一道習武讀書，當初也跟著去了北疆。

她正欲追問，卻被姨母拉住了手腕。

盛瓊靜滿臉喜色，對著小荷柔聲道：「讓他去前廳喝茶，我與阿媛換身衣裳便過去。」

小荷連連點頭。「人已經請進來了，正在前廳用茶。」

顧嬋漪與盛瓊靜換好衣裳後，到了前廳。

左上首坐著一位身穿黑衣的小將士，濃眉大眼、皮膚黝黑，瞧見人進來，他立即起身，雙手抱拳行禮。

「見過姨夫人與姑娘。」石堰恭敬道。

顧嬋漪面露急色。「怎的不見阿兄？難道耽擱了行程？」

石堰面上帶著笑意，安撫道：「將軍正在郊外的客棧之中。」

顧嬋漪聞言心中大定，倒是盛瓊靜已猜到這個結果，絲毫不慌張。

「今日天色已晚，不宜入城，只得先在客棧稍作休整。」石堰解釋道：「明日天亮，將軍須進宮面聖，從宮中離開後方能歸家。將軍擔心姑娘和姨夫人著急，是以特派小的先回府告知一聲。」

聽到這話，顧嬋漪徹底鬆了口氣。「如此便好。那麼明日阿兄約莫幾時能歸家？」

石堰面露難色，盛瓊靜笑著看了顧嬋漪一眼。「定安久未歸京，明日面聖，聖上或許要留定安說一會兒話，出宮的時辰便說不準了，讓石堰如何回妳？」

顧嬋漪微微垂眸，這才發覺自己剛剛問了傻話。「舟車勞頓、風塵僕僕，你且安心歇息。」

石堰微微躬身行禮。「小的謝過姑娘。不過將軍此行僅帶了幾位親隨，趁城門未關，小的還得出城回客棧，明日再隨將軍一同回府。」

既然石堰這麼說，顧嬋漪便不好再留他。

送走了石堰，盛瓊靜邊令人去盛家告訴江予彤，邊讓府內管事的婆子們到後院集合。

第四十二章　風光返京

顧嬋漪與盛瓊靜手捧暖爐走在長廊下，一旁落雪簌簌。

盛瓊靜態度溫和，悉心教導。「定安明日進宮面聖，聖上定會有所賞賜，或許還有聖旨賜下，京中與我們交好的人家亦會差人過來道賀。人多事雜，許多事宜今日便要準備妥當，以防明日出了差錯。」

說著，盛瓊靜偏頭看外甥女，只見她滿臉喜色，模樣天真明媚，不禁在心中嘆了一聲。

「日後妳嫁入禮親王府，便是王妃，僅是每年年初的祭祀，便能累得人仰馬翻。」盛瓊靜拍拍顧嬋漪的手背，在暖色燭光下緩緩道：「妳在崇蓮寺時，慈空住持能教妳佛法，卻無法教妳世俗之事。

「此次定安歸來，我與妳大舅母亦在京中，便藉此事教妳如何打理應對。」盛瓊靜心中不捨，面上卻帶著笑意。「老王妃是個慈和心善之人，有老王妃與王爺，想來妳日後應對皇族之事也不會太難。」

顧嬋漪雙頰微紅，頓時明白盛瓊靜的苦心。

翌日，大雪停下，連呼嘯的北風都止住了。

寅時末，京兆府尹茅文力親自帶著眾衙役，清掃皇宮西門至平西門整條主街的積雪。卯時初刻，東邊天色漸亮，一輪如鴨蛋黃的冬日躍了出來，天光大亮，雪後初晴。數十宦者從皇宮偏門而出，直奔平西門。

早起的百姓瞧見這般陣仗，心下一驚，忍不住探頭往外瞧。有膽大的掌櫃，提著一壺熱茶，端著茶盤，走到掃雪的衙役面前，倒茶賠笑道：「這位差爺，可是出了大事？怎的這般早便出來掃雪？」

那衙役掃得滿頭熱汗，看清掌櫃手上的熱茶，且瞧府尹大人尚在遠處，他當即用掃帚撐地，端起熱茶，毫不客氣地飲了一杯。

杯子一空，掌櫃便忙不迭地滿上，那衙役連喝三杯，這才慢悠悠道：「鎮北大將軍今日回城，自然要清掃積雪，以迎他凱旋。」

「鎮北大將軍?! 莫不是將北狄趕去了白梅河以北的顧大將軍?!」掌櫃驚呼。

下一瞬，有一位身穿儒生衣袍的讀書人從門板後竄出，跨步行至衙役身前，抬手便抓住了他的手臂，很是激動地問道：「可是顧大將軍回京了?!」

衙役呆住了，愣愣地回他。「正是。」

眨眼之間，顧長策在城門外的消息徹底在大街小巷間傳開，臨街的鋪子皆打開鋪門，或掛紅綢，或掛彩燈，或在店門口擺放新鮮吃食，迎接鎮北大將軍凱旋。

顧嬋漪到達平西門時，街道積雪已清掃乾淨，兩側皆擠滿城中百姓，好不熱鬧。

純鈞駕車駛進小巷，在酒樓後門停下，馬車門一開，顧嬋漪便瞧見沈嶸站在門邊。

「阿兄回家了！」顧嬋漪眉歡眼笑，儘管知曉沈嶸定早早便得到了消息，卻還是忍不住親口告訴他。

沈嶸莞爾，隔著衣袖牽住顧嬋漪的手腕。「二樓的雅間推窗便能瞧見樓下的街道，定能讓妳快快地見到妳兄長。」

二樓雅間內，儘管屋裡有炭盆，但窗子一打開，熱氣便散了。

顧嬋漪裹緊斗篷，捧著湯婆子站在窗邊，時不時地探頭看向城門處。

「怎的還未進城啊？」顧嬋漪忍不住踮腳傾身往外看。

沈嶸看得心驚肉跳，連忙伸手按住她的肩，輕聲道：「時辰尚早，宦者帶著旨意去的，妳阿兄須在城門口接旨。」

顧嬋漪仰頭看了眼天，輕吁口氣。「萬幸今日天晴。」

日頭漸高，冬日陽光灑滿整條街道，平西門敞開，噠噠馬蹄聲漸近。

顧長策身穿鎧甲，端坐於馬上，身形挺拔，英俊的少年將軍，長著一雙漂亮的杏仁眼。若僅是看這雙眼睛，眾人定以為他是哪家風流倜儻、天真無憂的少年郎，可即便站在街道兩側，並未走近，仍能感受到他身上的濃濃肅殺之氣。

顧嬋漪一眼便瞧見馬背上的兄長，她眼眶濕潤，嘴角卻上揚，滿是笑意。她放下手中的湯婆子，伸手向外使勁揮了揮，大喊道：「阿兄！阿兄！」

此刻，顧長策正慢悠悠地騎馬走在街道上，他循聲望去，對上了那清澈的眸子，即便八年未見，還是立即認出了自家小妹。他扯動轠繩，快走兩步，行至酒樓樓下。

他抬頭望向二樓，淺淺一笑。「妳先返家，我稍後便回去。在家中等我，莫要去宮門外守候，天寒地凍的。」

視線一偏，看到自家小妹身邊的男子，顧長策雙眉微皺，眸光一凜，嘴角的笑意散去，他微不可察地瞪了沈嶸一眼，這才策馬離去。

沈嶸敏銳地察覺到顧長策散發出的敵意，他的情緒不禁有些微妙，既歡喜、又苦惱。

顧長策僅此一妹，愛若珍寶。他前世在北疆時，便曾目睹顧長策閒暇之餘親手為妹妹製作及笄的簪子。

他們兄妹許久未見，顧長策剛剛回家，他便上門提親，若他是顧長策，亦不會給求娶之人好臉色。

鄭國公府張燈結綵，喜慶祥和；府內奴僕皆得厚厚賞錢，眾人笑意盈盈。

大夥兒用過午膳，顧長策仍未歸，顧嬋漪便讓自家大舅母與姨母先去屋內小憩。

江予彤早早地從盛家過來，盛瓊靜又是忙碌了整日，自然需要休息一番；盛銘懷與盛銘志耐不住性子等候，且無長輩在身邊盯著，便說要騎馬去宮門外。

顧嬋漪站在廊下目送表兄們走遠，悵然若失，若不是答應了阿兄與沈嶸會乖乖待在府裡，她定也要騎馬跟去。

申時過半，顧長策才出宮。鄭國公府中門大開，他將將走進巷子口，府門外的小廝便點燃了炮仗，瞬間噼哩啪啦一陣響。

與親人各自見過禮，顧長策立於顧嬋漪身前，抬手揉了揉她的頭，笑得眉眼彎彎。「阿媛長大了，也……」他頓了頓，聲音微啞，有些哽咽。「也越來越像阿娘了。」

阿娘去世時，阿媛尚未長大，記不得阿娘的長相，他卻是清楚的。

顧嬋漪帶著哭腔，淚眼朦朧地看著顧長策，滿是委屈地開口道：「阿兄可算是回來了。」

此話一出，顧長策心頭一痛，指尖微抖。「是阿兄不好，讓阿媛受委屈了。」

當初不該留她一人在都城，即便北疆戰事緊急，也應當先派人將她送去姨母或舅舅家，而不是錯信王家人，讓妹妹深陷虎狼窩。

「他們如今在何處？」顧長策冷聲問道。

顧嬋漪安撫道：「不忙，你今日歸家，還未見過阿父和阿娘呢。」

「定安先去見阿父和阿娘，稍後再來陪大舅母與姨母用晚膳。」顧長策轉身向江予彤與盛瓊靜行禮道。

見兩位長輩頷首，顧長策與顧嬋漪這才離開。

沿著長廊而行，顧嬋漪邊走邊向自家兄長介紹府中修繕了那些地方，氣氛相當溫馨。

祠堂內點著燭火、燃著檀香，供桌前擺放兩塊蒲團，顧長策與顧嬋漪一左一右跪在蒲團上，磕頭上香。

在戰場上受了重傷，尚且能談笑風生的顧大將軍，如今看著雙親的牌位，卻讓淚水模糊了視線。

「阿父，兒子平安回來了，雖未抓到當年行刺先帝之人，但兒子將北狄趕去了白梅河以北，常安府百姓可以休養生息，不再受戰亂之苦。」顧長策緊抿唇角，眸光堅定。「阿父放心，我定會抓到幕後凶手，為您報仇。」

顧長策俯首磕頭，起身後看著母親的牌位，羞愧萬分。「阿娘，我未保護好妹妹，讓妹妹受了多年委屈。」

他雙手握拳，身子顫抖，顯然是怒火中燒，既氣自己又恨王蘊等人。

顧嬋漪偏頭看了兄長一眼，她對著母親的牌位，笑得溫柔和婉。

「阿娘，此事不是阿兄的錯，阿娘莫要怪他，是我信了王蘊的虛假做派。」顧嬋漪垂下眼眸，額角碎髮散落下來。「阿兄時有家書寄來，誰知王蘊竟會攔下書信，再命人模仿我的字跡回信，阿兄亦被蒙在鼓裡。」

小祠堂只有他們兩人，且無人敢來打擾，顧嬋漪便乘機將王蘊毒害母親之事盡數道出，讓兄長知曉。

顧長策聽完前因後果，氣得臉色脹紅，緊緊攥拳，他的指甲陷入肉中，鮮血沿著指縫落下。

「這等毒婦！」顧長策咬牙切齒，眼眶泛紅。「她如今在何處?!我定要親手殺之！」

顧嬋漪盯著地上的血滴，語速極快地說道：「中秋過後，我便令穩婆去京兆府狀告王蘊。刑部已經查清真相，罪責亦有決斷，王蘊與王嬤嬤將被梟首。」

「何時行刑？」顧長策追問。

「九月廿九當天行刑。」顧嬋漪回道：「十月初一，宮中要舉辦慶功宴，他們說阿兄會在慶功宴之前回來，是以行刑日便定在了九月末。」

擔心自家妹妹看到他眼裡的濃濃殺氣會害怕，顧長策緊閉雙眼，許久之後，心緒稍定，他才緩緩睜眼，嗓音低沈。「是阿兄無用。」

顧嬋漪笑著歪頭。「阿兄是征戰沙場的大將軍，戰場局勢瞬息萬變，我怕阿兄分心，才故意瞞著你，阿兄莫要自責。況且……」她頓了頓，雙手背在身後，氣勢傲然。「我是阿父的女兒，可不是需要人庇護的嬌嬌女。」

顧長策愣了愣，既有些悵然若失，又感到驕傲自豪。他不在都城的這八年間，幼妹徹底長大了。

她成為一株挺拔的青松翠柏，歷經風雨仍然昂立向陽，不是養於花房的嬌花，更不是攀附大樹生長的藤蔓。

要是阿父與阿娘看到妹妹長成如今模樣，定會十分欣慰。如此，日後即便他戰死沙場，妹妹也能過得很好，無人能欺負了她。

從小祠堂出來，兄妹二人並肩而行。

行至松鶴堂，顧嬋漪停下腳步，仰頭看著被薄雪覆蓋的石榴樹，輕聲道：「松鶴堂已經收拾乾淨了。」

顧長策微微蹙眉。「妳如今住在何處？」

聞言，顧嬋漪偏過頭，指著西側的院落。「自然是聽荷軒了。」

顧長策後知後覺地想到，自家妹妹已經是十六歲的女郎，自然不能與他再住在同一間院子。思及此，他又想起那位禮親王，忍不住在心底冷哼一聲。

兩人回到前廳時，已到了用晚膳的時辰。廳中擺放圓桌，僕婦陸續上菜，酒是竹葉青，甜點是外城于氏糕點鋪的桂花糕。

顧長策聞到竹葉青的酒香，心中先是一陣酸楚，最終一顆心軟得像是要化掉了。

離家多年，妹妹竟還記得他與阿父一樣，皆愛竹葉青。他在北疆時，便時常想著，若是歸家，定要與身邊的兄弟痛飲竹葉青。

原本他打算過些時日，稍稍得空後，便帶他們去酒樓喝酒，誰知今日回家，便聞到了念念不忘的酒香。竹葉青酒香聞之清淡，後勁卻大。

盛銘懷與盛銘志的父親是武官，他們的酒量並不差，然而顧長策久居北疆，當地皆是豪飲之輩。三壺竹葉青下肚，盛銘懷與盛銘志已是滿臉通紅、昏昏欲睡，而顧長策卻面不改色，甚至眸正神清地看著兩個表弟。

江予彤輕笑出聲，叫來身強力壯的嬤嬤，說道：「快將這兩個小子扶回房裡，貓兒酒量便想著喝倒定安，快讓他們回屋作夢去吧！」

盛瓊靜亦捂唇輕笑，柔聲叮囑。「讓貼身的小廝好生照顧，再熬兩碗解酒湯餵他們喝下，免得明日起來頭疼。」

兩位嬤嬤點了點頭，各架一人，扶著兩個醉鬼回了客院。

顧長策偏過頭，看向坐在上首的大舅母。「回京路上，遇到大舅舅身邊的長隨，說是要送信入京。我瞧今年風雪來得比往年要早些，便將書信匣子拿了過來，讓那長隨先回新昌州了。」

江予彤一聽這話，便知曉是何書信了。

上個月得知阿媛與禮親王之事後，她便立即寫信給丈夫，前些時日，安仁府的小叔便已經回了書信。

新昌州在大晉國土北側，往年九月便飄雪，今年天寒，約莫八月底便開始有雪花，路上積雪難行，她便推測丈夫的家書約莫下月初才會到。

「你竟遇上了？」江予彤既驚又喜。「原以為外面飄雪，書信會晚上許多才能過來，我還擔心誤了大事呢。」

「大事？」顧長策喃喃道。大舅舅亦給他寫了書信，他在路上時便展信閱過，已猜到大舅母說的「大事」指的是什麼。

顧長策飲了幾壺酒，雖未喝醉，但情緒卻外露了許多。

江予彤聞言，看了看顧嬋漪，又瞄了眼顧長策的神色，忍笑道：「並非大事，僅是要緊事罷了。」

盛瓊靜打量著顧長策的表情，頓時明白過來，不停忍住笑意。

自家小妹僅有定安與阿媛兩個孩子，他們年幼時，妹夫既當爹、又當娘，定安年長阿媛六歲，妹夫去了北疆以後，定安便親自照顧阿媛。

雖然他們兄妹久未相見，但情分卻比日日相處的兄妹還要深。如今定安剛剛歸京，還未與阿媛好好敘舊，便得知有人打算求娶阿媛，心中定會不爽快。

想到禮親王府的王爺，盛瓊靜一言不發。

之前都城中，阿媛僅有她與大弟妹兩位至親，身為內宅婦人，不好為難王爺，且老王妃為人一向和善，她們不忍推拒。

如今定安回來了，他是男兒，又是鎮北大將軍，更是阿媛的同胞兄弟。由他出面見見這位王爺，是順理成章之事。

顧嬋漪並不傻，此刻阿兄的心思情緒全寫在臉上，她僅是思索片刻，便猜到了緣由。然而她卻不好開口，若由她主動說明，那便是火上澆油，阿兄肯定更加不快。

她垂下眼眸，拿起筷子挾了塊桂花糕。糕點清香軟糯，顧嬋漪忍不住彎起唇角，不知沈嶸會如何面對阿兄的刁難。

翌日一早，顧長策便換了尋常武將官服，進宮面聖。

顧嬋漪尚在床榻上，得知兄長早起入宮，頓時一驚，她裹緊被子，探身看了眼窗外。「眼下是何時辰？」顧嬋漪皺緊眉頭。「阿兄不是說，聖上憐惜他路途奔波，特地讓他在府中休息，無須上朝？」

小荷不知上朝的時辰，但宵練卻很清楚，她搖了搖頭。「大少爺並非去上朝，如今已是辰時三刻，大少爺入宮時，早朝已過。」

顧嬋漪面露不解。「既非上朝，為何入宮？」

見小荷與宵練面面相覷，顧嬋漪心想罷了，此事問她們兩個也不會有結果。

她頓了頓，腦子忽然清醒起來，眼睛瞪圓。「竟是辰時三刻了?!」

小荷邊撥了撥炭盆，讓紅炭燒得更旺些，她回頭笑看自家姑娘。「剛剛婢子還說呢，大少爺一回來，姑娘便睡得沉了，往日卯時便要起的，今日到了辰時還未醒。」

說到此處，小荷臉頰微紅。「莫說姑娘，大少爺一回府，連婢子都覺得心安許多，今晨若不是小宵喊婢子，婢子或許睡得比姑娘還遲些。」

顧嬋漪莞爾，阿兄回來，全府上下便像有了主心骨兒。

小荷放下手中的東西，走到床邊。「姑娘可要起了，還是再睡一會兒？」

顧嬋漪捧著被子蹭了蹭臉頰，整個人懶洋洋的，在床上滾了幾圈，她才睜開眼。「還是起吧，我還要練鞭呢。」

起身漱洗後，顧嬋漪在院中練了半個時辰鞭子。

日頭漸高，連醉酒的兩位表兄都起了，在馬廄內興致勃勃地看阿兄帶回的北疆好馬，她卻遲遲未見阿兄的身影。

被顧嬋漪這般牽掛著的顧長策，此時剛從宮中出來。他站在宮門外，左手背在身後，望著長長的街道，眼睛微瞇。

石堰牽來顧長策的馬。「將軍，可要回府？」

顧長策緊抿唇角，翻身上馬。「先去刑部。」

刑部距離皇宮不遠，顧長策繞過刑部大門，策馬行至天牢。

守門的獄卒不認識顧長策的面貌，卻識得他身上一品武將的朝服，立即躬身行禮道：「見過將軍。」

顧長策翻身下馬，將韁繩遞給石堰，跨步走進刑部天牢大門。

眼見情況不妙，獄卒連忙轉身去尋獄吏。

獄吏聞聲而來，瞧清顧長策的長相後，態度恭敬地說：「國公爺怎的過來了？」

顧長策開門見山道：「王蘊被關押在何處？」

第四十三章　報仇雪恨

獄吏在前方帶路，行至牢門外，卻見牢門未關，床榻邊站著另一位獄卒與一位頭髮灰白的老大夫。

顧長策頓時皺緊眉頭，獄吏見狀，急得搓手，深怕這位大將軍怪罪。

他壓低嗓音，小聲且快速道：「上頭交代了，不得輕易讓她死去，前些時日她得了風寒，眼見出氣多、進氣少，小的便使人請了大夫。」

顧長策面無表情，輕輕頷首。「且讓她吊著口氣，莫讓她在行刑前便死了。」

老大夫餵王蘊喝完藥，提著藥箱，顫顫巍巍地離開。

顧長策抬腳走了進去，冷冷地看著床榻上的婦人。

待石堰點燃油燈，顧長策便面若寒霜道：「讓她醒來。」

石堰快步走到床榻邊，在王蘊的身上點了幾下，眨眼工夫，王蘊便悠悠轉醒。

見室內光線明亮，王蘊愣了許久才慢慢回過神來，她忙不迭地轉過頭，大喊道：「三姑娘，千錯萬錯皆是我的錯，求三姑娘放過我兒！」

然而，來人並非顧嬋漪，而是一個人高馬大的青壯男子。

王蘊下意識看向床榻，見自己身上蓋著薄被，方才緩緩鬆了口氣，怒目瞪著顧長策。

「你是何人?!」

「王蘊，八年未見，妳便不識得我了？」顧長策的語氣極其平淡。

王蘊聽到這話，身子猛地一抖，難以置信地仰頭看向顧長策。這張面孔與她猜測之人極為相似，但那雙眼睛卻與從前有極大的不同。

此刻，王蘊終於明白他的身分，她並未求饒，而是抱著薄被往裡側瑟縮，猶如看見冥府修羅。

顧長策扯了扯嘴角，撫摸手腕上的長命縷。「想來，妳猜到我是誰了。

「我今日過來，是有兩件事要告知妳。」顧長策雙手背在身後，居高臨下地俯視床榻上那骨瘦如柴的婦人，眸光狠戾。

「一，我剛剛入宮求見聖上，將妳的梟首之刑改為凌遲，再將刑期提前至明日。」顧長策緩緩道。

王蘊聞言，面色煞白。梟首之刑，快刀斬下便能命絕，但凌遲之刑卻是鈍刀子割肉，令人痛不欲生，可她卻不敢如前次見顧嬋漪那般向顧長策求饒。

顧嬋漪是京中世家姑娘，從未見過人血，她若苦苦哀求，顧嬋漪或許會心軟，然而眼前這位是從屍山血海中殺出來的活閻羅，求他無用。

王蘊咬緊下唇，渾身發抖地看著顧長策。

顧長策將她的神色盡收眼底，他嘴角微彎，冷笑一聲。「二，便是妳的好兒子。」

王蘊眼眶噙淚，儘管心中害怕，她卻忍不住開口。「將軍，我兒無辜，並不知我所做惡事，求將軍饒我兒一命……」

顧長策盯著她的眼睛，惡狠狠道：「我妹妹難道不無辜?!她當時不過十歲，妳卻將她送去崇蓮寺，不管她的死活！如此便罷，妳若告知我不欲繼續照拂阿媛，我即便遠在北疆，亦會將阿媛安排妥當。」

說著，顧長策目眥盡裂。「妳千不該、萬不該攔下我的書信，讓阿媛陷入孤苦無依的困境！無親人庇佑，我不知她這些年是如何過的！」

顧長策長吁了口氣。「妳困了阿媛六年，妳的好兒子便要在採石場中做六年的苦力，這段時間我會留住他的性命，至於六年後……」

王蘊聽到這話，心中燃起希望，眼睛明亮且滿是哀求地看向顧長策。

顧長策卻斜眼看著王蘊，意有所指。「我在戰場中，學到最要緊的道理，便是『縱虎歸山，後患無窮』。」

王蘊明白顧長策話中的意思，她的雙眸頓時變得空洞無神。

她的兒子在採石場做苦力便罷，可過了六年之後，顧長策就會斬草除根。

王蘊嚎啕大哭起來，雙手大力敲打床榻。「長貴，是阿娘害了你啊！阿娘錯了，真的錯了……」

顧長策面無表情地瞥了她一眼，轉身大步跨出牢門。

策馬回府，顧長策才剛下馬站定，盛銘志便纏了上來。

「表兄，我見你馬廄裡那匹黑色駿馬與我們南邊的馬匹很是不同，不僅威武雄壯，連馬蹄都比尋常馬兒有力。」盛銘志將那匹馬誇得天上有、地上無，這才道出真實意圖。「我瞧見那馬兒，實在心癢，不知表兄能否借我騎兩日？」

顧長策抬手拍了下他的肩，莞爾道：「那馬是我專程從北疆帶回來的，性子極烈，等閒人近不得身，平日僅跟著我。」

盛銘志略微有些失落，顧長策見狀，話鋒一轉。「不過你若是有能耐讓牠老老實實套上馬鞍，送予你也無妨。」

聞言，盛銘志喜形於色，快步衝進府門，走了兩步又轉身回到顧長策身邊，眼睛一眨一眨的。「我若降服牠，表兄當真送予我？不是玩笑話？」

顧長策自是點頭。「君子一言，駟馬難追。」

盛銘志頓時歡欣鼓舞，信心滿滿地朝馬廄跑了過去。

顧長策進了府門，一眼就瞧見自家妹妹站在廊下，他快步走上前，微微低頭，聲音溫柔。「我在北疆時，專為妳挑了匹好馬，只是我趕著回京，便分作兩路前進，冬日北邊的路也不好走，那匹馬約莫年前方能抵京。」

「如今都城飄雪，城郊積雪泥濘，我平日出門皆是乘車，不急著騎馬，待開春時節，阿兄再教我騎馬，可好？」顧嬋漪笑靨如花，很是善解人意。

既提到馬匹，顧長策停頓片刻，狀似無意般詢問。「我昨日去馬廄餵馬時，曾看到一匹未足歲的小馬駒，可是大舅母或姨母送的？」

顧嬋漪的腳步微頓，眼神飄忽不定，欲言又止。「不……不是。」

此話一出，顧長策的面色微沈。既不是長輩所送，贈馬之人便只能是禮親王府那位了。

眼見兄長的臉色不對，顧嬋漪連忙轉移話題。「阿兄今日進宮了？」

顧長策也未隱瞞，頷首道：「向聖上求了道旨意。」

未待顧嬋漪出聲詢問，顧長策便直接道：「將王蘊的刑罰和刑期一道改了。」

顧嬋漪嚇了一跳。「改了?!」

「嗯。」顧長策語氣平淡，像是在談論都城的天氣。「刑罰加重，刑期提前。」

「明日行刑。」顧長策停下腳步，看著自家妹妹，正色道：「刑場血腥氣重，妳明日便留在家中，可好？」

顧嬋漪搖了搖頭，態度嚴肅。「我要隨阿兄一道去。」

次日天明，顧長策與顧嬋漪皆著素服立於小祠堂內。兄妹二人手持三根線香為父母上香，顧嬋漪跪在蒲團上默誦一遍心經才起身。

在前廳用早膳時，江予彤與盛瓊靜得知王蘊今日午時行刑，臉上的笑意散去，亦說要去刑場。

刑場一早便有人前來清掃，周邊百姓得知害死顧大將軍生母的惡人今日行刑，氣憤不已。

還未到時辰，刑場外便圍了一圈百姓，或手提一籃臭雞蛋，或手拿幾棵爛青菜，只等獄卒將犯人押到，扔在她們身上，以洩心頭之恨。

午時漸近，車輪聲響起，前面的刑車關押的是王蘊，後面的刑車則是王嬤嬤。兩人被押下車，先後跪在刑場上，當下便有百姓往她們那裡扔東西。

手持大刀的劊子手走上前，另有一劊子手站於臺下，手上拿的卻是一柄小刀。

眾人面露不解，還是見多識廣的老先生為他們解惑，大夥兒這才知曉，原來王蘊所受之刑是凌遲處死。

千刀萬剮，刀刀割肉，卻不能立即斷氣，直至三千刀割完。

行刑的時辰一到，扛大刀的劊子手便立於王嬤嬤身後，手起刀落，王嬤嬤的頭顱滾至臺下，大家驚呼出聲，紛紛捂住雙眼。

一旁的王蘊將此景盡收眼底，當即兩眼一翻，暈了過去。

京州漳安，顧氏祖地，靈幡舞動，紙錢滿地；陰雲密布，北風呼嘯，卻遲遲未有雪花落下。

顧嬋漪身穿素衣，頭上僅有祥雲白玉簪；顧長策身穿素色衣袍，頭戴玉冠。兩人身前是父母的合葬墓，如今大仇得報，便來祭稟雙親。

從祖地回到老宅，已是午後。路上積雪難行，兄妹二人打算在老宅休息一晚，次日再回都城。

他們前腳剛踏入老宅，石堰後腳便進來通稟。「將軍，族長求見。」

顧長策腳步頓住，回頭道：「將人請去書房，我稍後便去。」

一旁的顧嬋漪眼珠微轉，明白族長此時上門所為何事。她想了片刻，方道：「當初多虧族長出手相助，妹妹才能順利趕顧硯等人出府。」

顧長策頷首，單手背在身後。「妳且安心，我自有分寸。」

說罷，顧長策雙眸含笑。「難道在阿媛眼中，為兄是不辨是非黑白的庸人？」

「自然不是。」顧嬋漪笑臉盈盈。「阿兄且去忙，我去後廚瞧瞧。」

顧長策看著自家妹妹的身影消失在廊下，這才轉身去了書房。

老宅書房，顧榮柏端坐於書桌邊，身旁的小几上擺著碗熱茶，他卻無心細品。他雙手交疊置於腿上，時不時地抬頭看向門外，既焦急、又忐忑。

一陣腳步聲由遠至近，沒多久，顧長策的身影便出現在書房外。

顧榮柏連忙站起身，拱手行禮，恭敬道：「見過將軍。」

見狀，顧長策跨步上前，雙手托住顧榮柏的雙臂。「族長與我阿父乃同輩，是定安的長輩，無須多禮，快快坐下。」

顧榮柏在書桌下首坐定，顧長策繞過書桌，在桌後坐下。「不知族長今日過來，有何要緊事？」

只見顧榮柏微微垂頭，雙手交叉，拇指不安地搓動著。「身為族長，我卻未察覺到大小王氏的狼子野心、惡毒心腸，以致媛丫頭無依無靠，受了許多委屈。

「將軍出征在外，我卻未照顧好媛丫頭，是我失職。」顧榮柏站起身來，對著顧長策深深一揖，聲音低沈、嚴肅認真。「我愧對將軍與媛丫頭，自請辭去族長之位。」

顧長策眼睛微瞇，食指與中指輕敲桌面。

阿父亡故時，被先帝追封為鄭國公。既是國公，又有救駕之功，當時無論是平鄴顧家，還是漳安顧氏，皆風頭無二。

有目光短淺之人，慫恿族中長輩翻修祠堂，當時的老族長深知此舉會惹禍上身，竭力阻止，不僅如此，老族長還藉機讓族中年輕子弟好生讀書習武，族中向學之風漸濃，如此漳安顧氏方日漸興盛。

老族長故去後，他的兒子顧榮柏成為族長。這些年來，顧榮柏潔身自好、以身作則，約束著漳安顧氏子孫的言行。

是以，即便顧長策戰功赫赫，在朝中亦有一席之地，漳安顧氏卻一直低調本分。若無他們父子二人苦心經營，他的族親定有不少如顧硯般狐假虎威之人。

阿媛若真嫁入禮親王府，那漳安顧氏便不能有絲毫差錯。此處要是無分量足夠之人坐鎮，定會有無能鼠輩興風作浪，屆時朝中百官不僅會將這些人犯下的錯處算在他頭上，更會扯到阿媛身上。

頃刻之間，顧長策便有了決斷。他彎唇淺笑。「族長莫要自責，漳安距離都城有不短的路程，且大小王氏乃內宅婦人，族長如何知曉她們的所作所為？

「漳安顧氏有族長在，我方能安心。」顧長策輕聲安撫道。

顧榮柏長吁一口氣，坐直身子，壓抑著內心的激動之情。「多謝將軍信任，我定會好好約束族人。」

送走顧榮柏後，顧長策起身前往後院，與顧嬋漪一道用晚膳。

漳安靠山，冬日的夜間比平鄴城更冷一些，顧嬋漪用過晚膳後便想回屋，誰知卻被兄長叫住了。

「阿媛，妳且隨我來，我有話要與妳說。」顧長策招了招手。

顧嬋漪眨眨眼，乖巧地走上前，跟在阿兄的身後去了書房。

書房內燈火通明，窗戶緊閉，屋內燃有炭盆，是以屋門稍稍敞開一條縫隙。貼身侍婢與小廝皆待在外面，屋內僅他們兩人。

顧長策拿出兩封書信，放在桌面上，定定地看著顧嬋漪。「我已經看過大舅舅與小舅舅寫給我的書信。」

但見顧嬋漪微微垂眸，雙手揪著袖口，默不作聲。

「阿父與阿娘走得早，所謂長兄如父……」顧長策停頓片刻，單刀直入。「一定要是他嗎？」

顧嬋漪聞言抬起頭來，直視自家兄長的眼睛，堅定地點了下頭。

見狀，顧長策在心中嘆了口氣，他偏頭看向燃燒的燭火，有寒風穿過門縫，燈火搖曳。

「大晉與北狄打了十年，北狄皆草原男兒，驍勇善戰，大晉地大物博、糧草充足，這些年下來，有輸有贏，戰況膠著。」顧長策回頭，看著纖瘦的妹妹，意味深長道：「妳可知，為何我此次得以快速將北狄趕至白梅河以北？」

沒等顧嬋漪回答，顧長策頓了頓，自顧自地往下說：「盛夏時節，我正在營中巡查，突有人稟報都城信使求見。我擔心是妳出了事，連忙回到營帳。

「然而，當營帳中僅我與信使在時，他卻拿出了禮親王府的信物，還有一本小冊子。」

顧長策神色凝重，語氣微沈。

「他是從未離開都城的王爺，卻對北疆戰事知之甚詳；他未曾與北狄交過手，卻知曉北狄的弱點和致命處。」顧長策面容嚴肅。「正因他的書信和謀略，我方能如此迅速地結束戰事。」

「阿媛，他並非表面看起來這般簡單。」顧長策語重心長地勸解。

顧嬋漪聽到這番話，眼神有些飄忽。

沈嶸的計謀與方法並非他個人所想，而是阿兄前世與北狄一次次的對戰中積累下來的經驗。若如前世那般，再過個兩、三年，阿兄亦會將北狄趕至白梅河以北，令北狄不敢再犯。

今世沈嶸受傷後，不知她也是重生之人，他不好插手鄭國公府內宅之事，是以不得不寫信給阿兄，讓他速速解決北狄戰事，得以歸家。

最要緊的是大晉與北狄之間打了十年，即便大晉糧草充足，卻也禁不住如此消耗。只有戰事早日結束，北疆百姓方能早日休養生息、安居樂業。

然而，沈嶸無法告知阿兄實情，才讓阿兄誤以為沈嶸在北疆，甚至在北狄境內埋了暗樁。

「他很好。」顧嬋漪很是肯定。「若阿兄與他深交，定會明白他乃真正的君子。」

顧嬋漪抿了抿唇，起身走到書桌前方。她壓低了音量，正色道：「即便他日後登上至高之位，也會是個愛民如子的明君。」

聽到這話，顧長策頓時一驚，低聲道：「自古以來，但凡皇位之爭，便是你死我活。禮親王府，一則朝中無人，二則手中無兵，如何與聖上相爭？」

顧長策頓了頓，微微仰頭看著滿臉堅決的妹妹。「況且，瑞王殿下與肅王殿下與禮親王年歲相當，他們是皇子，繼承大統乃順理成章，高宗密旨僅是傳言，如何能當真？」

只見顧長策動之以情、曉之以理，然而顧嬋漪卻是緊抿著雙唇，態度堅決。

那日在國公府後門，沈嶸曾說他的父王之死存有疑團，能對高宗幼子下手之人，定是皇室宗親。以沈嶸的性子，若是查出殺父真凶，定要為父報仇。

早在最初，沈嶸便將箇中緣由一一告知，禮親王府並非好去處，他亦非適合的選擇，讓她權衡利弊，莫要一時衝動。

但前世陪在沈嶸身邊數十年，她比任何一個人都更清楚他的為人。沈嶸君子端方、心懷大愛，他值得自己託付終身。更何況，他們兩情相悅，為何要放棄這段姻緣？

「聖上若真是明君，他便不會對北疆百姓的安危視若無睹。」顧嬋漪直言。「阿兄，北狄果真是堅不可摧嗎？

「阿兄剛剛便說，北狄驍勇善戰，我朝糧草充足。但兵法有云，兵貴神速，對戰亦然。」顧嬋漪張開雙手，撐在桌面上，微微俯身，直視兄長的眼睛，定定道：「阿兄，十年交戰，不覺得太久了嗎？」

第四十四章　謀定後動

顧長策的雙眼猛地張大，他並不蠢，聽到這番話，已然明白妹妹的意思。他猛地站起身來，忍不住在屋內踱步。

妹妹遠在都城，不可能得知北疆的情況，如今連她都有所疑心，那麼內情肯定不單純。每回他們將北狄趕出拒北關，打算乘勝追擊時，北狄便會迅速改變行軍路線，潛回常安府，繞至他們後方，打得西北軍措手不及。

沈嶸來信要他調查西北軍中是否有細作，其實他也曾懷疑過，只是不願相信，然而仔細排查之下，竟是有了眉目。當時他對遠在都城的沈嶸充滿疑問，不明白他從何得知北疆的情況，甚至跟他一樣疑心內部有問題。他讓關轍山去刺探一番，得到的答案卻是沈嶸所言有理有據，可以相信他。

十年之間，常安府有三、四年的時光風調雨順、穰穰滿家，然而北狄卻抓準時機迅速出擊，對北疆百姓燒殺搶掠，好不容易裝滿的糧倉頓時被洗劫一空。

若無內應，北狄軍如何繞過拒北關，怎能渺無聲息地潛入常安府腹地，犯下這等喪盡天良之事？

有細作潛伏便罷，若是此事牽涉到更高位置之人……顧長策忽然不敢繼續往下想。

寒風凜冽，大雪紛飛；紅燭落淚，在燭臺上慢慢堆積。

「阿兄。」顧嬋漪突然出聲輕柔喚他。

顧長策的腳步一頓，抬頭看過去。

「當初北狄突然犯邊，北疆戰士英勇應敵，戰場之上，我朝有極大的優勢，士氣極高。」顧嬋漪走到他身側，微微仰頭看著高大的兄長，眸光不閃不避。

「戰場遠在北疆，京州安然無虞，先帝為何突然想要御駕親征？」顧嬋漪聲音極低，緩緩道出。「若不是先帝執意這麼做，阿父也不會為了保護先帝，無暇顧及自身。」

顧嬋漪的眼眶噙淚，聲音哽咽。

聽到這話，顧長策垂在身側的雙手緊握成拳。

這些年在北疆，他一直在尋找當初的凶手，從未放棄過為阿父報仇。然而那人卻如水滴落入江河、青樹種於群山，徹底地銷聲匿跡，恍若世間從未有過此人存在。

冬日，酉時過半，天色便徹底暗了下來。

鄭國公府後門，兩位身穿黑衣的男子牽馬從門內出來，毫無聲息地消失在夜色中。半個時辰後，他們翻身下馬，站在禮親王府旁側的小宅院外。

顧長策環顧四周，確認周邊無人後，方抬腳走上臺階，輕叩木門。

兩長兩短的敲門聲，幾息之後，木門由內向外打開，顧長策與石堰牽馬進入院中。

將馬鞭與韁繩遞給石堰後，顧長策獨自走進正前方的屋子。屋內光線昏暗，僅在簾幔後方有一盞燭火。

顧長策快步走上前，藉著燭光看清來人，面露喜色。「先生，許久未見，一切可安好？」

闕轍山微微躬身行禮，亦是歡喜不已。「得王爺照拂，自是安好無恙。」他微微垂眸，快速掃過顧長策全身。「看到將軍一如往昔，在下亦心安。」

閒話少敘，闕轍山擰動牆上的機關，書架轉動，露出後面的通道。他手持燭臺在前方帶路，顧長策緊隨其後，行了約莫半刻鐘，眼前豁然開朗。

外面燭火通明，出口處站著黎赭羅，顧長策朝他點了點頭。

黎赭羅滿臉欣喜，正欲說話，卻意識到屋內還有旁人，頓時噤口，小心地立於一旁。

顧長策沿著他的視線看去，抱拳行禮恭敬道：「末將顧長策，見過王爺。」

沈嶸上前一步，伸出雙手隔空虛虛地扶了扶他，說道：「將軍莫要多禮，且坐下說話。」

四人依次坐好，沈嶸開門見山問道：「闕先生抵京時，送來將軍的書信，如今調查細作一事進展如何？」

顧長策神色一凜，正身而坐。「收到王爺的信之後，末將便暗中排查掌管倉儲之人，果然尋到蛛絲馬跡。」

夜色漸深，禮親王府的秘密書房內，燭光明亮。

顧長策道盡前因，食指輕點了下桌面。「是以，末將懷疑常安府刺史袁幟。」

話音落下，關轍山與黎赭羅皆是驚詫不已，唯有沈嶸面不改色，宛若早已料到。

「袁刺史在常安府近二十年，北狄還未南侵時，他便是常安府的長史。他升任常安刺史後，亦時常巡查下轄諸鎮，頗得北疆百姓擁戴。」關轍山皺眉沈思片刻，正色道：「將軍，此間是否有誤會？」

顧長策直視關轍山的雙眸，同樣嚴肅認真。「我懷疑，袁刺史這些年巡邊，正是為了畫下北疆邊防圖紙，秘密送入北狄。萬幸，北疆的布防，我們隔些時日便會有所變動。

「但凡我們乘勝追擊，要深入敵軍腹地時，便有袁刺史的人快馬而來，稟報府城被圍，請我們過去支援。」顧長策頓了頓，定定地看著關轍山。「先生，你細細回想，是否如此？」

關轍山陷入沈思，臉色越來越難看，雙手不自覺地握緊扶手，手背上青筋暴起，顯然憤怒至極。

黎赭羅猛地站起身來，滿臉悲憤。「將軍！」

顧長策愣了一瞬，立即起身朝上首的沈嶸拱手作揖。「王爺恕罪，赭羅並非有意唐突。」

頓了頓，他又道：「三年前的秋日，末將等追擊殘敵時，袁刺史身邊的長史來報，府城被圍，讓末將等速去解救。

「赭羅的同胞弟弟，自請留下繼續追擊敵軍。」顧長策深吸了口氣。「然而，他卻再未歸來。」

沈嶸前世奉旨去北疆監軍，在軍中的時日長了，自然知曉顧長策及他身邊小將的事。黎赭羅家有三兄弟，他參軍時，幼弟亦吵著要一同前往，黎赭羅的父親不允，可這小子竟瞞著父兄獨自去了參軍處。

「將軍與黎小將少安勿躁，且安坐。」沈嶸起身，行至博古架前方，挪開上面擺放的白瓷梅瓶，露出後面小小的暗格。

沈嶸將手上的薄薄絹紙在書案上徐徐展開，示意顧長策上前。

顧長策上前一觀，見是常安府葫蘆山的堪輿圖，內容甚是詳盡，彷彿整個葫蘆山近在眼前。正因如此，顧長策很快便發現，此張堪輿圖與軍中所繪堪輿圖相比，多了一條狹長的小道。

「王爺，此處……」顧長策隔空指著那處小道，疑惑不解。「莫不是畫錯了？」

沈嶸搖頭。「並未有錯。」

顧長策愣住，隨即面色大變。他看著那條小道沿山壁而行，最後止於西北一個未知山脈。「此地是何處？」

沈嶸陷入沈思。此圖是他前世重返葫蘆山，踏遍周邊諸山後，所繪之堪輿圖。然而他今世從未去過北疆，若知曉太多，恐惹顧長策懷疑。

「本王尋的堪輿先生只畫到此處，他說當地百姓喚此山為絕命山，山中多巨石，若山上起風，便會將巨石吹落。」

前世他與顧長策在葫蘆山遇伏，正是有北狄軍推巨石堵住葫蘆山兩端的山口，令他們陷入孤立無援的境地。

「山中有狼群，當地百姓若無事，不會輕易進山。」沈嶸避重就輕道。

在這張堪輿圖中，此狹長小道僅畫了一半，若繼續往下畫，則是翻過絕命山，沿峽谷而行，出谷後便是北狄吉南蘇部。

前世伏擊他與顧長策的北狄精兵，便是沿此道進入葫蘆山，今世他要讓顧長策暗查此道的目的地，如此他早早就能發現葫蘆山的密道能通往北狄，繼而有所防備。

「堪輿先生不願冒險穿過絕命山。」沈嶸點了點墨跡的終點。「是以無人知曉此道是否完整，最終又通向何方。」

顧長策皺眉，堪輿圖至關重要，且此圖比軍中所繪還要詳盡，沈嶸如此待他，他亦不拐彎抹角，直言道：「此圖，關先生可否一觀？」

沈嶸頷首，微微側身讓出位置，對關轍山道：「先生請上前。」

關轍山行禮後跨步上前，看清桌上之物，先是眼睛一亮，隨即眉頭緊皺。

「葫蘆山乃出常安府的必經之道，往來其間的客商雖少，卻每日皆有。」關轍山盯著那條小道，眸光微沈。

「在下隨老師遊學新昌州，後又在常安府四處遊歷，年年往來新昌與常安，竟不知葫蘆山有這條小道。」思及此，關轍山面露冷色。「若要在葫蘆山中毫無聲息地開鑿此道，定有遮天本事。」

關轍山抬頭，直直地看向顧長策，顧長策面色冷若寒霜，背在身後的左手握緊成拳。

在常安府能一手遮天的人物，除了刺史袁幟之外，再無旁人。

袁幟乃大晉南方豐慶州人，父母、兄弟甚至往上數三代，皆是土生土長的豐慶人。

建和六十四年，即高宗駕崩前一年，袁幟進士及第，入職翰林院，三年期滿之後，被外放至常安府，一步步升至刺史。

他的戶籍乾淨，履歷更是漂亮。在常安府經營近二十年，經歷高宗、先帝與當今聖上，算是三朝老臣。因寒時修屋、旱時引水；災時賑災、戰時不畏，是以袁幟在常安府頗受百姓愛戴。

若不是沈嶸的信，若不是他查到了蛛絲馬跡，他也不會懷疑到袁幟身上。

「開鑿山道需大量的人力與物力，他此舉是何目的？」顧長策疑惑不解。「看來還須前往絕命山好好探查一番，確認此道的去處。」

關轍山很是贊同地點點頭，隨即皺緊眉頭，面露難色。

「可是，將軍好不容易歸京，還未參加宮中的慶功宴，如何回去探查？」關轍山沈吟道：「不如在下與赭羅先返回，暗中潛入山裡？」

顧長策卻神情嚴肅地搖了下頭，抬眸看向關轍山。

「袁幟暗自開挖此道，先生以為他不會派人嚴密看守？」顧長策對著沈嶸抱拳行禮。「王爺既拿出此圖，定是有了對策。」

沈嶸頷首，坦然道：「確有一計，卻不知是否有用。」

「王爺但說無妨。」顧長策與關轍山齊聲道。

沈嶸看了關轍山一眼，便直視顧長策的眼睛，緩緩出聲道：「將軍與先生常年在常安，與袁幟往來甚密，袁幟身邊的人定識得你們。」

顧長策與關轍山齊齊點頭，沈嶸見狀，道出下文。

「都城中倒是有一人可走一趟葫蘆山。」沈嶸直接道出此人身分。「她乃原東慶州白泓白都督之女，自幼熟讀兵法，甚是聰慧機警。」

顧長策長年遠在北疆，而東慶州乃大晉至東之地，他對東慶州知之甚少。

然而，即便如此，顧長策也聽過白泓白都督的大名，知他驍勇善戰，自創陣法抵禦倭人，實乃至忠至勇之輩。可如此忠勇之人，卻在三年前被人告發貪污軍餉。

回都城的路上，顧長策聽聞白泓洗清冤屈，甚是喜悅，可他卻不知白泓的女兒竟也在都城。

「白都督之女？袁幟從未見過她，確實比我與先生更方便些，但……」顧長策頓了頓。

「她一個女子孤身前往，是否不太妥當？」

沈嶸含笑。「並非孤身前往，而是將軍與她一併前往。」

聞言，顧長策、闞轍山、黎赭羅皆是一驚，顧長策更是脫口而出。「王爺要末將與她同行?!」

「袁幟敢在常安如此行事，定有都城之人為他遮掩。」沈嶸神色認真。「因此行事不宜太過張揚，然而白姑娘不識北疆，亟需熟悉當地且武功高強的人為她引路，加以保護。

「都城之中，兩者俱全之人，唯將軍而已。」沈嶸定定道。

顧長策皺緊了眉頭，避而不應，反問道：「白姑娘可知此事？她可願獨自與末將同行？」

「白姑娘已經應允。」沈嶸頷首。「慶功宴後，會有合適的時機，讓將軍在都城中消失一段時日。」

既然如此，顧長策便無話可說，姑娘家都不介意與他這介武夫同行了，他若扭捏作態，便是失禮。「末將聽從王爺調遣。」

商定此事，闞轍山便與黎赭羅先行離開，屋內僅剩沈嶸與顧長策。

燭光下，顧長策微微躬身行禮。「末將斗膽一問，王爺為何對白姑娘之事知之甚詳？」

沈嶸挑了下眉，打量顧長策的神色，心中已明瞭他為何有此一問。他扯了扯嘴角，露出淡淡的笑意。「將軍難道不知，白姑娘與你的胞妹乃知交好友？」

頓了頓，沈嶸眼中笑意更盛。「且白姑娘如今所住的府邸，正在國公府斜對角，將軍竟全然不知？」

顧長策不禁默然，他確實不知。既然白姑娘是阿媛的好友，那她的為人應當不差，只不過，最要緊的是沈嶸的態度。

沈思片刻之後，顧長策緩緩道：「末將曾收到家中兩位舅舅的家書。」

他抬眸，定定地看向沈嶸的眼睛。「聽聞王爺有意求娶末將的妹妹，是否如此？」

沈嶸並未躲閃，而是對顧長策鄭重地點了下頭。「正是。」

顧長策頓時皺緊眉頭，語氣誠懇嚴肅。「末將的阿父與阿娘早亡，末將便與妹妹相依為命。末將不求妹妹嫁入高門，以姻親為介，替家族尋求照拂庇護；末將也不需妹妹憑藉婚姻大事，為末將的仕途鋪路。

「妹妹是阿娘唯一的女兒，更是阿父與末將捧在手心長大的女郎，末將希望妹妹覓得良人，平安順遂過完此生。

「況且，末將的阿父僅有阿娘一人，末將未來亦是不納妾。末將外祖家的兩位舅舅與一位姨父，後宅也僅有當家主母。」顧長策拱手作揖。「王爺乃尊貴之人，日後娶妻納妾，自是美滿，末將妹妹福薄，入不得王府之門。」

沈嶸緊抿唇角，耐著性子聽完顧長策的長篇大論，眼睛微瞇。

若是前世他在北疆聽到顧長策這番話，定會一腳踹過去，讓他有話直說，何必拐彎抹角。

這番話說得冠冕堂皇，實則僅有兩個意思。

其一，他顧長策的妹妹是顧家的掌上明珠，受不得委屈，即便嫁人，也是他們顧家的姑奶奶，有他顧長策在妹妹身後撐腰。

其二，他們顧家和外祖盛家的兒郎，皆是僅有嫡妻之人，他妹妹所嫁的郎君亦不可納妾。

沈嶸雙手背在身後，身形挺拔。「本王既開口求娶她，便是心儀於她，日後定會將她視若明珠，珍之愛之。

「成婚後，無論是否有子嗣，本王都不會納妾。」沈嶸眼神堅定地看向顧長策。「將軍可清楚本王的心意了？」

顧長策有些愣怔。他剛剛那番話，確實是在試探沈嶸的態度，但是他委實未料到沈嶸會有此決心，更未料到他會給出「絕不納妾」的承諾。

然而，沈嶸如今只是親王，自然可以說出這種話，若他登基為帝，事情就難說了。

阿媛是他的妹妹，當然有資格母儀天下，然而百官豈會讓後宮之中僅有皇后，而無其他妃嬪？即便龍椅上的人不願選妃，他們亦有其他法子讓皇帝不得不選秀。

後宮之中若僅阿媛一人，她定安然無虞；若是有其他妃嬪，免不了爾虞我詐、勾心鬥角。

阿媛自幼天真純善，她若入宮，定不會心生防備，她如何與那些妃嬪爭鬥？又如何保全自身？

顧長策定了定神，再次彎腰長長一揖。「王爺日後定有大造化，但末將妹妹天性與人為善，在崇蓮寺中禮佛六年，更是任人揉捏，不知他人為達目的會使出何等手段，更不知人心險惡。為保她安全，還請王爺改變心意。」

第四十五章　兄妹情深

沈嶸聽到這話，頓時默默無語，眼神詭異地看著顧長策。

顧長策離家多年，委實不太了解他的親妹妹，顧嬋漪這幾個月來所做的樁樁件件，如何算得上「任人揉捏」？

若是前世的顧三姑娘，定是當得這句「任人揉捏」，正因她前世所受的那些委屈，是以今世才如此行事。為了復仇，她的態度頗是激進，有時更欠缺思量，但有他在身後，這些缺漏便都補上了。

不過，即便要報殺母之仇，以洩前世之恨，顧嬋漪的本質仍是善良且隨和。她與都城的尋常女郎不同，膽大心細且識大局，並未因白芷薇落難而心生嫌棄，更未因白芷薇得郡主封號而刻意逢迎，她活得坦蕩且率真。

這樣好的女郎心儀於他，他亦對她有意，他們兩情相悅，他實在不願意因俗世的眼光或束縛而錯過她。

「父王與母妃鶼鰈情深，父王亦從未納側妃。」沈嶸緩緩出聲，在燭光下，他整個人英俊溫潤，有如清透的翡翠。

「本王外祖周家乃書香門第，嫡支嫡脈也是僅有髮妻而無妾。」沈嶸鄭重道：「本王既說過此生不納妾，便不會出爾反爾，無論身處何地、所坐何處，皆不會更改。」

顧長策聽到這話，心中大安。

舅舅與舅母們皆應允此樁婚事，姨母也點頭同意，最最要緊的是，阿媛喜歡面前的人。既然他們彼此有情意，那麼為了阿媛這自己唯一一個親妹妹的幸福，他不會真的阻止，只是要為她謀劃好後路。

「若王爺日後有違今日所言，」顧長策頓了頓。「可否寫下和離書，讓末將的妹妹歸家？」

沈嶸愣住，在心底嘆了口氣——顧長策還是不相信他。只不過，如今他們並未如前世那般一同出生入死、並肩作戰，顧長策不信他倒也在理。

「日後本王若納妾，便寫下和離書，不會讓將軍的妹妹困於後宅之中，定會放她離去。」沈嶸直視顧長策的眼睛。「如此，將軍可滿意？」

顧長策眸光複雜。沈嶸貴為親王，卻願意給出這般承諾，確實難能可貴。

況且，沈嶸知曉他手握重兵，他又是阿媛的依靠，日後沈嶸若辜負阿媛，他定不會放過沈嶸。

這些事，沈嶸心中一清二楚，卻還是允諾日後不納妾，若是納妾，便會與阿媛和離。

到了這個地步，他顧長策無話可說，看來阿媛與這位禮親王，是月老牽的紅繩，是注定好的姻緣。

「那王爺打算何時上門提親？」顧長策語氣稍緩，不似剛剛那般咄咄逼人。

誰知沈嶸卻搖搖頭。「此刻並非最佳時機，暫且不急。」

顧長策聞言，頓時皺眉，面露不悅。

沈嶸見狀，急急開口。「母妃已經見過她，十分中意。不僅如此，母妃還將本王的舅母接來都城，舅母亦是讚不絕口。」

聽到這些話，顧長策這才稍稍舒展眉頭。

「何時才是最佳時機？」顧長策追問。「她還未行笄禮，需王爺定下時日，末將好為她籌備笄禮。」

「年後。」沈嶸保證道：「最遲明年三月，冬雪消融之前，本王定會請人前往國公府提親。」

有了確切的時日，且見沈嶸心有成算，並非糊弄敷衍，顧長策頷首道：「既是如此，末將便在府中安心等候。」

顧長策正欲向沈嶸告辭，卻忽然說道：「慶功宴後，末將會離開都城前往葫蘆山，國公府僅剩她與姨母，皆是手無寸鐵之人，還請王爺多多看顧。」

他們此行的目的是要徹查葫蘆山，若幕後之人與袁巘得知是他採取行動，定會尋都城親人的麻煩，屆時他鞭長莫及，如何保護阿媛與姨母？

「本王不會讓她陷入險境。」沈嶸輕聲道。

顧長策這才抱拳行禮。「多謝王爺，末將先行告退。」

穿過甬道，回到偏僻小院，石堰聽到動靜，立即站起身，快步走到屋門外。

過了沒多久，顧長策拉開屋門，大步走了出來。「回家。」

石堰快速轉身，將兩人的坐騎帶了過來，他們牽馬而出，毫無聲息地回到國公府。

國公府馬廄，顧長策安頓好自己的馬匹，轉身準備回屋，卻在廊下看到一抹纖細的身影。

顧長策快步上前，微微蹙眉，打量起妹妹單薄的身子。「如今天寒地凍，妳怎的站在此處？身上可有穿我帶回來的毛襖？那些皮毛最是擋風禦寒了……手裡可有暖爐？女郎的手最不能受凍了。」

見顧長策嘮叨個沒完，顧嬋漪笑臉盈盈地抬頭看他。「都有呢，我穿著阿兄給的毛襖，還穿著阿兄帶回來的厚厚毛靴，更有暖烘烘的手爐。」

即便如此，顧長策仍舊皺著眉頭。「妳有事尋我？且去書房說話，此處正是風口處，仔細著涼。妳自幼時起便不願喝那些湯藥，若是著涼，可有苦頭吃。」

此時的顧長策宛若盛嬷嬷附體，全然不似在戰場上殺伐決斷的大將軍。顧嬋漪不禁莞爾，跟著阿兄抬腳往裡走。

「舊時，阿父出門上朝，阿兄與我皆在門口相送；日落時分，又在門外迎阿父歸家。」

顧嬋漪聲音輕緩，帶著淡淡的笑意。

顧長策顯然也想起了這些事，眸光柔和。「當時，妳若站得累了，就要我抱，讓嬤嬤抱妳，妳卻不願意，非說讓我抱著才會看得更遠些。」

聞言，顧嬋漪輕笑出聲。「後來我漸漸長大，阿父說，我一個女郎，卻整日被阿兄抱著，實在不像樣子。」

「我便尋人製了張高几，專門讓妳在府門外踩著，早些看到阿父歸來。」顧長策緩緩接話道。

「是呀，阿父歸家，有我們接他。」顧嬋漪轉過頭，溫柔地看著自家兄長。「是以，阿兄出門，我也想迎阿兄回來。」

顧長策腳步一頓，喉間微哽，眼眶微熱，他看著已然長大的妹妹，突然說不出話來。

這般好的妹妹，日後竟要嫁予沈嶸那個傢伙為妻，想想便覺沈嶸委實可恨……

十月初一，大雪初晴。因北疆大捷，聖上特在今日舉辦慶功宴，犒賞顧長策等人。夕陽西下，晚霞漫天，宮門外排起長長的隊伍，達官顯貴及其家眷陸續入宮。

顧家馬車緩緩而行，兩側排隊的馬車瞧見顧家的家徽，紛紛避讓，但駕車的石堰與純鈞並未上前，而是按著先來後到的次序，排隊入宮。

入宮門下馬車，只見顧長策貌若冠玉、身形挺拔；他身側的顧嬋漪盛裝打扮，耀眼奪目、燦若明珠。

兄妹二人進入大殿，在宦者的引領下，行至相應的案桌邊。

顧長策坐於御階下方左側，他身後是顧嬋漪的案桌，而他左側則坐著闞轍山。無人知曉闞轍山早早便抵達都城，全以為他是與顧長策一道返回平鄴。

只見顧嬋漪正襟危坐、落落大方，在場眾人皆知她是顧長策的胞妹，視線若有還無地落在她身上，滿是打量。

顧嬋漪不動聲色地端起面前的茶盅，藉著飲茶的動作迅速環顧四周。她將將抬眸，便瞧見一位極為美豔的女子——

螓首蛾眉，霧鬢雲鬟，一雙含情桃花目，雙眸輕輕一眨便攝人心魄。她身著宮裝，頭戴紅寶石步搖、金累絲鳳簪，梳的是眼下都城時興的女郎髮髻。

如此奪目耀眼、妍資豔質，然而殿內其他人卻對她視若無睹，彷彿殿內沒這個人。

顧嬋漪微微皺眉，面露疑惑，她放下茶盅，抿唇沈思。

儘管知曉自己前世化為靈體時記憶有所損傷，但顧嬋漪仍然可以肯定，無論前世還是今生，她都從未見過這個女子。

如今都城中的世家和皇親國戚，似乎並無相應的身分可以對應此人。

此人可以坐在大殿之上，甚至坐在御階下方右側，定然身分尊貴。這樣一位女郎，出現在此次的慶功宴上，不知身分、不明年歲、又未成婚……

顧嬋漪擔憂地瞄向自家兄長的背影，微微垂眸，掩下眼中的焦急擔憂。她稍稍側身，看向身後的宵練。

宵練察言觀色，立即上前，躬身彎腰，隱於燭光暗處，屈膝蹲於顧嬋漪的身側。「姑娘？」

顧嬋漪以帕掩唇，壓低聲音，眼睛往對面瞥了一眼。「她是何人？可是宮中尚未婚配的公主？」

宵練快速瞄了一下，便迅速低下頭，面露難色，甚至有幾分尷尬無措。她斟酌著字詞，許久方小聲道：「姑娘，莫往她那邊看。」

似乎清楚顧嬋漪的擔憂，宵練踟躕片刻，又道：「那女子並非公主，姑娘可安心，聖上不會肆意指婚。」

顧嬋漪聽到這話，心緒稍定。既然如此，那人的身分便無關緊要。

皇宮並非尋常之地，無論是否開席，皆不可肆意進出內外。為減少更衣的可能，顧嬋漪只是端坐席間，並未吃點心，就算是喝茶，也僅是以唇略微碰了碰。

萬幸姨母知曉她今日須隨阿兄入宮，特地使人在午後做了新鮮吃食，用食盒裝著放在馬車上。食盒內有各色她與阿兄愛吃的糕點，他們在來的路上便以此果腹，眼下並不覺腹餓。

殿內其他赴宴之人皆是如此，僅是安坐，並未用案桌上的茶或點心。若有面熟或交好之人，則彼此交談。

顧長策是得勝歸來的將軍，有不少人上前恭賀，顧嬋漪坐在後方，看著阿兄與其他朝臣談笑，心中讚嘆不已。

阿兄不愧是征戰北疆的大將軍，身強力壯，若換成是她，僅需兩刻鐘，嗓子便會乾啞不已，說不出話來。

如此等了半個時辰，赴宴之人盡數到齊，又等了半刻鐘，方有宦者進入殿內。離席者皆回到自己的位置上，端坐於案桌後。

腳步聲漸近，聖上跨門而入，眾人皆表情肅穆，紛紛起身行禮。

顧嬋漪站起身，垂手低眉，眼尾餘光只能看到繡著金龍的絳紅衣襬。

行禮完畢，眾人落坐，顧嬋漪此時方才發覺，對面的女子並未起身，仍舊安坐於席間，自斟自酌。

她頓感詫異，直覺此人的來頭定然不小，難怪殿中諸人皆當作她不存在。

聖上在階前停頓一息，往右側看了一眼，方抬腳走上御階，高坐於龍椅之上。

有初次入宮的女郎，偷偷抬眸往上看，可顧嬋漪依舊目不斜視，如老僧入定一般沈穩。大夥兒見她這般鎮定，心中連連稱讚，甚至連對面的女子也放下茶盅，抬起眼眸，打量起了顧嬋漪，宛若瞧見什麼新鮮稀奇之事。

並非顧嬋漪成熟穩重，若她真是十六歲的女郎，初次入宮，定也會激動緊張，對御座上的人充滿好奇。然而她前世便隨沈嶸入過宮，得以近距離目睹聖顏，現在才會沒什麼反應。

聖上將顧長策喚至跟前一番誇讚，又將關轍山喚至御階前，問了許多北疆之事。待關轍山退下，聖上的目光落便在顧嬋漪身上，他笑問顧長策。「這位女郎可是顧大將軍的胞妹？」

顧長策躬身行禮，恭敬地應道：「回聖上，正是。」

聖上淺笑，態度柔和。「且上前來。」

顧嬋漪依言起身，行至殿中，蹲身行禮。

聖上點了點頭，讚道：「舉止有禮、端莊嫻雅，抬起頭來，讓朕瞧瞧顧大將軍的妹妹是何模樣。」

顧嬋漪微微抬頭，目光落在龍椅前的御階上，並未直視座上之人。明亮燭光下，但見顧嬋漪面容姣好、身形纖細，令人眼前一亮。

聖上語氣含笑。「果然與顧大將軍甚是相像。」

正當眾人以為賜婚的旨意就要下來時，誰知聖上僅是誇讚了幾句，便讓顧嬋漪退下了。

顧嬋漪回到席間，依舊眉眼含笑，宛若天真明媚的尋常女郎。

絲竹聲響起時，顧嬋漪的身後傳來小小的交談聲，內容正是好奇聖上為何不給她賜婚。

顧嬋漪不動聲色地彎起唇角，眼底笑意越盛。聖上當然不會為她賜婚，更不會將她嫁給皇子，淑妃為瑞王求娶她一事沒有下文，便是最好的答案。

聖上身強力壯，尚未定下皇太子。阿兄手握西北軍，若為她賜婚，便是將阿兄與某位皇子拴在一處，只差一道聖旨點明此子日後將繼承大統。

如今的皇室中，存活的皇子唯有肅王與瑞王。

肅王已經有正妃，且正妃家世亦不俗。阿兄僅她一個妹妹，聖上定知曉阿兄不會讓她入肅王府為側妃。

瑞王與顧玉嬌曾有一段「過往」，聖上亦知曉鄭國公府大房、二房之間的矛盾與過節，清楚阿兄定不會讓她嫁給瑞王為妃。

最要緊的是，聖上此刻不會下放權力，他正坐在那高高的皇位上，即便是自己的親兒子，他也免不了有猜忌之心。

這麼看下來，聖上非但不會將她指婚給任何一位皇子，連指婚給臣子也不可能。若是貿然指婚，夫婦婚後不睦，成為怨偶，難保阿兄不會因此與聖上反目。

聖上自是不會招惹麻煩，讓忠臣離心。

宴席過半，聖上起身回後宮，皇后宮中還有小宴等著，他便將大殿留予群臣相賀。

送走聖駕，不少朝中大臣走到顧長策這邊與他多聊幾句，這些大臣的家眷亦過來與顧嬋漪寒暄。

顧嬋漪看著走到自己面前的人，微微屈膝行了福禮。「長樂侯夫人安好。」

長樂侯夫人連忙伸手扶住她的雙臂，未讓她行完此禮，她看向周邊的夫人們，笑道：「我與顧家女郎有話要說，諸位可否稍稍移步？」

其他夫人們自然點頭應好，往旁處邁開步伐。

長樂侯夫人笑臉盈盈地看著顧嬋漪，聲音微低，滿含感激。「我此次過來，便是謝謝妳開解我兒雲清，那段時日，我兒天天自困於府中，鬱鬱寡歡、悶悶不樂。

「盛家舉辦茶宴時，她非說要去尋妳，我便覥著臉不請自到，將她帶了過去。」長樂侯夫人雙手握緊顧嬋漪的手，輕輕拍了拍她的手背。「誰知回來以後，她便歡喜了許多，她雖未明說，但我卻知曉，皆是妳這孩子的功勞。

「今日可算尋到機會，能當面向妳說聲多謝了。」長樂侯夫人笑道。

顧嬋漪連忙搖頭。「舉手之勞罷了，當不得夫人如此言謝。」

好不容易送走長樂侯夫人，誰知原本不願上前與顧嬋漪攀談的夫人們，見到長樂侯夫人對她如此溫柔和善，竟陸續起身走向她。

應酬了好一會兒，顧嬋漪笑得臉都要僵了，她連忙向宵練使了個眼色，藉著更衣的由頭離開殿內。

積雪未消，寒氣逼人，天上無月，只有漫天星子，忽明忽暗。顧嬋漪仰頭望天，緩緩呼出口氣，看著熱氣消散。

宵練連忙拿來斗篷，將自家姑娘整個包裹住，她邊繫帶子、邊忍不住出聲。「殿內有炭，甚是溫暖，姑娘忽然離開暖室來到屋外，若不及時添衣，恐會著涼。」

顧嬋漪乖乖站好，任由宵練為她穿衣戴帽，聞言輕笑。「妳如今倒是頗得盛嬤嬤的真傳，莫非妳才是嬤嬤的親閨女？」

宵練說話時也不耽擱手上的工夫，迅速地為顧嬋漪理好衣襟。「姑娘莫要打趣婢子。」

顧嬋漪裹緊斗篷，回頭看向燈火通明的大殿。「殿中嘈雜，我不願與她們往來交談，妳可知這附近是否有合適的去處，讓我躲上片刻？」

宵練凝神想了想，眼睛一亮。「倒有一處。」

顧嬋漪握住宵練的手，跟著她穿過小花園，在滿園早梅中看見一座八角亭。兩人面露喜色，加快腳步走上前。

亭內有燈，尚未走到近處，她們便藉著燭光清楚地看清亭中所坐之人。

宵練倏地一驚，當下便要轉身帶著顧嬋漪離去。

孰料，亭中人緩緩出聲，如鶯啼燕囀，甚是悅耳動聽。「既來了，為何不上前一見？」

第四十六章　身不由己

亭中之人，正是大殿內，那坐於御階右側的女子。

顧嬋漪腳步頓住，立於寒風中，止步不前。

無論前朝還是後宮，見聖上卻能安坐於席間，無須起身行禮之人，除後宮的皇太后外，顧嬋漪僅見過亭中之人如此。

顧嬋漪看向身旁的宵練，以眼神詢問此人是否可疑、是否危險。

宵練沈思片刻，微不可察地搖搖頭，顧嬋漪見狀，頓時心中有數。

此人身邊並無宦者或宮女，顧嬋漪想了想，抬腳上前。她摸不清此人的具體身分，便屈膝行福禮。「見過姑娘。」

那女子左手持酒壺，右手拿酒杯，自斟自酌，聽到顧嬋漪上前見禮，她微微抬眸，眼睛含笑地看了顧嬋漪一眼。「起來吧。」

既行過禮，顧嬋漪便想告辭離去，誰知她稍稍抬眸，便對上女子的視線——此人竟在不動聲色地觀察她。不過她的目光帶了些溫度，且沒有任何惡意。

顧嬋漪見她連喝了五、六杯，雙頰泛粉，美得讓人移不開眼。擔心她喝醉，顧嬋漪遲疑了片刻，還是忍不住開口勸阻。

「夜晚寒涼，冷酒入腹，並非養生之道。」顧嬋漪聲音柔和。「姑娘還是莫要貪杯了。」

那女子挑了下眉，似乎頗覺意外，定定地看了顧嬋漪片刻，她輕笑出聲，到底是放下了酒壺與酒杯。

她用手肘支桌、手腕撐頭，整個人歪斜地靠在石桌邊，即便坐姿如此不羈，依舊美到動人心魄。

「妳這兒媳婦選得不錯。」朱唇微啟，女子柔聲道。

顧嬋漪一愣，這人明明看著她，但這話卻明顯不是說與她聽的。

身後響起腳步聲，顧嬋漪立即轉身，待看清沿著小徑而來的人，她頓時眼睛一亮，趕忙迎上前。

顧嬋漪屈膝行禮。「老王妃安好。」

周槿頷首淺笑，握住顧嬋漪的手，見她手心溫暖，這才稍稍放心。

「穿得厚實，手心有溫，並未受寒。」她看向顧嬋漪身後的宵練，滿是讚許。「妳將妳家姑娘照顧得甚是妥帖。」

顧嬋漪入宮前，沈嶸便特地送信告知她，他今日不會進宮赴宴，讓她帶宵練進宮，隨身護衛。他母妃會去皇后宮中參加小宴，如若在宮中遇到難事，可讓宵練前去皇后宮中向母妃求救。

都城之中，眾人皆知禮親王自幼體弱多病，除了每年除夕宮宴以外，甚少入宮參加宴席。他既不在，顧長策又不便進入後宮，宵練自是最適合保護顧嬋漪的人選。

顧嬋漪知曉沈嶸的擔憂，既知老王妃亦在宮中，她便未讓姨母相陪，畢竟入宮赴宴著實累人。可她卻未料到竟會在此處遇到老王妃，且老王妃與亭中之人甚是熟稔的模樣。

周槿進入亭中，徑直走到石桌邊，周嬤嬤在石凳上放下軟墊後，便朝宵練使了個眼色，兩人離開亭子，站在遠處。

亭中僅她們三人，周槿主動開口道：「許久未見娘娘，娘娘依舊身康體健。」

娘娘?!顧嬋漪愕然，宮中當得一聲「娘娘」者，除了皇太后，便是聖上的妃嬪，但是她梳的是女郎的髮式啊……

顧嬋漪垂首低眉，掩下面上神色，乖乖立於老王妃身後。

「在這宮中，身康體健又如何，只不過是活著罷了。」女子語氣淡漠。

周槿無聲輕嘆，從袖口處拿出一只巴掌長的小布包，裡面是支做工粗糙、料子尋常的玉簪，上面雕刻了小花，似是荼蘼。

女子得見玉簪，頓時站了起來，她身子踉蹌，扶著石桌方穩穩站定。她的指尖顫抖不止，小心翼翼地拿起簪子，藉著燭光細瞧。

良久，她抬起頭來，將簪子護在身前，雙眸噙淚，大顆的淚珠從眼眶中溢出。

「是這支簪子。」女子跌坐回石凳，又將簪子放至燈下，指腹輕輕地撫過簪子上的小花，眼神甚是溫柔。

「我尋了它許久，卻總是尋不到，還以為……還以為他在獄中熬不過去，將它砸了。」女子指著簪子上的小花。「妳瞧，這朵花上還有道劃痕，是他在刻簪時，我去鬧他，他失手劃出來的。」

女子又哭又笑，不似剛剛的行屍走肉、無悲無喜。

周槿輕嘆，抽出乾淨的錦帕遞了過去，女子卻未接去，直接用手背胡亂擦了擦淚。

她雙眼明亮地看著周槿，起身屈膝行禮，周槿嚇了一跳，連忙去扶她，她卻側身躲過。行完禮，女子解下身上嫩綠緞子繡淺白荼蘼的荷包。「請將此物轉交給子攀。」

周槿頷首，收下荷包，正欲開口說話，卻見女子笑臉盈盈地貼身收好玉簪。

只見她自顧自地提起桌上的燈籠，腳步雀躍地往外走，長長的裙襬掃過青石板，衣袂飄飄，宛若林間歡快的仙子。

周槿目送她走遠，長長地嘆了口氣。「莫要看她如此肆意張揚，偌大宮殿，可憐人無數，她亦是其中之一。」

十五年前，先帝下江南巡遊，於豐慶州清水河畔見一佳麗，年僅十五，生得貌美如花。先帝驚為天人，欲接入宮中封其為妃，怎料此女已許人家，且青梅竹馬、郎情妾意，雙方父母亦擬定婚書，打算秋後便令兩人成婚。

先帝自詡為明君，自不好當著群臣的面，做出壞人姻緣、巧取豪奪之事，他僅需一個眼神，便有爭名奪利的臣子們爭先恐後為天子解憂。

眾臣首先以利誘之，然而這位女郎的父母僅此一女，愛若珍寶，不願為了功名利祿將獨女送入宮中，更不願她鬱鬱寡歡終此一生。

既奈何不了女郎及其父母，眾臣轉而尋上女郎的未婚夫婿，威逼利誘不成，便巧立名目令他入獄嚴刑拷打，逼迫郎君交出婚書，斬斷情緣。

那位郎君知曉未婚妻不願入宮，立誓嫁予他為妻，便抵死不從，最後他們竟生生將那位郎君打死了。

郎君乃父母幼子，雖出身農家，卻自小衣食無憂、父母和善、兄友弟恭。郎君父母得知噩耗，當即便暈死過去，好不容易醒來，卻是心如死灰。

他們自知攪了天子的好事，日後定無好下場，是以兩位老人家當夜便懸梁自盡。一家四口，轉眼間僅剩大郎君，大郎君求助無門，自鎖於屋中，次日天亮時便徹底瘋了，失足跌落清水河。

女郎聽聞噩耗，披麻戴孝，以未亡人自居，為未婚夫婿一家收殮屍身，入土安葬。過沒多久，女郎跪別父母，坐上軟轎，此後先帝身邊便多了位美人，豔冠群芳。

先帝御駕親征前往北疆之時，亦不忘帶上她，由此可見先帝委實寵愛這位妃子。先帝駕崩之後，她應幽居於深宮或剃度為尼，誰知她竟出現在當今聖上的寢宮之中，一生遭遇坎坷，令人唏噓不已。

顧嬋漪皺緊眉頭，嘴角緊繃。她是先帝的妃子，當今聖上卻強占她，難怪大殿之內無人敢看她一眼，皆視若無睹。

若無先帝橫插一腳，他們定與清水河畔其他尋常百姓無異，在父母親朋的見證下喜結連理，再生有兩、三個娃娃，日出而作、日落而息，平凡卻幸福地過完此生。

「她入宮之時將將十五歲，當年的皇后、如今的太后便直言她乃妖妃，尚未承寵，便令人熬了紅花湯押著她生生灌下去。」周槿神色憂傷，談及此事，話音中滿是疼惜。

「此乃皇家秘辛，更是椿醜事。所謂家醜不可外揚，但阿媛日後總要知曉這些，是以便藉著今日的機會告訴妳，免得妳日後出入宮闈，衝撞了貴人卻不知。」周槿笑得和藹可親，語氣亦是柔和。

顧嬋漪微微垂眸，乖乖地點點頭。「阿媛明白。」

兩人起身準備離開亭子，周槿正要往外走，卻被身邊的女郎扯住了衣袖，她回過頭去，看到女郎眼裡透著淡淡的希冀。

「那人當真死了嗎？」

雖未言明，但周槿明白她問的是何人。「確實已死，且死了十五年了。」

顧嬋漪張嘴欲問那玉簪是怎麼一回事，周槿立刻豎起食指，貼近自己的唇邊。「噓，隔牆有耳，妳若有諸多疑慮，不如過些時日讓子攀親自告訴妳。」

周槿親自將顧嬋漪送至大殿門口，見顧嬋漪對自己屈膝行禮，周槿淡淡一笑，朝她揮了揮手，顧嬋漪這才轉身進入大殿。

殿內燭火明亮、觥籌交錯，氣氛熱鬧不已，然而顧嬋漪卻覺得此情此景甚是可怖。

「去了何處？」顧長策終於見到妹妹，腳步急促地走上前，將妹妹好一番打量，見她安然無恙，方鬆了口氣。「我讓宦者去尋妳，卻久未尋到，妳去了何處？」

看著自家兄長滿臉焦急，眼底更是濃濃的擔憂，顧嬋漪心底稍暖，不再渾身冰涼。她扯著唇角笑了笑。「這裡悶得很，且滿是酒氣，我便去外面吹了吹風。」

聞言，顧長策想揉揉她的頭，但礙於大庭廣眾之下，他只得將手背在身後，柔聲安撫。「再坐兩刻鐘宴席便要散了，到時候我們就回家。」

顧嬋漪回到席間坐下，對面的席位已經空了，唯有傾倒的酒杯，還有微亂的軟墊，證明那個位置確實曾有人入座。

十月中旬，一輛來自蜀地的馬車駛入平鄴城，停在鄭國公府門前。車門打開，從車上下來一位身穿道袍、手持拂塵的老道長，他頭髮灰白、精神矍鑠、滿面紅光。

趕車的車伕走到門前，朝守門的小廝說了兩句，小廝立即打開門，將老道長恭恭敬敬地迎了進去。

純鈞得到消息，快步穿過長廊，對著老道長躬身行禮道：「前些時日便得到消息，道長近日會抵達平鄴，這幾日將軍和姑娘均在府中，並未外出。」

兩人沿著長廊而行，進入國公府前廳。

顧長策和顧嬋漪看見人進來，立即起身相迎，異口同聲道：「拜見清淨道長。」

純鈞關上屋門，立於門外，前廳之中，僅顧家兄妹與清淨道長。

清淨道長輕甩拂塵，朗笑道：「老道見過將軍，久仰將軍大名。」

說著，清淨道長頭微微一偏，視線落在顧嬋漪身上，他細細地打量顧嬋漪的眉眼，輕輕地「咦」了一聲。

顧長策頓時皺緊眉頭，面色嚴肅，甚是緊張地問道：「道長，可是我家小妹近日有劫？」

清淨道長意味深長地笑了笑，並未應答，而是轉頭看向顧長策。定定地看了片刻，他點頭道：「老道觀將軍面相，將軍此生平安順遂，雖偶有小劫小災，但身邊有貴人相助，皆能遇難成祥。」

他又看向顧長策的眉心。「且將軍紅鸞星動，不日便有上好姻緣，婚後琴瑟和鳴、兒孫滿堂。」

話音落下，顧長策一臉茫然，顧嬋漪卻是滿臉驚喜。

阿兄今年二十有二，平鄴城中如他這般年歲的兒郎大部分已娶妻，唯有兄長常年在北疆，且無父母操持婚事，耽誤至今。

「道長可知是誰家女郎？」顧嬋漪急急問道。如今大舅母與姨母皆在都城，若阿兄有心儀的女子，正好讓長輩上門求娶。

然而清淨道長卻搖了搖頭。「天機不可洩漏，緣分既至，自然水到渠成。」

道長既這般說，顧嬋漪便不再追問，總之阿兄日後平安康健，且有上好姻緣，她便安心了。

清淨道長瞥了眼顧嬋漪，抬眸看向顧長策的眼睛。「老道有話想單獨問善信，不知是否方便？」

大晉人皆知清淨道長道法高深、為人坦蕩，不少世家權貴派人前往蜀地，請道長出蜀入京，道長皆婉言謝絕。

顧長策不知沈嶸用了何種法子請來清淨道長，但他知沈嶸此舉全是為了他的妹妹。

他本想留下探聽自家妹妹發生了何事，竟需沈嶸派人迢迢前往蜀地將這位道長請入京。

但見道長不欲與他多言，顧長策只好應允，轉身定定地看向自家妹妹。「阿兄便站在廊下，不會走遠，妳若有事，出聲喚我。」

顧長策對清淨道長拱手行禮後，大步流星行至屋外。

「道長有話不妨直言。」顧嬋漪神色如常，平淡無波，嘴角微微上揚，眉眼之間透著淡淡笑意。

清淨道長眸光一凜，正色道：「善信眼下本不該在此處。」

顧嬋漪眨眨眼，笑問：「不在此處，應當在何處？國公府是我與阿兄的家，我不在家中，又能在何處？」

「崇蓮寺東院。」道長緩緩出聲。

顧嬋漪頓時瞪大雙眼，下意識地抓緊手中錦帕。這位清淨道長果然道行高深，難怪沈嶸執意請他入京，僅是幾眼，便察覺到她的命運軌跡有所偏移。

「善信莫怕莫慌。」清淨道長淺笑，眉目慈和。「老道且問善信，善信十歲生辰時是否受過傷？」

顧嬋漪皺眉深思，時光久遠，她記不清十歲生辰那日具體發生了何事，但她記得甚是清楚，滿十歲以後剛出正月，她便被王蘊送去了崇蓮寺。

「我記不清了。」顧嬋漪坦言。

清淨道長蹙眉。「善信可否伸出左手，掌心向上，讓老道一觀？」

顧嬋漪依言伸出左手，掌心向上，五指張開。

道長湊到近前，看到顧嬋漪無名指指腹上，靠近關節處有道細小疤痕，他眼睛微瞇，以拂塵柄隔空虛虛地點了點。「善信可對此疤有印象？」

顧嬋漪收回手移至眼前細看，方知自己指腹上有這樣一道疤，若不是道長指出，她還以為是略粗一些的指紋。

「這竟是疤痕？」顧嬋漪疑惑不解。

「老道本不欲入京，但禮親王的親衛帶來書信，王爺直言都城之中有邪道擅改他人命格，害人性命。」清淨道長一手背在身後。「道門中人竟有此鼠輩，老道自不能袖手旁觀。「善信原本命格尊貴，幼時雖坎坷，但十八歲後否極泰來，衣食無憂，榮華富貴，姻緣美滿。」清淨道長輕嘆。「然而，有人在善信十歲生辰當日取得善信之血，施以邪法，將善信的命格轉至旁人身上。

「但善信命中有貴人相護，他們只借走八分，剩下兩分仍在善信身上，他們只得將善信送去崇蓮寺。」清淨道長神色凝重，伸出右手算了半晌，方露出笑來。「萬幸如今一切皆入正軌。」

顧長策站在廊下，雙手背在身後，忍不住回頭看向身後緊閉的房門。已經快一個時辰了，清淨道長與阿媛皆未喚人進去，且未讓人換茶，是何等要緊事，竟要說這般久?!

日光向西，廊下已有小廝在點燈，顧長策忍不住心生急躁，想要推門進去，卻又生生止住，如此反覆好幾回，待他的耐心即將用罄時，房門終於從裡面打開。

只見顧嬋漪眼眶紅腫，顯然剛剛哭過。

顧長策駭然，快步走到顧嬋漪身邊。「這是怎麼了?竟哭了?!」

「善信鬱結於胸，大哭一場，反倒是好事。」清淨道長眸光坦蕩。「老道還有要事在身，不便久留。」

顧長策別無他法，只好先送清淨道長出府。

此刻，顧嬋漪站在廊下，她深深地吸了口氣，沁涼之氣入體，讓人頓時精神了起來。她猛地轉身，大步走向聽荷軒。

走入聽荷軒，宵練正在廊下點燈，整個院子漸漸亮起燈火。顧嬋漪徑直走到宵練身邊，握住她的手腕，拉著她走進屋內。

燭光下，顧嬋漪定定地看著宵練。「我今日要見他。」

「今日?!」宵練錯愕不已。姑娘往日即便要見王爺，態度也是從容不迫，不似眼下這般慌亂，她試探地問道：「姑娘可是有要緊事？」

顧嬋漪點點頭，宵練見狀，當即應了下來。「姑娘且稍候，婢子這便讓純鈞過去。」

第四十七章　再世情緣

顧嬋漪心中有事，晚間陪姨母與兄長用飯時，便有些心不在焉。

盛瓊靜與顧長策全瞧出了顧嬋漪的異樣。盛瓊靜到底是長輩，粗粗看一眼，便知是兒女之情所致，偏偏顧長策看不透，直問顧嬋漪為何紅了眼。

一旁的盛瓊靜看不下去，直接讓嬤嬤為顧長策盛了碗湯，放至他面前。

「定安年歲已然不小，可有心儀之人，姨母好為你上門求娶。」盛瓊靜打斷顧長策的追問。

顧長策愣了愣，端起湯碗，避而不答。

見狀，顧嬋漪忍不住輕笑出聲。「今日清淨道長來府中，道長看了阿兄一眼，便說阿兄紅鸞星動，大好姻緣不日將至。」

「哦?!」盛瓊靜語調上揚，笑臉盈盈地看向顧長策。「是誰家的女郎，姨母可曾見過？是北疆女子，還是都城女郎？年歲幾何？」

這些問題嚇得顧長策一口氣喝完碗中湯，匆匆放下碗筷。「我還有些軍務需要處理，先去前院書房了。」

看著顧長策落荒而逃，剩下兩人對視一眼，先後笑出聲。

沒多久，盛瓊靜止住笑，神情嚴肅。「清淨道長？可是蜀地那位？」

顧嬋漪不敢隱瞞，只得點頭。「確是蜀地的清淨道長。」

盛瓊靜雙眸緊緊盯著顧嬋漪。「他怎麼來了家中，還為定安看了面相？是因妳還是定安？」

顧嬋漪垂首低眉，沈默不語。

她不知該不該將實情告訴姨母，王蘊和顧玉嬌皆已死，邪道亦有清淨道長處置，諸事已塵埃落定。

顧嬋漪正打算尋個由頭哄騙盛瓊靜，孰料雙手被盛瓊靜握住。她抬起頭來，對上盛瓊靜那滿含關切的眸子，頓時心中一軟。

「我十歲那年的生辰，王蘊不知從何處尋來邪道，取得我的血，施以邪法，將原本屬於我的命格轉至顧玉嬌身上。」

話僅說了一半，盛瓊靜的臉色便煞白如紙，她猛地起身。「此事當真?!」

顧嬋漪頷首，連忙起身抱著盛瓊靜的手臂，安撫道：「這些年來，我在崇蓮寺中日日誦經唸佛，邪道的邪法已破。姨母若不信，細想王氏母女的下場。」

盛瓊靜跌坐回凳上，輕輕點了點頭。「正是，那母女倆的下場才是她們應得的，我們阿媛一生順遂。」

似乎說服了自己，盛瓊靜的面色稍緩。「如今邪法雖破，清淨道長可有說日後會如何？」

顧嬋漪還沒有回答，盛瓊靜便自顧自地繼續道：「不如明日讓人去城郊尋個道觀，我們過去住上幾日，讓道士們做做法，去除晦氣。」

聞言，顧嬋漪直接展開雙手，將盛瓊靜整個摟抱進懷中。「姨母莫慌，諸事皆安。」

用完膳，淨手漱口之後，顧嬋漪準備回聽荷軒，恰在此時，宵練走上前，輕聲道：「姑娘，後門。」

顧嬋漪面露喜色，披上斗篷，等不及小荷為她繫帶，她便自己隨意地綁了綁，戴上兜帽，腳步匆匆地走向後院。

穿過長廊，後院門開，顧嬋漪一眼便瞧見巷子裡站著的人。

他身穿玄色斗篷，內著月白長袍，頭戴玉簪，芝蘭玉樹，溫文爾雅，站在明亮月光下，抬眸看來。

顧嬋漪忽然止步，只隔著後院小庭呆呆地看他。

清淨道長說，前世姻緣，今世再續。

他們兩人是兩輩子的緣分，她若熬過了深秋傷寒，及至十八歲，她便能在崇蓮寺的東院等到他來。因為她的亡故，他的姻緣也斷了，是以前世孑然一身，無妻無子。

沈嶸輕提衣袍走上臺階，卻未進門，而是立於門邊，眼睛含笑地看向顧嬋漪，抬手招了招。

顧嬋漪深吸口氣，緩步走上前，然而腳步卻越來越快，最後甚至是小跑至他面前。

「可是見過清淨道長了？」沈嶸柔聲問：「道長如何說？」

顧嬋漪頷首。「王蘊請邪道將我與顧玉嬌的命格換了，但只換了八分。」

是以，顧玉嬌前世僅是成為瑞王側妃，而非正妃，更因借他人命格，在事情敗露後遭到反噬，王蘊亦如此。

前世沈嶸雖未尋到那邪道，卻發現了她墓中所施陣法，陣法既破，邪道亦無好下場。

思及此，顧嬋漪伸手進袖中，撫摸手腕上的長命縷。長命縷有辟邪去災之妙用，是以十歲生辰那日，長命縷為她擋下邪法，將她的命格留下了兩分。正因這兩分，讓她死後依舊能留在人世，甚至能陪伴在沈嶸身旁，直至他壽終正寢。

「道長臨走前，曾說邪道之事交予他，他定會尋出此人。」顧嬋漪語氣中流露出了歡喜之情。

沈嶸聞言，莞爾道：「道長已被本王請入府中。」

顧嬋漪頓時一驚，抬起頭來，眼底有著淡淡的慌亂。她不清楚道長能否算出前世之事，若是算出了，是否會告訴沈嶸，她前世曾以靈體之姿陪伴他幾十年。

她張嘴欲言，然而沈嶸卻微微皺了皺眉，他抬眸看她一眼，踟躕片刻後，方伸出手來解開斗篷的帶子。「可是宵練為妳繫的？」

沈嶸微微傾身湊到顧嬋漪面前，仔細為她整理起了帶子，修長的指尖在帶子間穿梭，他神情嚴肅，好似在看邊疆輿圖。

顧嬋漪愣愣地看著沈嶸這番動作，見他眼神溫柔，她突然釋懷了。

即使沈嶸知曉又有何妨，他不是斤斤計較之人，既不會因此而對她心生防備，更不會用異樣的眼光看她，說不定知道之後還會淺淺一笑，問她是否會覺得他的生活無趣。

披風的帶子一繫好，沈嶸立即收回手背在身後，拇指與食指指腹不由自主地緊張揉搓著。

「晚上風大，帶子若是不繫好，恐被風吹開。」沈嶸輕咳一聲，解釋道。

顧嬋漪裹緊斗篷，輕笑出聲。「多謝。」

沈嶸愣住片刻，耳垂泛紅，不自在地偏過頭。「過兩日，本王想讓妳阿兄去趟葫蘆山。」

葫蘆山?!

顧嬋漪的笑意僵住。她從未忘記，前世阿兄歸家途經葫蘆山時，遇到北狄的埋伏，阿兄就此亡故。當時，即便她是靈體，依舊肝腸寸斷。

沈嶸對前世之事再清楚不過，如今卻要讓阿兄去葫蘆山?!

「不行！」顧嬋漪脫口道：「王爺明明知道……」

顧嬋漪並未將話說完，她語氣嚴肅。「能換旁人去嗎？」

沈嶸垂眸，過了片刻方抬頭對上顧嬋漪的眼睛。「本王本欲親身前往，但一來一回需時甚久，年關將至，諸事繁雜，本王若不在都城，定會被皇宮中的人察覺。如今都城之中，熟知北疆、了解葫蘆山地形，且武功高強之人，唯有妳阿兄。」

見顧嬋漪的眼眶噙淚，沈嶸不由得放軟了語氣。「不僅有妳阿兄，還有白姑娘。妳阿兄守衛北疆，日後本王亦需白姑娘蕩平倭患，定不會讓他們出事。」

沈嶸頓了頓，又道：「上月初，本王便開始派人前往北疆潛伏在各地，葫蘆山更是有影衛看護，妳阿兄定能平安歸來。」

「阿兄可知此事？」顧嬋漪懷著最後一絲希冀，輕聲問道。

然而，不出所料，沈嶸點了點頭。「慶功宴前，本王便尋他細商此事，他已應允。」

顧嬋漪猛然想起，那日阿兄夤夜出府，她便猜到他是去見沈嶸，是以在後院等他歸來，原來那日他們便商定好了。

「臨近年關，阿兄回京不久，且北疆大捷，隔年新春聖上定會召見兄長。」顧嬋漪眉頭輕蹙。「王爺有何法子讓阿兄在都城這麼久不露面？」

尚在隆冬時節，時有大雪，都城城郊的積雪至今未化，更遑論北疆。積雪難行，平日月餘的路程，如今恐怕要更久，一來一回差不多需要三個月。

況且，葫蘆山地勢險峻，他們兩人此時入山，若是遇到雪崩……

顧嬋漪趕忙擰了下手臂，讓自己醒過神來，莫要再胡思亂想。

「清淨道長正巧在都城。」沈嶸的語速極慢，邊說邊打量顧嬋漪的神色，甚是小心翼翼。「道長有法子讓妳阿兄在都城中消失一段時日。」

「道長竟有如此高深的道法?!」顧嬋漪來不及細想，直接道：「何不讓道長施法，讓阿兄他們直接日行千里，轉眼便到葫蘆山？」

話音落下，沈嶸與顧嬋漪全呆住了。

沈嶸委實忍不住，笑出聲來。「道長若有日行千里的法子，本王便無須使人去蜀地接他了。」

顧嬋漪頓時臉頰泛紅，羞赧地低下頭。

沈嶸止住笑，神色堅定道：「本王知妳阿兄在妳心中的分量，經過前世，本王亦視他如兄長。葫蘆山之事，妳我皆知曉其中定有內情，若不趁著此時暗中前往探查，待來年雪化，北狄休養生息後，定會捲土重來。」

他聲音微沈。「既知葫蘆山有異，不如主動前往，探清山中的魑魅魍魎，尋到合適時機一舉拿下，便再無後顧之憂。」

顧嬋漪內心清楚沈嶸這番安排是最好的，既然知道葫蘆山有隱患，便提前清除，這樣日後阿兄即便要再前往北疆，也能安然無虞，她亦無須提心弔膽，唯恐阿兄重蹈覆轍。

只是，她前世親眼目睹阿兄死在自己面前，著實放心不下。

顧嬋漪忍不住伸手扯住沈嶸的衣袖，眼裡有淚花閃動。「王爺可要護好臣女的阿兄，若是阿兄有事，臣女定不會嫁您。」

沈嶸認真地點了下頭。「本王知曉，既會護好妳阿兄，也會護好妳。」

兩日後，顧長策進宮面聖，直言這些年來在北疆所犯殺戮過重，須沐浴焚香，齋戒百日，以消身上業障。恰逢清淨道長雲遊至此，亦言顧長策業障過深。

聖上召見清淨道長，聽聞此言，便允了顧長策。當日，顧長策回到府中，稍作收拾，便乘車前往京郊道觀。

顧嬋漪與盛瓊靜一道送顧長策前往道觀，站在山下，顧嬋漪不禁淚眼婆娑地看向顧長策。

旁邊的盛瓊靜見狀，輕笑出聲，捏了捏顧嬋漪的臉。「僅是百日不得下山罷了，他既下不了山，難道妳還上不去了？」

「阿媛莫哭。」顧長策嘴唇微動，半晌才憋出這樣一句話來。

若是他不出聲便罷，顧嬋漪還能忍一忍，此話一出，她便忍不住了，眼淚直接沿著眼角滑下。

盛瓊靜與顧長策都嚇了一跳，盛瓊靜邊為她擦淚，邊感慨道：「到底是骨肉至親，僅是分隔百日便受不住了。」

顧嬋漪垂眸，以帕拭淚，唯恐自家姨母看出異樣。「阿兄好不容易返家，才住了沒多久，便又來這山中，百日後方得見。」

她止住淚，定定地看向阿兄的手腕。「阿娘編的長命縷，阿兄可戴了？」

顧長策頷首，提起大氅的衣袖，伸出手來，手腕上正是與顧嬋漪一模一樣的長命縷，只是端午過去到現在已有半年，絲線顏色不復鮮亮。

但見顧嬋漪認真地看了看，確定正是阿娘編織的長命縷，心底方稍稍鬆了口氣。阿娘的長命縷能護著她，定也會護阿兄無虞。

時辰不早，她們必須回城，而顧長策得要上山面見清淨道長、白姑娘以及沈嶸。

顧嬋漪坐在馬車上，撩起車簾，滿含擔憂地看著顧長策。趁著盛瓊靜在車中，顧嬋漪對他招了招手，顧長策便行至近前。

她微微探身，湊到兄長耳邊柔聲叮囑。「阿兄要護好自己也護好白姊姊，若是遇到險事，保命要緊，你們要平安歸來。」

顧嬋漪抽了抽鼻子，聲音哽咽。「阿媛僅有阿兄了。」

這話說得顧長策心中一痛，他抬手揉了揉顧嬋漪的頭。「阿媛安心，阿兄定會平安歸來，我還要親自送妳出閣，怎會讓自己出事？」

馬車緩緩向前，顧長策站在松樹下，直至再瞧不見馬車，這才轉身踏上上山的石階。

行至山頂，道觀門外，有一紅衣女子打傘而立。

油紙傘微抬，傘下之人眉目如畫，聲音清脆。「你便是阿媛的兄長，鎮北大將軍，顧長策？」

進入冬月，平鄴城越發冷了，京兆尹裡的衙役日日清掃積雪，如此平鄴城的街道才勉強未被積雪覆蓋。

這般天寒地凍，都城眾人皆在家中，甚少出門。臨近年關，盛瓊靜趁此時機教導顧嬋漪管家之道。

顧嬋漪白日裡既要跟著姨母繡花，又要隨姨母一道看帳本，如此忙忙碌碌，倒不覺日子難捱。

臘月初八，顧嬋漪正在畫當日的消寒圖，小荷便搓手捂耳從外面進來。

顧嬋漪見她凍得直哆嗦，連忙道：「先去炭盆邊烤烤火，身子暖些了再過來說話。」

小荷脆生生地應了聲，在炭盆邊站了片刻，才走到顧嬋漪身邊。「姑娘，給大舅夫人、曹家和羅家的臘八粥盡數送去了，宵練一早便前往崇蓮寺，將慈空住持那份也送了。」

平鄴有往親近人家送臘八粥的習俗，顧嬋漪往年皆在崇蓮寺中度日，如今返回國公府，自當由她安排此事。以往王蘊所送人家皆是與她交好之人，今年顧嬋漪僅送了外祖家及曹、羅兩家，其餘皆未送。

她本應再送一份去禮親王府，然而禮親王府是當今聖上「時時問詢」之地，府門外耳目眾多，如今事態不明，兩府在明面上不宜過於親近。

顧嬋漪聞言點點頭，放下手中毛筆，抬頭便瞧見小荷紅腫如蘿蔔的十指，頓時皺緊眉頭。

「給妳的藥膏可是未搽？」顧嬋漪繞過書案，行至小荷面前，捧起她的雙手輕輕地嗅了嗅。

鼻尖嗅到清淡的藥香，然而小荷的雙手仍腫脹發紅，顧嬋漪面色嚴肅。「看來那藥膏並非對症之藥，稍後讓嬤嬤換家鋪子，讓大夫仔細瞧瞧。」

她們兩人在崇蓮寺相依為命時，兩人衣物皆是小荷漿洗，寒冬臘月，井水冰涼，小荷便患上了凍瘡，年年冬日都要發作一遭。

原想今年在府中皆有炭盆熱水，又請醫服藥，舊疾應當不會再犯，誰知竟還是腫了。

「今年比往年更冷些。」小荷笑咪咪地看向自家姑娘。「阿娘已經去問過大夫了，大夫說若是想根治，還得等明年夏日。」

「妳可得放在心上，如今瞧著是小事，待年歲起來了，可有妳苦頭吃。」顧嬋漪用手指點了點小荷的額間，輕聲叮囑。

顧嬋漪行至窗邊，坐在繡架前。前日姨母教了她新的針法，她總摸不著門道，便準備多多練習。

小荷回完話卻未離開，而是欲言又止地看向顧嬋漪。

顧嬋漪手持針線，偏頭看她一眼，嘴角含笑。「怎麼，還有事要說？」

小荷走上前，定定地站了片刻，方出聲道：「今日婢子去外面送粥，聽到一件要緊事。」

小荷微微俯身湊到顧嬋漪耳邊，即便是在屋內，她仍壓低了音量。「如今城中有首時興的童謠，大街小巷皆有傳唱聲。

「說的是家富戶，老太爺膝下有兩子，長子為年少時所得，幼子卻是老來子。」小荷聲音越來越細小，若不是近在耳邊，顧嬋漪甚至難以聽清。

「老太爺心疼幼子，想將家產傳於幼子，又擔心幼子年歲尚幼，守不住這萬貫家財，老太爺便明面上傳家於長子，暗中留下密信給族中長輩，待幼子長成後，由族中長輩做主，令長子還家產於幼子。」

顧嬋漪聞言，頓時心下一凜，眸光透著淡淡涼意。她抿緊唇角，急急追問道：「可有下文?!」

小荷點點頭，神色嚴肅。「長子不知從何處得到消息，便使了手段毒害幼子。萬貫家財動人心，長子膝下亦有兒孫，其中一兒陰險狡詐，得知父親毒害手足，也動了歹心，將生父毒殺以奪家財。」

聽到這裡，顧嬋漪再也坐不住，直接站起身，在屋中踱步。「妳從何處聽聞此童謠？」

第四十八章　風口浪尖

小荷猶豫了片刻，方道：「給曹、羅兩家送完臘八粥，回來的路上便聽到了。不僅如此，婢子讓小鈞靠邊停車，在周邊打聽了一會兒，茶樓中的說書先生、酒肆裡的唱曲姐兒，都在談論此事。」

聽到這番話，顧嬋漪反而鬆了口氣，面色不再緊繃難看。

沈嶸是重生一世之人，何況他在都城中比她消息靈通，她今日方得知此童謠，沈嶸定比她還要早聽聞。既然知道，沈嶸卻未阻攔，實在說不通。除非這童謠正是沈嶸授意傳播，甚至出自他之手。

自從阿兄離京後，冬月整個月她僅見過沈嶸三次，全是為了告知她，阿兄已至葫蘆山，諸事安好，莫要牽掛。

顧嬋漪隔三差五便會收到宵練帶回的東西，或是吃食、或是新鮮玩意兒，卻未再見到沈嶸本人，她便知曉他定有要務在身，如今想來，定是為了此事。

沈嶸曾言已故禮親王的死因有疑，他要查清真相，這首童謠一出，便是將整個禮親王府推至風口浪尖。

禮親王府還有老王妃，以沈嶸的性子，不會貿然行事，如今他突然發難，應是有了萬全準備。

殺父之仇、皇位之爭，她幫不了沈嶸，只能靜觀其變，於動亂興起之時護好自身，守好國公府。

用完晚膳，顧嬋漪正要起身回屋，便被盛瓊靜出聲喚住。盛瓊靜揮退屋內侍婢及嬤嬤，令盛嬤嬤關好屋門在外守著。

見到這般陣仗，顧嬋漪心中已有所猜測，是以當盛瓊靜問她時，她並無絲毫慌亂。「阿媛亦不知其中原委，但阿媛信他。」

盛瓊靜聞言，只長嘆一聲。「若是事成，便是天大富貴；若是事敗，卻是死無全屍。阿媛，他若失敗，妳當如何？」

「他不會敗。」顧嬋漪眸光堅定，話音裡滿是對沈嶸的信任。「姨母，他不會敗。

「眼下都城因童謠之事風聲鶴唳，姨母若是信我，便讓大舅母與兩位表兄來國公府中小住。」顧嬋漪眼神溫柔，嘴角含笑。「阿兄去『齋戒』前與他見過一面，他答應阿兄會護好我們，定不會食言。」

盛瓊靜雖不知禮親王要如何與穩坐江山之人爭奪，但自家外甥女的神情太過堅定，似乎認定那人會登上至高之位，既是如此，她索性也信上一信。

翌日，盛瓊靜親自回了一趟盛家，令人收拾好東西，當日傍晚，盛家諸人重聚國公府。

他們都不是足不出戶之人，此時知曉都城形勢複雜，不宜隨意外出，有默契地守在國公府內。

國公府中有練武場，且有各色兵器，盛銘懷、盛銘志閒暇時便在練武場中習武玩鬧；江予彤一來，便專教顧嬋漪管家之道，盛瓊靜則專教刺繡，如此顧嬋漪倒比之前更忙碌。

他們關起門來過自己的日子，城中其餘權貴則整日提心弔膽，尤其是需要上朝的臣子們，朝會時皆如履薄冰，唯恐聖上突然提及童謠一事。

一時之間，都城人心惶惶，然而到了過年前仍平靜無事，甚至因為天寒，連小偷小摸都少了許多。

再過兩日便是除夕，各府紛紛灑掃除塵，各地節禮也一一送入都城。城門口車水馬龍、往來如織，都城一掃前些時日的惶惶不安，熱鬧喜慶。

定西門外，排隊入城的隊伍末尾有一男一女，兩人皆身穿布襖，男子揹著包袱，小心翼翼地攙扶身旁女子，那女子則手撐後腰，她的肚子鼓起，儼然身懷六甲，但見她臉色發白，額角有細汗。

臨近年關，都城守衛盤查森嚴，兩人拿出戶籍文書，男子一口道地的新昌州鄉音，從腰帶處摸出散碎銀錢，順勢與文書一塊兒遞到守衛手中。

守衛掂了掂銀錢，粗粗看了兩眼文書，便將戶籍遞還，擺擺手讓他們進去。

兩人入城沿著主街而行，走了約莫半盞茶的工夫，男子當街攔下一個面相和善的小書生，問道：「敢問小郎君，杏子巷在何處？」

小書生連說帶畫地解釋了位置，男子抱拳道謝，扶著身旁的女子慢吞吞地朝杏子巷的方向走去。

離開主街、進入小巷後，男子不再彎腰弓背，女子也直身而立，可她卻不由自主地捂住腰腹。

他們貼牆而行，走至門邊掛桃符、院內植桂樹的小院時，男子動作乾淨俐落地躍上牆頭。

不過眨眼，院門由內打開，女子忍不住倚牆而站，在門口等了片刻，男子便從院中牽了輛馬車出來。

女子上車，男子駕車，駛出小巷回到主街，前往平西門。進入平西門，馬車向南而行，在鄭國公府後門停下。

小荷正在後院清點年節時的吃食用具，忽然聽到叩門聲，誤以為是送菜的小販，領著廚房的管事嬤嬤便去開門。

後門一打開，小荷看到門外站著的人，頓時一驚，面露喜色，便要出聲喚人。

只見顧長策連忙上前一步，右手捂住小荷的嘴，左手豎起食指，放置唇邊，神色嚴肅。

「噓，莫要聲張。」

顧嬋漪得到消息後，匆匆趕至後院客房。

床榻之上，白芷薇面色通紅，額角滿是細汗，顧嬋漪走至床榻邊，抬手貼上她的額頭，觸之滾燙。她收回手。「可有去請大夫？」

小荷端著一銅盆冷水進來，她正欲伸手擰乾帕子，便被宵練伸手攔下。「妳手上的凍瘡還未好，我來。」

宵練擰乾帕子放在白芷薇額上，隨即手腕一轉，三指搭在白芷薇的腕上。

顧嬋漪回頭看小荷。「阿兄如今在何處？」

小荷搖頭，看了宵練一眼，走到顧嬋漪的身後，壓低音量。「大少爺將白姑娘安頓在這間屋子後，叮囑婢子切莫聲張、莫尋大夫，隨即匆匆離去。」

旁人全以為阿兄在城郊道觀，唯有顧嬋漪知曉阿兄去了北疆，他們兩人行蹤隱秘，如今悄然回到都城，定是已然查清北疆之事，只是他們花的時間比預期中要短許多。

過了片刻，宵練緊鎖眉頭，掀開被子一角，解開白芷薇的衣帶——右側腹部上有明顯刀傷，約三指寬，不知多深，敷著上好的金瘡藥。許是連日趕路，許是路途顛簸，因而扯動傷處，傷口再次裂開。

「姑娘，須得重新清理並包紮傷口，不然高燒難退。」宵練正色道。

顧嬋漪頷首。「妳開藥方，讓小荷去藥房拿藥，若有缺的，再去藥鋪買。」

宵練寫方子，小荷去抓藥熬藥；顧嬋漪又讓宵練提來熱水，兩人一塊兒為白芷薇清洗身子，重新上藥包紮。

夜色漸深，顧長策方回到國公府，身後還跟著一位老嬤嬤。

踏進屋門後，顧長策恍若未瞧見自家小妹，徑直走到床榻邊，對身後的嬤嬤道：「大夫，還請仔細瞧瞧。」

老嬤嬤在床榻邊坐下，拿出脈枕，凝神診脈。

藉著微弱燈光，顧嬋漪看清老嬤嬤的臉，不禁眨了眨眼。若是她未認錯，這位老嬤嬤應是禮親王府的女大夫。

果不其然，老嬤嬤診完脈，偏頭看了眼宵練，目露讚賞。她收回視線，眉眼和善地看向顧長策。「高燒漸退，天亮後她便會醒，日後好生將養，便無大礙。」

聽到這話，顧長策才緩緩吁了口氣，皺緊的眉頭漸漸舒展，他側身對著老嬤嬤長長一揖。「有大夫這句話，我便安心了。」

老嬤嬤又開了張新藥方，留下一瓶祛疤的膏藥，便要離開。

顧長策起身相送，卻被老嬤嬤攔下。「將軍風塵僕僕，還是好好歇息吧。」

見狀，顧嬋漪亦上前半步，柔聲勸道：「阿兄旅途勞累，稍事歇息，由我和小宵送大夫。」

顧長策回頭定定地看向床榻上的人，垂眸沈思片刻，還是搖了下頭。「阿媛好生看顧她，我還有急事要去見王爺，委實耽擱不得。」

既是如此，顧嬋漪便未再勸，而是神色認真地點頭應下。「阿兄放心，我定會照顧好白姊姊。」

顧長策抬手揉了揉顧嬋漪的頭，這才帶著老嬤嬤悄悄出府。

這日夜間，顧嬋漪睡在外面的小榻上，因牽掛白芷薇的傷情，她睡得並不踏實。

雞鳴破曉，天色微亮，顧嬋漪便披著外衣從床榻上起來，走到裡間。

她伸出手小心翼翼地貼在白芷薇的額上，見體溫如常，顧嬋漪心下一鬆。「小宵和老嬤嬤開的方子果然有用。」

話音落下，床上的人輕輕哼了聲，緩緩睜開眼。

白芷薇一看清床邊的人，便彎起唇角，帶著淡淡的笑意。「可算是回來了。」

許久未喝水，白芷薇的嗓音乾啞，顧嬋漪連忙轉身，提起炭盆上空懸掛的銅壺，又找來涼水，兌了杯溫水，扶起白芷薇，將水杯送到她唇邊。

起身之時扯動了腰腹的傷口，白芷薇不禁倒抽了口涼氣，瞧顧嬋漪眼神憂慮，她趕忙安撫道：「無妨，小傷罷了」

藉著顧嬋漪的手，連喝三大杯溫水，白芷薇終於緩過神來。

「如今是何時？」白芷薇倚在床頭，身上披著外衣，笑咪咪地看向顧嬋漪。

顧嬋漪在床邊坐下。「明日便是除夕了。」

白芷薇如釋重負，身子往後，靠在高高的軟枕上。「緊趕慢趕，可算是趕上了。」

「是何等要緊之事，竟讓妳在身受重傷的情況下，不顧自身安危也要急忙趕路？」顧嬋漪皺眉。

白芷薇斂笑，沈思許久，終是避而不答。「再過兩日，妳便知曉了。」

既是如此，顧嬋漪便未再追問，而是悉心照料白芷薇。

明日便是除夕，府中諸事繁雜，江予彤與盛瓊靜尋不到顧嬋漪，自然會問起。

顧嬋漪站在她們面前，猶豫片刻，半真半假地告訴兩位長輩。「白家如今僅剩白姊姊一人，即便有遠親，也在東慶州。她獨自在都城，又患上風寒，我便將她接入府中照料，也可稍解她思鄉之情。」

江予彤跟盛瓊靜聽到這番解釋，並未多問，只讓廚子們製作一些東慶州特有的吃食送至客院。

白芷薇看到那些吃食，先是一驚，隨後便是滿腔柔情，心道無論是顧家兄妹還是盛家諸人，一顆心全都誠摯良善。

除夕之夜，萬家團圓。

國公府中舉辦了家宴，顧嬋漪請白芷薇一道參加，奈何白芷薇身子並未痊癒，委實下不得床，顧嬋漪便令人在客院懸掛彩燈，又差人置辦席面送入客房。

白芷薇看著滿桌子吃食，既有東慶州的小吃，還有北疆、豐慶州的特色料理，她心頭泛起陣陣暖意，自己已有多年未正正經經吃一頓除夕年夜飯了。

用過年夜飯後，還須守歲，是以眾人皆未離開。枯坐無趣，盛銘志便嚷嚷著要打牌九。顧嬋漪從未玩過牌九，盛銘志一聽她不會，更加來勁了，甚至直接使人去他屋中拿牌。

小廝去得快，回得也快，笑嘻嘻地遞上牌盒。

「這牌並不難，邊玩邊教，只要打上幾回，妳便會了。」盛銘志歡欣鼓舞地伸手去接盒子，誰知手上一滑，牌盒掉落在地。

牌盒的蓋子並未鎖上，骨牌嘩啦啦落了滿地，與此同時，屋外突然傳來震耳欲聾的聲響。

江予彤下意識站起身來，連彎腰撿骨牌的盛銘志都僵住身子，他訕笑兩聲。「應……應當是誰家燃放煙火吧。」

江予彤皺眉斂笑。「煙火聲不似這般。」

盛瓊靜也站起身子，她與江予彤對視一眼，兩人心有靈犀地大步走到院中。

盛銘懷和顧嬋漪紛紛跟上，盛銘志瞥了滿地的骨牌一眼，將撿起的那幾塊扔進盒子裡，也小跑出去。

眾人仰頭，瞧見東北方向的天空紅如晚霞。鄭國公府在內城西南角，東北方向便是皇城。

「速速讓人緊鎖門戶，莫要讓陌生人衝進府中！」江予彤疾言厲色，高聲喊道。

盛瓊靜亦轉身叮囑三個小輩。「時局混亂，你們哪裡也別去，就待在這院中，若是睏了，便在裡間的小榻睡一會兒。」

說罷，盛瓊靜想起客院裡還有位手無寸鐵的女郎，此時也顧不上院中還有兩位外甥，便使人去客院將人接來此處。

顧嬋漪見兩位長輩忙前忙後，沈思片刻後，還是未告訴她們，有阿兄和沈嶸暗中看護，國公府定會安然無虞。

外面紛雜吵鬧，局勢不明，就算讓兩位長輩安坐，只怕她們也坐不住，還不如尋些事讓她們忙，無暇多思多想。

江予彤是新昌州刺史夫人，新昌州乃北地，時有北狄南下，她遇過外敵侵城，此時外頭傳來殺伐之聲，她也臨危不亂，鎮定自若。

「正是這種時候，宵小之徒、雞鳴狗盜、殺人放火者越加猖獗，大夥兒打起精神，若是喝了酒，便去廚房自個兒灌碗醒酒湯。」江予彤立於寒風中，精神抖擻道：「練武場有兵器，廚房有各種傢伙，拿一件稱手的，看好各處大門。」

顧嬋漪站在廊下，看著大舅母宛若戰場上的女將軍，微微彎起唇角。她仰頭看向東北角，只見天色紅得瑰麗。

沈嶸擁有兩世記憶，已提前準備好一切，身邊更有湛瀘等影衛守護，她並不擔心他。今夜之後，諸事皆有分曉，她只需安心地坐在府中，靜等天亮。

白芷薇坐著軟轎來到院中，她全身皆被斗篷裹住，扶著小荷的手臂下了轎。

盛銘志和盛銘懷兩兄弟瞧見有陌生女郎進來，全往旁邊角落避了避，甚是自覺地移開視線。

顧嬋漪走上前扶著白芷薇，走進裡間，讓她在小榻上躺下。

白芷薇輕咳兩聲。「竟煩勞你們特地來接我。」

顧嬋漪挨著她坐下，將暖爐塞到白芷薇的手中。「姨母與大舅母唯恐歹人趁此時機作亂，妳獨自住在客院，終究不妥。都在一處，若有事也好照應一二。」

外面殺聲震天，甚至有攻城錘撞擊城門的沈重悶響。

白芷薇握住顧嬋漪的手，定定地看向她的眼睛。「妳可擔心？」

顧嬋漪輕輕地搖了下頭。「不會。」

白芷薇挑了一下眉，眼含好奇。「可真奇怪，妳竟無絲毫擔心或害怕。」

「有何好擔心的？」顧嬋漪輕笑，偏頭看向窗子，窗牖緊閉，僅隱隱約約能瞧見院中懸掛的紅燈籠。

「此役，他不會輸。」

翌日天明，街道上僅有身穿甲冑的兵士列隊巡視，偌大平鄴城，家家緊閉門戶，全無年節喜慶之象。
直到初五那天，京兆府的衙役上街巡邏，黑衣甲冑的兵士退至四方城門，方陸陸續續有人出門。
正月初五是接財神的好日子，街道兩側商鋪盡數打開，鞭炮齊鳴，沖淡近日的肅殺之氣。
又過了幾日，城中百姓見皇城安穩，便放心大膽地走出家門，城中酒肆與茶樓亦開門營業，早有消息靈通的說書先生，將除夕之亂寫成了本子，細細道來。
話說除夕之夜，皇家舉辦宮宴，赴宴者皆是天潢貴胄、朝中權貴。
觥籌交錯、歌舞昇平之際，高宗之子、當今聖上的皇叔，如今六十有餘的齊王，當堂斥責聖上沈峻不仁不義、不忠不孝，不配為君。
永熙九年，沈峻聯合朝中老臣，唆使先帝沈旻御駕北征。
沈峻卻暗中傳信於北狄皇族，令北狄皇族暗中刺殺先帝，並獻上北疆數萬生靈，任由北狄燒殺搶掠十年。
常安府刺史袁幟入職翰林院時，因出身貧寒而被排擠奚落，沈峻出手助他，他便投入沈峻麾下，聽從他調遣。
翰林院三年期滿，袁幟前往常安府，悄悄替沈峻前往北狄與敵相通；後沈峻登基為帝，袁幟留在常安府中，為北狄南下大開方便之門。

沈峻機關算盡，奈何當年顧川挺身而出，以身擋劍，救下先帝。先帝安然回京，沈峻賊心不死，竟串通後宮婉美人，在先帝的吃食中下毒，致使先帝毒發駕崩。

此話一出，滿座皆驚。

沈峻氣得咬牙，顧不上齊王是他的皇叔，當下便要著人押他出殿。

此時，後宮的婉美人、如今的婉太妃，身穿盛裝，施施然步入大殿。

她高舉手中小瓷瓶，笑靨如花。「我手上的玩意兒，名喚三月散，乃北狄皇室秘毒，加入素日所食所飲中，三個月便可取人性命。」

她抬起頭，直視高位上的人，眼波流轉，風情盡顯。「當初沈旻以此毒，毒殺親兄弟沈斐；五年前，沈旻的親兒子沈峻，又用這個毒，將他老子給毒死了。」

婉太妃朗聲大笑。「真是天道好輪迴啊！」

第四十九章　明君繼位

殿內諸人紛紛看向御階右下角的沈嶸，沈斐乃已故禮親王，更是沈嶸的親生父親。

沈嶸眸光幽深，定定地看向殿中，神色晦暗不明。

婉太妃猛地止笑，惡狠狠地盯著高位上的沈峻，咬牙冷笑。「你們父子兩個都不是好東西！當老子的見色起意，對已有婚約的女子巧取豪奪！

「當兒子的就更不是個玩意兒了，明知老娘是他老子的妾室，老子死了竟占為己有，簡直不是人！」婉太妃狠狠地罵了兩聲，甚至朝地啐了一口。

眾人皆知這位婉太妃在入宮前，是豐慶州清水河畔的鄉間女郎。她不得不服侍兩位君主之事，雖是皇家秘辛，但他們豈不知曉其中內情？

有臣子不齒沈峻所為，遞摺規勸，而這些官員全被沈峻外放至偏遠之地，是以，朝中大臣便對此事睜一隻眼、閉一隻眼。

「你老子害死我的肖郎，如今父債子還，一命還一命。」婉太妃死死地瞪著沈峻。

沈峻聞言，終於維持不住面上的淡定自若，跌跌撞撞地走下御階，掐住婉太妃的脖子。

「妳做了什麼?!」

婉太妃喘不過氣來，卻仍舊高舉手中瓷瓶。「你定未料到，當年老娘偷偷留了一瓶，大約三個月前，老娘開始往你的吃食中添加此物，掐指算算，你的大限約莫便是這兩日了吧。」

「賤人竟敢！」沈峻手上使勁，齊王見情況不妙，立即上前阻攔，奈何他已年邁，險些被沈峻推倒。

沈嶸上前握住沈峻的手腕，硬生生將他的手拿開。

婉太妃輕拍胸口，重重地咳了兩聲，又止不住地笑，邊笑邊咳。「這便忍不住想殺老娘了？老娘還沒說完呢！」

她指向肅王沈諄和瑞王沈謙。「你們父子一脈相承，上梁不正下梁歪，沈旻的兒子不是東西，他的孫子也不是好貨色。

「一個人前像模像樣，人後卻納寵歌姬；一個在長輩的壽宴上行苟且之事，不知羞恥。」婉太妃將手中小瓷瓶輕輕往上一拋，又穩穩地接住。「老娘見不得這種渣滓，既然去掉你的用量後還有盈餘，便往他們兩府送了些。」

說書先生話音落下，茶樓之中頓時響起如雷掌聲，聽眾紛紛叫好，皆言婉太妃乃女中豪傑，這般行事委實解氣。

茶樓二樓雅間，顧嬋漪卻輕輕地嘆了口氣。

沈嶸為她倒了杯茶。「婉太妃最後決定那樣做，定是早早便有了打算。」

世人皆道婉太妃有勇有謀，卻無人知曉，除夕夜皇城動亂之際，有一女子梳成婦人髮髻，頭上僅戴荼蘼玉簪，身穿尋常粗布羅裙，於皇權爭奪的你死我活之中，懸梁自盡。

她身邊僅有書信一封，請求沈嶸派人將她的遺體送回清水河畔，葬在她的肖郎身邊，生不能同衾則死同穴。

婉太妃在後宮多年，無論是在沈旻身邊還是沈峻身側，皆梳女郎髮式，最終去見她的肖郎時才梳了婦人髮髻，在她心中，僅有肖郎是她的夫。

「原本，本王想此間事了，便讓人送她去東慶州。」沈嶸將點心碟子往顧嬋漪的面前推了推，示意她吃糕點。

「肖家大郎假裝落水後，順流而下，到了東慶州，隱姓埋名參軍入伍，本想取得軍功再入朝報仇，卻被本王派往東慶州的羅明承識破。」沈嶸頓了頓。「我便是從他手上取得那支玉簪，獲得婉太妃信任，從她那裡得到三月散的藥粉。」

對於當初父王所中之毒是否為三月散，沈嶸並無十足把握，唯有取得藥粉，讓久居北疆的關轍山加以驗證，方有結論。

既有物證，又有人證婉太妃，沈旻弒弟、沈峻弒父無可狡辯，可婉太妃性子決絕，在拿到玉簪後便毒殺沈峻父子三人，如今沈旻一脈已無皇子、皇孫能繼承大統。

「那王爺要登基為帝嗎？」顧嬋漪放下茶盅，試探性地問道。

沈嶸堅定地點了下頭。「前世本王並未登基，而是扶沈峻幼子為帝，本王為攝政王。

「攝政期間，本王踏過大江南北，見過飢腸轆轆的災民，也瞧過農家豐收時的喜悅，朝中官員品性如何，本王心中亦有數。」沈嶸直視顧嬋漪的眼睛。「如今沈峻的幼子並未出生，本王亦無須為了離開都城而扶傀儡上位。」

見顧嬋漪微微蹙眉，沈嶸便明白她的遲疑，他抵唇輕咳一聲，低頭看著面前茶盅，耳尖泛紅。

「父王雖為皇子，但與母妃鶼鰈情深，弱水三千，只取一瓢。」沈嶸的神色認真嚴肅。「本王與父王無異。」

正月十五，沈嶸登基為帝，當日便下旨立鄭國公胞妹、顧氏嬋漪為后，婚期定於六月初五。

顧家要嫁女，且是入宮為后，除了在任的兩位舅舅與姨父之外，盛家諸人一得到消息，便紛紛收拾行囊，陸續抵達都城。

國公府既要放嫁妝，又要留出空來日後放聘禮，委實住不下，除了長輩以外，小輩們皆被江予彤趕去了盛家老宅。

即便如此，國公府每日也是熱熱鬧鬧的，兒郎們纏著顧長策要去練武場比劃一二，女郎們則陪著顧嬋漪一道試嫁衣、挑首飾。

如此熱鬧且忙碌，轉眼間便到了六月。

剛到初一，京兆尹茅文力便親自帶人灑掃街道，尤其是皇城至平西門的主街，清理得乾乾淨，不染塵埃。

同一日，鄭國公府外張燈結綵，賓客如雲，顧嬋漪行及笄之禮，行完此禮，她便能出閣。

正賓為原禮親王府老太妃、如今的太后，身分尊貴。

顧嬋漪行笄禮所用的髮簪，是顧長策在北疆時親手雕刻的蓮花簪。行完及笄禮，她忍不住紅了眼眶。

前世她在崇蓮寺所思所想，已在今世盡數實現——父母大仇得報，兄長安然無虞，她亦覓得良人。

六月初五，黎明之際，皇城大門皆開，紅綢自大殿而起，鋪至鄭國公府府門外。

十里紅妝，不負相思不負卿。

興平三年，後宮之中僅皇后一人，然三年無所出，朝中重臣紛紛遞摺，請聖上選秀充盈後宮，早日開枝散葉、綿延子嗣。

沈嶸看到如雪花般的奏摺，手腕一轉，直接扔進炭盆，宛若從未瞧見。誰知眾臣們見遞摺無用，竟在早朝齊齊提出，試圖逼沈嶸選妃入宮。

只見沈嶸高坐殿上，冷笑一聲。「皇后才德兼備，且心懷慈悲，入宮後瞧見宮中諸多年邁宦者，以及已過二十五卻仍困守皇宮的女官，便賞賜銀錢，放他們出宮。

「朕組建海軍，皇后便主動縮減宮中用度，為朕解憂。」沈嶸面無表情地看向階下站著的群臣，語氣冰涼。「你們不僅不想著為朕排憂解難，反倒惦記著往朕身邊塞人，真以為耳邊風有用？一個妃子便能令整個家族飛黃騰達？

「朱卿後院有幾房姬妾，且庶出子女眾多，兒女成群，可有幾個上進的？」沈嶸微微偏頭，視線落在為首的禮部朱尚書身上。「若朕未記錯，你家三郎與七郎仗著有你這麼個阿父，平日便囂張跋扈，上個月甚至打了刑部張侍郎的獨子，現今還在牢裡關著吧。」

朱尚書聞言，出了一腦門子的汗，嘴唇微顫，脊背發涼。他只得抬手行禮，退回隊列，不敢再出聲。

站在隊列中的刑部張侍郎，忍不住站了出來，恭敬行禮。「聖上英明，史書有云『凡兵在乎精，不在乎多』，臣以為養孩子亦如帶兵，精心教養一、兩個，總比散養十幾個來得強些。」

沈嶸眉頭舒展，輕輕點了點頭。「張卿言之有理。」

隨後，他再次偏頭看向隊伍中的朱尚書。「為人父母之道，朱卿還得向張卿取取經，莫要讓滿院子的兒郎在平鄴城中亂竄，目無法紀。」

朱尚書嚇得身子直顫，小心翼翼地走出隊列，還未說話，另一側的隊列中，已升任御史大夫的曹大人率先走了出來，行禮稟奏。

「臣有事要奏，禮部尚書朱堯寵妾滅妻，縱容寵妾兄長侵占他人田產，為禍鄉鄰，更縱容寵妾毒害嫡子性命。」曹大人一拿出奏摺，便有宦者上前接過，雙手捧至沈嶸面前。

沈嶸展開奏摺一閱，隨即重重合上，皮笑肉不笑地盯著朱尚書。「難怪朱卿一心想著往朕的身邊送美人，原來是以己度人啊。

「若是朱卿的女兒耳濡目染，習得這些後宅手段，朕又納了朱卿的女兒為妃，那她日後豈不是要毒害朕與皇后的嫡子？」沈嶸語氣陡然一轉，聲音上揚。「是也不是?!」

朱尚書頓時嚇得跪倒在地，滿身冷汗浸濕了朝服。「臣知罪……臣知罪！」

沈嶸臉上的冷意散去，回復尋常時溫潤儒雅的模樣。「既知罪，那朱卿這禮部尚書的位置也該讓賢了。」

轟轟烈烈的選秀風波，以為首者遭革職查辦而告終，群龍無首，其餘上奏摺請聖上納妃的朝臣頓時作鳥獸散。相比潑天富貴、家族榮耀，還是自己的官帽更為要緊。

前朝鬧得風風雨雨，顧嬋漪在後宮中自然有所耳聞。

當日晚間，沈嶸批完奏摺，回到皇后宮中，用過晚膳、沐浴梳洗後，躺到了床榻上。

顧嬋漪倚在沈嶸懷中，猶豫片刻，還是忍不住出聲。「我知道他們讓你納妃了，三年無所出，自有納妃的緣由。」

他們夫妻之間關係親近，私底下稱呼彼此「你我」，態度並不拘束。

沈嶸聞言，側身將顧嬋漪摟進懷中，眼神溫柔，帶著淡淡的笑意。「阿娘十八歲時嫁予阿父為妻，十九歲時生了我。相比都城其他女郎，阿娘算是生得晚了，但如今阿娘年歲漸長，卻時常腰疼，我想應是早早生子的緣故。」

揉了揉顧嬋漪的頭，沈嶸忍不住又捏了捏她的臉。「妳未滿十七便嫁給我，自個兒的身子尚未長全，我如何忍心讓妳懷孕生子？」

顧嬋漪想起出閣前，姨母於夜間尋到她，眸光躲閃，神色尷尬地說了好一番話。

「妳阿娘二十歲才生下定安，生完定安後又好生休養了很長一段時日，身子養得極好，若不是王蘊那毒婦，妳阿娘如今也能親眼看著妳入宮為后。

「妳大舅母二十一歲方生下妳大表兄，如今妳大舅母還能跟著妳大舅舅射鹿、騎馬，甚是快活。

「再說妳小舅母，雖然身子弱了些，但生完雙胞胎，妳小舅舅便不讓她生了。常安府氣候宜人，妳瞧她此次回來，哪像是四十有餘的婦人，說她三十出頭也有人信。」

顧嬋漪當日聽得懵懵懂懂，不解其意，如今聽完沈嶸的話，再回想姨母所言，才恍然大悟。

若無沈嶸，姨母與大舅母自然要細細挑選，為她找個上好的夫婿，攢攢嫁妝，十八、九歲再讓她出閣。

孰料沈嶸半路殺出，但這也不打緊，畢竟沈嶸是王爺，成婚自不會倉促，一年半載過去，她便長得更大些。

奈何沈嶸突然登基為帝，新帝要封后，是以她未滿十七便要入宮，姨母擔心她太過年幼，不懂生養之道，又不能直言告之，只得婉言暗示。

只是三年過去，即便再小心，也不該毫無動靜。

顧嬋漪微微皺眉，輕輕扯住沈嶸的裡衣衣襬，目露擔憂。「你說，我遲遲未有動靜，是否身子有損，可要尋太醫好好瞧瞧？」

沈嶸失笑，點了點她的鼻尖。「妳的身子無礙，莫要亂吃湯藥，阿娘亦叮囑過我，妳尚年幼，不得早早懷有子嗣，免得傷及根本。」

顧嬋漪愣住，難怪前朝鬧得轟轟烈烈，太后那邊卻穩若泰山，甚至她與沈嶸成婚至今無所出，太后也未過問。

思及此，顧嬋漪心中既感激、又歡喜。她抬起頭，雙眸明亮、笑靨如花地看著沈嶸，眼裡僅他一人。

沈嶸頓了頓，眸光幽深，不自禁地吞嚥了一下口水，翻過身來。

床幔微晃，紅燭明亮。

微喘的氣息中，沈嶸靠近顧嬋漪耳邊低聲喃喃。「妳我成婚，若是早早有了孩兒，才是礙事。」

顧嬋漪過完二十歲的生辰後約莫四個月，便被太醫診出喜脈，消息一傳開，前朝與後宮皆鬆了口氣。

太后喜不自禁，將精通醫術的老嬤嬤送到了皇后宮中，平日皇后所穿、所用、所食皆須老嬤嬤親自瞧過，方能放行。

沈嶸每日下朝後必定前往皇后宮中，見她安然無恙方回書房批閱奏摺。

頭三個月，沈嶸被太后千叮萬囑，行事要有分寸，莫要胡來，沈嶸無奈之下，只得暫時與顧嬋漪分住兩殿。

三個月之後，即便事務繁雜，沈嶸還是搬回了皇后宮中。

白日裡，沈嶸與顧嬋漪分坐窗前，一人批閱奏摺，一人或看書、或繡花，氣氛寧靜且和諧。

胎兒月分漸長，太醫請脈，診出顧嬋漪懷的是雙胞胎。

沈嶸知曉後，對待顧嬋漪越加小心翼翼，太后甚至時不時在內心請託亡夫，讓他好好護佑兒媳。

當顧嬋漪的身子日漸笨重之後，她不再出殿，僅是扶著小荷的手，每日在殿中走上幾圈。

隨之而來便是腰痠、腿部浮腫的毛病，顧嬋漪開始難以入眠，沈嶸便躺在她的身側說些話哄她，像是朝中大臣的糗事，或是他小時候的趣事，總是逗得顧嬋漪輕笑出聲，漸漸忘記身子的疲乏，陷入沈睡。

好不容易熬到端午，顧嬋漪的心情穩定許多，興致勃勃地編製起了新的長命縷，有她的、沈嶸的、太后的、阿兄的，還有兩個未出世寶寶的。

沈嶸一踏進門，便瞧見顧嬋漪垂首低眉、甚是認真的模樣。

悄然行至她身邊，他看了案桌一眼，在心裡算了算數量，抿了抿唇。「今年可無須為妳家阿兄準備這個了。」

顧嬋漪瞥見地面上的影子，早早便知曉沈嶸站在她身後，只是故作不知。忽然聽到這話，她轉頭仰視身後的人，問道：「這是為何？」

「自是有旁人為他編製。」沈嶸俯身從後面環抱住顧嬋漪。往日輕輕鬆鬆便能抱住，如今卻只能摟個大概，他心想，還是讓她受苦了。

顧嬋漪背對著沈嶸，瞧不清他的神情，並未察覺他的情緒轉變。她眨了眨眼，福至心靈，挑了下眉，既驚又喜。「莫不是白姊姊終於應了？」

「約莫年前他們便能凱旋，屆時妳親自去問她。」沈嶸貼著顧嬋漪的後背坐下，聲音悶悶的。

顧嬋漪放下尚未編完的長命縷，側身看沈嶸。「這是怎麼了？莫不是又有哪個大臣惹你生氣了？」

沈嶸卻搖頭不語，將她摟進懷裡。

顧嬋漪抬起他的左手，將已褪色顯舊的長命縷解下，戴上新編的長命縷，輕聲喃喃。

「願子攀事事順遂、健健康康。」

沈嶸定定地看顧嬋漪，白日陽光透過窗子落在她身上，一切明亮且美好。他伸手拿起案桌上的長命縷，解下顧嬋漪手腕上的舊長命縷，戴上新編的，握緊她的手，正色道：「願阿媛身強體健、母子平安。」

臨盆在即，顧嬋漪再次難以入眠，沈嶸比她還緊張，整日憂心忡忡、焦躁不已。向來溫文儒雅的君主逐漸變得暴躁，朝臣背地裡不禁怨聲載道，只盼皇后順利生產。

暴雨驟降，沖淡連日暑氣，夜間電閃雷鳴，皇后忽然腹痛難耐，儼然生產之期已至。宮中頓時井然有序地忙碌起來，太后顧不得梳妝，得到消息便披上外衣，匆忙趕到皇后殿中。

黎明破曉，日出東方，朝霞漫天。嬰兒的啼哭聲先後響起，母子均安。

第五十章　鍾愛一生

興平二十三年，皇太子沈詢迎娶太子少傅羅明承之女為太子妃。

興平二十五年，太子妃於東宮誕下皇孫。

興平二十六年，沈嶸留下一紙退位詔書，攜皇后顧嬋漪離開皇宮。

隔年元宵佳節，沈詢登基為帝，改年號為延熹，是為延熹元年。

出定東門，向東而行，約莫半個月，便抵達東慶州。

自顧長策與白芷薇平定倭患後，這些年來再無倭人侵擾沿海，東慶州百姓安居樂業、物富民豐。

前世沈嶸為倭患傷透了腦筋，即便到東慶州，也總是心中不寧；今生他掌握先機，總算能提前放下心，好好欣賞這邊的景致、瞧瞧這裡的百姓。

海風鹹腥，偶有海魚躍水而出；晚霞漫天，瑰麗絢爛；有漁船緩緩而歸，悠閒自在。

顧嬋漪走到沈嶸身後，將披風披在他身上，繫好帶子，立於他身側。

「且在此處住些時日，過完重陽，我們便往南走。」沈嶸牽著顧嬋漪的手，漸漸往回行。

「即便是冬日，南邊也無須燃炭取暖，還有許多平鄴見不到的新鮮果蔬，妳應當會喜歡。」

顧嬋漪聞言，眉眼彎彎，輕輕點了下頭。

雖然前世她陪沈嶸去過許多地方，但那時的大晉並非全是樂土，如今經過沈嶸二十餘年的治理，北狄不敢南侵，倭人不敢西來，南疆亦真心臣服，各行各業欣欣向榮，百姓豐衣足食，國泰民安。

她知曉當初皇族並無可靠之人，沈嶸定要登上至高之位，實現心中抱負；她亦明瞭沈嶸其實不願困守宮城，更願隱匿身分，如尋常百姓般在民間行走。

正因前者，她心甘情願隨沈嶸入宮，不隨意外出；又因後者，她點頭應允沈嶸，一同說服太后，將皇位傳給詢兒，三人悄然離開都城。

只是……顧嬋漪想到兒子，不禁輕笑出聲。「我們這般將詢兒留在宮中，日後回去，恐怕他會怪我們。」

沈嶸停下腳步，神情一本正經。「他十二歲後便隨他舅舅外出遊玩，大晉上下，他何處未去過？我尚未說他留我們兩人在宮中是何道理，如今我僅是『以其人之道，還治其人之身』，他竟還有顏面責怪父母？」

顧嬋漪毫不留情地反駁他的話。「若無你點頭應允，我阿兄如何會帶他出城？」

沈嶸索性破罐子破摔。「他若有本事，便守好這江山，再好生教導柏兒，待他的兒子長成，他也可當甩手掌櫃。」

他抬腳往前，似不經意般緩緩出聲。「妳前世跟在我身邊，雖見過諸多美景，卻未嚐過各地美食，若讓妳陪我困守宮中，這般無趣地過完此生，豈不委屈？」

顧嬋漪愣住，定在原地，難以置信地看著沈嶸。

「你、你何時知曉的？」顧嬋漪既驚詫、又羞窘，甚至紅了臉。

沈嶸挑眉，抬手摸了摸她的耳尖，眉梢眼角盡是笑意，宛若戲弄了心上人的少年郎。

「清淨道長來都城為妳看相那年，他說妳我是命定的姻緣，前世我未護住妳，是以孤獨終老、無子無孫。」他指向她腕間的長命縷。「邪法借走妳的八分命格，留下兩分，是以妳的靈體來到我的身邊，陪我終老。」

顧嬋漪聞言，忍不住落下淚來，原來他那個時候就知道了。

沈嶸見顧嬋漪落淚，連忙拿出帕子，彎腰小心為她拭淚，動作輕柔。「若知曉妳會這般，我便藏著掖著不告訴妳了。」

顧嬋漪直接伸手環抱住沈嶸的腰，聲音悶悶的。「怎的不早些告訴我？」

「每每提及前世之事，妳便顧左右而言他，想必定是怕我知曉此事。」沈嶸輕拍顧嬋漪的背脊，柔聲安撫。

沈嶸頓了頓，輕咳一聲。「我若早些知曉妳曾跟在我身邊，將我給瞧光了，今世在崇蓮寺初見妳時，我便讓阿娘上門求娶，定要妳負責。」

顧嬋漪又哭又笑，捶了下他的胸口。「又胡說。」

沈嶸輕嘆，揉揉顧嬋漪的後腦勺、捏捏她的脖頸。「莫要哭了，阿娘在遠處看著我們呢，若她瞧見妳雙眼紅紅，定饒不了我。」

顧嬋漪輕哼一聲，抬起頭來，任由沈嶸為她擦乾淚痕。

她望向站在前方的婆母，牽起沈嶸的手，揚起明媚的笑。「走吧，天色已晚，該回家用晚膳了，莫要讓阿娘久等。」

顧長策初見白芷薇時，是在平鄴城郊的道觀。白雪皚皚中，她身穿一襲紅衣，不似隨他去北疆的女軍師，倒像隱匿於山林的鬼魅。

北疆天寒地凍，大雪封山，身子單薄者，能被凜冽寒風捲到天上，來年雪化，方能尋到屍骨。嬌嬌弱弱、養在閨閣的女郎，偏要隨他去北疆，也不知受不受得住當地的寒風暴雪。

不過，到底是他先入為主，小瞧了她。白泓白都督的女兒，將門虎女，自然不是養在深閨的嬌花，她看似明豔柔弱，實則骨子裡有股韌性，百折不撓。

時間緊迫，路上耽擱不得，他們快馬加鞭、風雨兼程，她卻無絲毫怨言，咬牙跟上。

擔心被幕後之人察覺動向，他們無法借宿驛站，一路幾乎是餐風露宿，或喬裝打扮入住小鎮客棧。

尋常月餘方能出京州，他們僅用了半個月，再往西北走三、四日，便到了常安府的地界，一入常安府，葫蘆山便近在眼前。

連日趕路，身子疲乏，馬兒也有些受不住，顧長策便停下休整，燃起篝火。

青松樹之下，白芷薇倚樹而坐，一襲紅衣換成粗布厚襖，她僅用布條纏髮，全身被青黑斗篷包裹。

顧長策拿出乾糧，無聲地遞給白芷薇，兩人坐在篝火前，默默吃起乾糧。

吃著吃著，白芷薇不自覺地看向身側之人。

顧長策是阿媛的同胞兄長，兩人眉眼之間甚是相似，只不過阿媛的臉部線條柔和，瞧著便溫婉清麗，顧長策則更俊朗些。

想起他們離開平鄴時，她因許久未騎馬，大腿磨破，唯恐耽誤行程，只得咬牙忍下。孰料，當日夜間，這位將軍敲開她的房門，遞來上好膏藥便轉身離開。

雖瞧著沈默寡言、性子冷清，卻與他妹妹相同，皆是心細如髮、體貼溫柔之人。

顧長策察覺到她的視線，偏頭看過來，以眼神詢問有何事。

偷看出神被抓個正著，白芷薇索性大大方方地看向他。「將軍可知王爺為何讓我跟著你一道去葫蘆山？」

他們一個是將軍，一個是郡主，卻同樣算是將門之後，因此稱呼上便不太計較尊卑。

顧長策往火堆裡扔了根木頭，平淡無波道：「海軍。」

他會帶兵卻不知東慶州的地理風貌，她熟悉東慶州卻不會領兵，取長補短，齊心協力方能平定倭患。

「將軍在北疆經營多年，甘心放棄？」白芷薇問得甚是直白。他們日後是並肩作戰的盟友，自然要了解他心中是怎麼想的。

顧長策吃完手中乾糧，抓起樹底下乾淨的白雪，直接往嘴裡送。他盯著跳躍的火苗，緩緩出聲。「我已將北狄趕至白梅河以北，日後北狄很難再犯，北疆百姓得以休養生息。」

「無戰則無兵，無兵則無將，我若繼續留在北疆，才是虛度時光。」顧長策起身，從馬背上的褡褳裡拿出銅壺和銀杯，撥開表面積雪，往銅壺裡裝了半壺乾淨白雪，吊在火堆上。

「王爺知人善任，我若離開北疆，他自會尋到合適的將領駐守。」顧長策坐回原處。

「他並非心胸狹隘之人，海軍由我率領，日後蕩平倭患，他亦做不出兔死狗烹之事。」

雖然他回到都城後，見沈嶸的次數屈指可數，但他在北疆時，沈嶸便時常寫信給他。以他對沈嶸的了解，沈嶸確實與沈氏其他人不同，他心懷天下，並非昏庸無能之輩。

白芷薇頷首，已明白顧長策並非貪戀權勢之人，她拿出東慶州堪輿圖，細細為顧長策講解海域暗礁。

雪水化開，漸漸滾燙，熱氣頂起銅壺蓋。顧長策抬手，虛虛往下壓了壓，打斷白芷薇說話。「稍等。」

顧長策起身，從褡褳裡拿出湯婆子，灌好熱水，徑直走到白芷薇身邊，遞到她面前。

白芷薇面露詫異，愣愣地伸手接了過來，受寒的軀體漸漸溫暖起來。

顧長策又倒了杯熱水，在雪地上放了片刻，滾燙熱水幾息之間便成了溫水。銀杯送到白芷薇面前，溫水入喉，她乾渴的嗓子得到緩解。

「多謝。」她抿唇輕笑，隨即眼眸一轉，生出幾分逗弄的心思。「將軍在北疆亦是這樣照顧女郎的嗎？」

顧長策在銅壺內裝上新雪。「軍營重地怎會有女郎？

「妳是阿媛的好友，我離家之前，她叮囑我要照顧好妳。」顧長策往火堆上添了幾根枯柴，實話實說。

白芷薇莞爾，果然是個直腸子的大將軍。

進入常安府，兩人便不再騎馬，而是換上尋常百姓的衣裳，混在人群中，悄悄潛入葫蘆山。

暗中探查到袁幟勾結北狄的證據，兩人收拾妥當，準備離開葫蘆山，誰知竟被北狄所養狼群嗅到他們的氣息，行蹤頓時暴露。

北狄傳信於袁幟，袁幟自知陰謀敗露，立即派遣殺手沿路追殺。

顧長策雙拳難敵四手，一時不察，竟讓殺手鑽了空子，從他身後偷襲。白芷薇為救他，不惜以身擋劍，顧長策方有餘力徹底解決這些人。

兩人狼狽地入住小鎮客棧，此處地小，一有風吹草動，頃刻之間便會滿鎮皆知，因此他們只能放棄請大夫過來。

顧長策顧不得男女大防，道了聲「得罪」，便小心剪開白芷薇腹部的衣裳，為她清洗傷口、仔細上藥。

雖然時間緊迫，他們還是在這間客棧停留了兩日。

白芷薇醒來以後，看到面色冰冷、嘴角緊繃的顧長策，忍不住彎了彎唇角。「將軍莫要自責，若傷的是將軍，那日死的便是你我二人，我為將軍擋劍，好歹還能活一個。」

她挑了下眉。「如今我們皆活著，說明當日我所為並無過錯。」

顧長策依舊神色冷峻，正襟危坐，猶如北疆山巔上常年不化的積雪。

白芷薇的傷口還疼著，未有多餘的精力來寬慰他，她扯了扯被角，正欲閉眼小憩，便聽到低沈男聲緩緩傳來。

「我阿父和阿娘皆去得早，至親之人僅有小妹，族中和外祖家的親戚性子亦好相處。」

顧長策定定地看著床頭。「我十四歲開始領兵，守護北疆八年，攢下些許銀錢，還有宮中賞賜……」

顧長策話還未說完便被白芷薇打斷，她面露疑惑道：「將軍為何要與我說這些？」

顧長策放在雙腿上的手緊握成拳，又緩緩鬆開。他微微垂眸，直視白芷薇的眼睛，嚴肅且認真地道：「郡主，我想娶妳為妻。」

白芷薇愣住，眼睛緩緩瞪圓，她訕笑兩聲，終於反應過來。「不過是尋常治傷必經的過程罷了，將軍莫要放在心上。」

「大丈夫敢作敢當，我既做了，便要對郡主負責。」顧長策態度慎重。

白芷薇忍不住扶額。這位大將軍還真是不懂變通，她一介女郎都不在意了，他卻緊抓著這點不放。

但見顧長策神情認真，白芷薇沈思片刻後，才說道：「將軍可知白家在洗淨冤屈之前，我曾是千姝閣的花娘？」

顧長策點點頭，闞轍山曾將白家諸事盡數告知他，他自然知曉。

「那又如何？」顧長策反問。

白芷薇不禁一噎，沈默許久後，方再次張口。「我所嫁之兒郎，應與我並肩而立，我與他必須兩情相悅，並非出於禮法而不得不談婚論嫁。況且，眼下倭患未平，我無心兒女情長。」

顧長策聞言，垂首低眉。「我明白了。」

這日之後，顧長策再未提及此事，白芷薇更未將顧長策所言放在心上。兩人平安回到都城，白芷薇在鄭國公府養傷，顧長策則是跟在沈嶸身邊。

白芷薇再次見到顧長策，便是前往東慶州之時。與北疆之行不同，此行多了許多人，馬車便有四輛，不用日夜兼程，也不會有殺手行刺。

抵達東慶州州城，白芷薇遙遙瞧見城門口站立的書生，忍不住掀開車簾，笑靨如花。

「林阿兄！」

那位書生聽到喊叫，循聲看來，對上白芷薇的眼睛，頓時喜形於色，小跑上前。

關轍山目睹全程，輕搖摺扇，笑咪咪地看向對面黑著一張臉的人。「不去瞧瞧？」

瞧顧長策面無表情，關轍山忍笑道：「真不去看看？」

他合上摺扇，以扇挑起車簾，挑了下眉。「那小子好像上了她的車。」

顧長策猛地起身跳下馬車，大步往後走，關轍山終於忍不住大笑出聲，邊笑邊直拍大腿。

只見顧長策站在白芷薇的馬車邊，問道：「郡主，我有急事尋妳，可否上車細談？」

白芷薇以為顧長策真有急事，便請他上車。

顧長策彎腰進車，一眼掃見他們分坐車廂兩側，心下稍定。他撩動衣袍，在白芷薇身邊坐下，看向對面的男子。「請問閣下是……」

男子看了白芷薇一眼，方作揖行禮。「在下林韜，見過將軍。」

顧長策頷首，偏頭看向白芷薇，白芷薇下意識添了一句。「是幼時住在我家隔壁的兄長。」

聞言，顧長策眉眼舒展，帶著淡淡笑意。「原來是妳阿兄。」

白芷薇察覺自己說太多了，頓時懊惱不已。「將軍找我商談何事？」

「自是軍務，但……」顧長策意味深長地頓了頓，嘴角上揚。「還是晚些時候再談吧。」

既是軍務，又有外人同在車中，自然不便討論。

「那將軍還是回自己的車吧，我與阿兄久別重逢，有些話想說。」白芷薇皮笑肉不笑的。

奈何，她話音剛落下，一整排馬車便動了起來，陸陸續續進入城內。

顧長策輕咳一聲，忍住笑意。「後面還有排隊入城的百姓，馬車忽然停下恐有不便，左右要回同一個住處，讓我坐一程又有何妨。」

白芷薇撩開車簾，瞧見馬車後頭確實還有不少排隊入城的百姓，她只好放下車簾，忍著沒有對顧長策發作。她揚起笑臉問林韜。「伯父與伯母可安好？」

林韜頷首，笑得很是內斂。「阿父跟阿娘一切皆好。白叔叔蒙冤入獄後，我便暗中搜尋證據，險些驚動吳銘那惡人，萬幸有平鄴來的羅大人護衛，我方避過一劫。」

他正欲細言當時凶險，便見顧長策提起桌上的小銅壺，為他倒了杯茶。

「想來聖上定是早早知曉白都督蒙冤，是以暗中派遣羅侍御史來東慶州。」顧長策抬頭看向林韜，眉眼含笑。

林韜怎敢與聖上爭功，聞言只得硬著頭皮附和。「將軍所言極是。」

車上僅三人，但凡白芷薇與林韜多聊了兩句，顧長策便會做出一些小動作，不是打斷他們，就是插話一道說起來。

林韜感受到明顯的敵意，實在如坐針氈，好不容易到了家門口，便立即起身告辭。

車簾一放下，白芷薇的臉色頓時沈了下來，隱含怒氣。「將軍，此舉何意?!」

顧長策不閃不避，定定地直視她的眼睛，他深吸了口氣道：「那日在客棧，我說的並非玩笑話。剛剛看到他朝妳走來，見你們兩人談笑風生，我險些控制不住自己。」

馬車停下，外面傳來黎赭羅的聲音。「將軍，我們到了。」

顧長策並未應答黎赭羅，而是眸光幽深地對著白芷薇說：「妳說倭患未平，無心兒女情長，那麼我便早日蕩平倭患，還東慶州百姓安寧。」

他側過身，左手按在車壁上，右手撐在另一端，將白芷薇半圈在懷中，微微傾身。「白芷薇，我想娶妳為妻，是真心的。」

顧長策靠得非常近，白芷薇甚至可以透過他的眼睛看到自己的身影。

不知過了多久，白芷薇才猛地回過神，偏頭看向車壁。「等、等蕩平倭患再言其他。」

身前的女郎不似初見時的清冷疏離，亦不像在北疆時的堅定拒絕，而是雙頰透著紅暈，顯得有些嬌羞。

顧長策揚起唇角，眉梢與眼角滿是笑意，情不自禁地揉了下她的頭。「好，那等凱旋之後，我便以戰功讓聖上賜婚。」

前世沒有交集的顧長策與白芷薇，今生悄悄走到了一起，若沈嶸與顧嬋漪是再世情緣，那他們，便是今世注定。

——全書完

2023年5月出版

香氛巧廚娘

文創風 1165～1166

動點小腦筋，就能讓大家的生活變得完全不同！
被自家親戚隨隨便便嫁掉已是無可挽回的事實，
不過她可不准許自己跟夫家的人背負不幸的命運活下去……

恬淡溫馨敘述專家 ／九葉草

穿越到投河尋短的姑娘身上，差點又死一次，她認了；
被安排與快掛掉的救命恩人倉促成親，她無話可說；
可是要她安安靜靜看那些貪得無厭的人欺負到他們頭上，
雲宓說什麼都不會答應，也嚥不下這口氣……
既然天底下凡事兜來轉去都脫離不了一個「錢」字，
就看她用手中擁有的靈泉水與一手好廚藝，
在僵化如水泥般的市場中投下一顆超級震撼彈！
瞧，一旦手頭寬裕起來，連跟相公培養感情的時間都有了，
正當兩人之間越來越親密時，接踵而至的變故告訴雲宓，
這個男人的身分並不簡單，她怕是招惹了個大麻煩……

願得一心人，白首不相離／灩灩清泉

2023年6月出版

棄婦超搶手

前世她的婆婆面甜心狠，慣會演戲，害她吃盡苦頭，
此人甚至設計栽贓她與人偷情，將她休棄，
她被娘家厭棄，最終都沒能洗刷清白，含冤死在了庵裡，
幸而上天垂憐，讓她重生回到了議婚之前，
這一次，說什麼她都得拒了婚事，避開淪為棄婦的命運才成！

文創風 1169 1

因過人的美貌，江意惜在一場桃花宴上被忌妒她的女眷陷害，跌入湖中，
情急之下，她胡亂拉住了站在旁邊的成國公府孟三公子，兩人雙雙落水，
事後，滿京城都在傳她心眼壞，賴上有潘安之貌、子建之才的孟三公子，
由於江父是為了救他們孟家長孫孟辭墨而死在戰場上，老國公心存感激，
於是乎，老國公一聲令下，孟三公子不得不捏著鼻子娶她回家以示負責，
婚後，孟家除了老國公及孟辭墨，上至主子、下至奴僕，無一人善待她……

文創風 1170 2

順利拒了前世那樁害慘她的婚事後，江意惜住到西郊扈莊辦了兩件要事，
其一是助人，助的是因故在扈莊附近的昭明庵帶髮修行多年的珍寶郡主，
小郡主不僅是雍王的寶貝閨女，更是皇帝極寵愛的姪女，太后心尖上的孫女，
這麼明擺著的一根粗大腿，今生她説什麼都得結交上、好好抱住才行！
其二是報恩，前世對她很好的孟辭墨和老國公就住在西郊的孟家莊休養，
她得想辦法醫好他近乎全瞎的雙眼，扭轉他上輩子的悲慘結局！

文創風 1171 3

江意惜一直都知道閨中密友珍寶郡主的性格獨特，還常語出驚人，
但説天上的白雲變成會眨眼的貓，這也太特別了吧？她怎麼看就只是雲啊！
下一瞬間，有個小光圈從天而降，極快地朝郡主臉上砸去，
結果郡主猛地出手揮開，那光圈就落進正驚訝地半張開嘴看著的江意惜嘴裡！
之後她竟聽見一隻貓開口説牠終於又有新主人，還説她中大獎，有大福氣了，
雖聽不懂牠在説什麼，不過她都能重生，有一隻成精的貓似乎也不足為奇？

文創風 1172 4

貓咪説，牠是九天外的一朵雲，吸收了上千年日月精華之靈氣才幻化成貓形，
牠説牠能聽到方圓一里內的聲音，能指揮貓、鼠，還能聽懂百獸之語，
最厲害的是牠的元神——在她腹中的光珠，及牠哭時會在光珠上形成的眼淚水，
江意惜能任意喚出體內的光珠，並將上頭薄薄一層的眼淚水刮下來儲存使用，
用光珠照射過或加了眼淚水的食物會變得美味無比，還能讓大小病提早痊癒，
如此聽來，這兩樣寶貝説是能活死人、肉白骨都不誇張，上天真是待她不薄！

文創風 1173 5

前世硬攀高門的她天真地以為終於苦盡甘來了，結果卻早早結束可悲的一生，
重活一世，憑藉著前世所學的醫術及眼淚水，江意惜成功治癒了孟辭墨的眼疾，
在醫治他的期間，她不但成為老成國公疼寵的晚輩，還與孟辭墨兩情相悅，
有了郡主這個手帕交，孟辭墨又讓人上門求娶，勢利的江家人便上趕著巴結她，
正當她覺得一切都在往好的方向發展時，雍王世子卻橫插一腳，想聘她為妃！
所以説，她這個前世的棄婦，如今竟搖身一變，成了搶手的香餑餑嗎？

文創風 1174 6 完

國公夫人付氏，江意惜兩世的婆婆，此人看著溫柔慈愛，其實慣會演戲，
不僅裡裡外外人人稱讚，還把成國公迷得團團轉，讓孟辭墨在府中孤立無援，
幸好，她這個重生之人早知付氏的真面目，且身邊又有小幫手花花相助，
夫妻二人攜手，努力揭穿付氏的假面具，終於老國公也察覺了付氏的不妥，
豈料深入調查之下，竟發現付氏不但歹毒，身上還藏有一個驚人的秘密……

文創風
1176

一縷續命 下

國家圖書館出版品預行編目資料

一縷續命 / 鍾白榆著. --
初版. -- 臺北市 : 狗屋出版社有限公司, 2023.07
冊 ; 公分. --（文創風 ; 1175-1176）
ISBN 978-986-509-437-9（下冊 : 平裝）. --

857.7　　112008676

著作者	鍾白榆
編輯	連宓均
校對	沈毓萍
發行所	狗屋出版社有限公司
地址	台北市104中山區龍江路71巷15號1樓
電話	02-2776-5889～0
發行字號	局版台業字845號
法律顧問	蕭雄淋律師
總經銷	知遠文化事業有限公司
電話	02-2664-8800
初版	2023年7月
國際書碼	ISBN-13　978-986-509-437-9

本著作物由北京晉江原創網絡科技有限公司授權出版

定價280元
狗屋劃撥帳號：19001626
網址：love.doghouse.com.tw　E-mail：love@doghouse.com.tw
版權所有．翻印必究　倘有倒裝、缺頁、污損請寄回調換